新潮文庫

下天を謀る

上巻

安部龍太郎著

新潮社版

9726

目次

下巻●目次

下天を謀る

上巻

プロローグ

長久手《ながくて》の戦いで身方が大敗したという知らせを受けた羽柴《はしば》秀吉は、二万の大軍をひきいて矢田川を渡り、白山林《はくさんばやし》の西側まで出た。

甥《おい》の三好秀次《みよしひでつぐ》が不用意に夜営をし、榊原康政《さかきばらやすまさ》らの奇襲を受けて大敗北をきっした場所である。

そこを抜けてしばらく進むと、高台になった櫟《くぬぎ》の林に十数人の武者たちが折り重なるように倒れていた。

秀吉は馬を止め、物見《ものみ》を出して様子をさぐらせた。

「木下勘解由左衛門《かげゆざえもん》どのが、討死《うちじに》なされた場所でございます。家臣たちはご遺骸《いがい》を地中に埋め、追い腹を切ったそうでございます」

秀次の補佐役をつとめていた木下勘解由左衛門利匡《としただ》は、秀次を守りながらここまで敗走してきたが、逃れきれぬとみてこの場に踏みとどまろうとした。

もう一人の補佐役である木下助左衛門尉《すけざえもんのじょう》祐久《すけひさ》も、利匡とともに奮戦し、追いすがる敵を三度にわたって押し返したが、劣勢を挽回《ばんかい》できぬままに長久手の野に屍《かばね》をさらしたのだった。

「さようか。二人とも健気《けなげ》じゃ」

秀吉は馬を下り、香華《こうげ》をたむけようと櫟の林に向かっていった。

藤堂与右衛門高虎《とうどうよえもんたかとら》は妙だと思った。

あたりの山ではうぐいすがうるさいほどに鳴き交わしているのに、櫟の林だけは静まりかえっている。誰かが身をひそめているからにちがいなかった。

「新七郎、竹助、つづけ」

高虎は二人の従者に命じ、愛馬の賀古黒《かこぐろ》の鐙《あぶみ》をけって秀吉に追いつこうとした。

身の丈は六尺三寸。二メートルちかい巨漢である。人より頭抜けて背が高いので、高台の林の中もはっきりと見えた。

手前の三人は首をかき切って血に染った地面に伏しているが、向こうの十人ばかりが伏した地面は乾いている。

鎧《よろい》を赤く染めてはいるが、血を流していなかった。

「待たれよ。それは伏兵でござる」

高虎は野山をふるわすほどの声で叫んだ。

秀吉が反射的に足を止め、加藤清正《きよまさ》や福島正則《ふくしままさのり》らが素早く前に出て守りの構えを取った。

それよりわずかに早く、突っ伏していた者たちがさっと立ち上がった。屈強の男が十三人、顔にまで血をぬりつけた禍々《まがまが》しい姿で槍《やり》を構え、秀吉におそいかかろうとした。

清正らはそれを防ごうと前に出る。秀吉は側近たちに守られて引き返そうとする。

狭い野中の道で右往左往《うおうさおう》する一行をめがけて、白山林から三十騎ばかりが地響きをあげて突っ込んできた。

沢瀉紋《おもだかもん》の旗印を高々とかかげた水野家の侍たちである。

真っ先に駆ける黒糸おどしの鎧武者は、傾《かぶ》き者として知られた水野藤十郎勝成《かつなり》だった。

勝成らの狙《ねら》いは秀吉の首、ただそれだけである。逃げようとする秀吉の前に回り込み、馬上から槍をふるって攻めたてた。

近習たちの動きはさすがだった。

十人ばかりが秀吉にしっかりと抱きついて生身の鎧となった。

その外側に三十人ばかりの屈強の士《おとこ》が外向きになって立ち並び、がっしりと腕を組み合わせた。

たとえ槍で突かれても矢玉をあびても、この腕は絶対にはなさない。一人が絶命したなら両側の者が屍をささえ、円陣の楯《たて》となって秀吉を守り抜く。そうして身方が敵を追い払うのを待つのが、もっとも確実な防御法だった。

この円陣に敵を近付けまいと、百人ばかりの近習が刀を抜いて立ちはだかった。ところが馬上から突き立てる槍には抗しがたく、見る間に十数人がなぎ倒された。

高虎は青草が生い茂る丘を突っ切り、水野勢の横腹めがけて突っ込んだ。賀古黒の巨体にものを言わせ、文字通り敵の馬に体当たりをくらわせた。

強烈なぶちかましを受けた一頭が真横にふっ飛び、もう一頭を巻きぞえにしてどっと倒れた。二頭が上げる断末魔《だんまつま》のいななきが、水野勢の馬をひるませた。

その鼻先に高虎は割って入り、馬上槍でほかの二人を殴り落とした。

そのまま敵中を突っ切り、裏側へ出た。わざと敵に後ろを見せ、追走させて秀吉から引き離そうとしたが、追ってきたのは水野勝成ただ一騎だった。

色白の端正な顔に黒糸おどしの鎧がよく似合う。烏帽子《えぼし》形の兜《かぶと》をかぶり、水牛の脇立《わきだて》をつけていた。

高虎は横をすり抜けて秀吉主従の窮地《きゅうち》を救おうとしたが、勝成はたくみに馬をあやつって横から突きかかってきた。

体は高虎よりひと回り小さいが、恐ろしく腕が立つ。戦い方も心得ていて、自由に槍をふるわせまいと右へ右へ回り込みながら攻めてくる。

高虎は正対せざるを得なくなった。

勝成の動きは速く突きは鋭い。正面から全力で戦わなければ、鎧の急所をえぐられるおそれがあった。

「与右衛門どの」

清正が声を上げて駆け付け、勝成の後ろに回り込んだ。

高虎はそれに気付くと、勝成の突きをわざと南蛮胴《なんばんどう》で受けた。明珍《みょうちん》派が鍛えた一枚板の胴は裏をかかれない。槍の穂先はなめらかな胴の表面をつるりとすべり、体の左へ抜けた。

高虎はけら首をつかみ、脇の下にしっかりとかかえ込んだ。

勝成は即座に槍をすてて刀を抜こうとした。隙《すき》だらけの体をめがけて、清正が槍を突いた。長い腕でくり出した槍は、勝成の喉首《のどくび》に向かって真っすぐに伸びていく。

その瞬間、色つやのいい葦毛《あしげ》の馬にまたがった若武者が勝成を押しのけた。

間一髪のところで清正の槍は宙にそれた。その槍めがけて若武者が刀をふり下ろすと、けら首がずばりと両断された。

緋《ひ》おどしの鎧をまとった、ぞくりとするほど美しい若者である。

戦場の修羅場《しゆらば》に立ちながら、面長のふっくらとした顔には緊張のこわばりがない。深く澄んだ瞳《ひとみ》はおだやかで、引き締まった形のいい唇にはかすかな笑みを浮かべていた。

秀吉の本隊から、鉄砲足軽五十人ばかりが救援に駆けつけている。勝成はそれに気付くと、配下の者たちに退却を命じた。

水野家えりすぐりの騎馬たちは、白山林のすそを通って駆け去っていく。

勝成と緋おどしの若武者は、追撃しようとする秀吉の馬廻り衆を追い払いながら、悠然と引き上げていった。

その鮮やかな戦ぶりを、高虎も清正も敵ながらあっぱれと見送るばかりである。中でも緋おどしの若武者の優美な姿が、二人の脳裡《のうり》に深く刻み込まれたのだった。

第一章 小牧、長久手の戦い

1

松ヶ島城は三重県松阪市の北東部にある海城である。

北は三渡川《みわたり》、南は阪内川《さかない》にはさまれたデルタ地帯で、三渡川の河口は伊勢湾に面した良港として古くからさかえてきた。津から伊勢へとつづく参宮道の要地でもある。

この城に織田信雄《のぶかつ》配下の軍勢五千余人がたてこもったのは、天正十二年（一五八四）三月初めのことである。

賤《しず》ヶ岳《たけ》の戦いに勝って柴田勝家と織田信孝《のぶたか》をほろぼした羽柴秀吉は、信雄をも屈服させようとしきりに策をめぐらした。

これに対して信雄は、徳川家康、佐々成政《さつさなりまさ》らと結んで対抗し、年明け早々から一触即発のにらみあいをつづけていた。

三渡川の上流、城からおよそ一キロばかり離れた所に、松林におおわれた小高い山がある。ひと抱えもある松の大木が海から吹く風に悠然と葉を鳴らしている。

中でもひときわ立派な一本に登り、城をながめ下ろしている男がいた。

肩幅はひろく胸は厚く、腰はがっしりと張って太股《ふともも》ははちきれんばかりである。頭も大きい。頬骨がでてあごの張ったいかつい顔立ちだが、瞳《ひとみ》の大きな切れ長の目にはどことなく愛敬《あいきよう》がある。

この男こそ、藤堂与右衛門《よえもん》高虎だった。

歳《とし》は二十九。武将としては働きざかりで、賤ヶ岳の戦いでも大手柄をたてた。

その功により秀吉から千石、主君の羽柴秀長《ひでなが》（秀吉の弟）から三百石を加増され、あわせて四千六百石を給された。

戦《いくさ》となれば侍大将をまかされるほどの大身《たいしん》だが、高虎は生まれつき身が軽く動きが機敏《きびん》で、こうして自ら松ヶ島城の偵察《ていさつ》に出てきたのだった。

高虎は松の枝に器用にまたがり、城の構えと周囲の地形を紙に写し取っていた。

攻め手をさぐるためばかりではない。城の立地や城下町の位置、街道や河川、港との関係など、城が持つ機能のすべてに興味があった。

城の強さはこれらの機能が充分にそなわって初めて発揮される。落とすべき城の弱点を見抜けば、落とされにくい城をきずく時の参考になる。

高虎は自分の城を持つ日のことを夢見ながら、各地の城の絵図をこまめに描きためているのだった。

松ヶ島城は本丸と二の丸からなる海城だった。本丸は三方を広い堀で囲まれ、東側だけに出入り口の橋がある。二の丸は本丸を西側から抱き込むような形に配されていて、外側には広々とした堀をめぐらしている。

（これでは力攻めにしては手間取ろう）

そう考えながら木筆《ぼくひつ》をあやつっているうちに、高虎はふと尻《しり》のあたりにむずがゆさを覚えた。

出がけに握り飯を十五個も食べてきたせいか、便意をもよおしている。だが仕事を中断して木を下りるのは面倒だった。

幸い戦場用の下着と袴《はかま》をつけている。しゃがんだだけで尻の合わせがわれるように工夫したものだ。

高虎は下を見た。

少し離れたところで、従者の多賀新七郎が所在《しょざい》なげに馬の番をしている。その退屈しきったしまりのない顔を見ると、高虎はいたずらのひとつも仕掛けてやりたくなった。

腰の胴乱《どうらん》から小銭入れを取り出し、真下に落とした。

新七郎は主人があやまって何かを取り落としたと思ったらしく、腰を折り下草をかき分けてさがしはじめた。

その無防備な背中に向かって、高虎は脱糞《だつぷん》をしかけた。何しろ二メートルちかい巨漢である。牛のように大きな物が五つ六つ、年若い従者に向かってふり落ちていく。

ところが身軽な新七郎は寸前に気配をさっし、小銭入れをつかむなり前方に転がって災難をかわした。

「大将、今日も腹具合がよくて結構ですな」

起き上がりざまぴゅっと小銭入れを投げ返した。

多賀大社の社家の生まれで、幼い頃から武芸を叩《たた》き込まれている。これくらいの技は朝飯前だった。

主君の秀長は木造城《こつくり》（今の津市）に陣を張っていた。秀吉から五万の軍勢を託され、伊賀《いが》越えの道を抜けて南伊勢に侵攻してきたばかりだった。

寺の境内においた本陣は整然として声もない。合戦を目前にしながらこうした静まりを保っているのは、秀長の非凡な将器のなせるわざだった。

「おお与右衛門、戻ったか」

秀長は小具足姿《こぐそく》のまま書を読んでいた。

「松ヶ島まで足を伸ばし、敵の城をながめてまいりました」

「様子は、どうじゃ」

「本丸には滝川三郎兵衛どの、二の丸には日置大膳亮《ひおきだいぜんのすけ》どのが入り、およそ五千ばかりの軍勢で立てこもっておられます」

城中にたなびく旗差しを見て、高虎はそれだけのことを読み取っていた。

「攻め手は見えたか」

秀長が書見台を脇《わき》に押しやった。

四十四歳の分別ざかりである。兄の秀吉のように才気縦横《さいきじゅうおう》なところはないが、人の話を謙虚に聞き、物事の是非をしっかりと計る。武将としてはともかく、為政者《いせいしゃ》としての器は秀吉より大きいと高虎は見ていた。

「二の丸の南側に外構えがあります。風の強い日を選んでここに火を放てば、二の丸や本丸に飛び火いたしましょう」

「よう見てきた。さすがは与右衛門じゃ」

秀長はしきりに誉《ほ》め上げ、高虎が描いた絵図にじっくりと見入った。

2

三月十五日、秀長軍五万は松ヶ島城を包囲した。

先陣は高虎と筒井順慶《つついじゆんけい》で、二番手は信雄の叔父ながら秀吉方に加わった織田信包《のぶかね》である。

海上からは九鬼嘉隆《くきよしたか》の水軍が三百艘《そう》、小早船の舳先《へさき》をならべてにらみをきかせていた。

城下町は城の西側に広がっていた。伊勢への参宮道を中心に、西町、本町、紙屋町などがいらかをならべている。城の南側は殿町で、周囲に堀や水路、土塀をめぐらして守りを固めていた。

秀長軍は十五日に城下町を焼き払った。

翌十六日の早朝、筒井順慶が三千の軍勢で外構えの南側から攻めかかった。

長梯子《ながばしご》をかけて堀や水路をわたる者もあれば、土塀に鉤縄《かぎなわ》をかけて大勢で引き倒そうとする者もいる。

城兵は塀の内側から鉄砲を撃ちかけたり槍《やり》をふるって追い払おうとするが、筒井勢は数に物をいわせて次々と外構えに乗り入った。

敵が南側の防戦に手一杯になっている隙《すき》に、織田信包の手勢二千ばかりが外構えの西側から迫った。攻城用の井楼《せいろう》（移動用の車輪をつけた櫓《やぐら》）三基を堀のきわまで寄せ、情容赦なく棒火矢《ぼうびや》を撃ちこんだ。

鉄の矢の先に火薬筒をむすびつけた棒火矢に殿町はたちまち焼き立てられ、城兵は二の丸にむかって敗走していった。

五百余人の手勢をひきいた高虎は、筒井軍の後方から戦況をながめていた。

折良く南西からの風が吹いている。これで外構えの火が二の丸に移り、城の防御機能をいちじるしく損じるだろう。

すべて見込みどおりだと高虎が楽観した時、敵を追って二の丸に殺到した筒井勢の前に、二百人ばかりの新手があらわれた。

いずれも黒ずくめの鎧《よろい》を着て、百五十挺《ちょう》もの鉄砲をそなえている。その見なれぬ一団が橋詰《はしづめ》の土塁《どるい》を楯《たて》にとり、筒井勢にいっせい射撃をあびせた。

銃撃は正確で弾込めが速い。嵩《かさ》にかかり功をきそって追撃してきた筒井勢は、喉《のど》や下腹を撃ち抜かれて枯れ草のようになぎ倒された。

「だ、誰だ。あれは」

高虎が虚をつかれたのも無理はない。この黒ずくめの一団は、徳川家康が松ヶ島城を救援するためにひそかに送り込んだ伊賀者たちだった。

指揮をとるのは服部《はっとり》半蔵正成《まさなり》である。

思わぬ強敵の出現に、筒井勢は我先にと逃げだした。

ところが不幸なことに、道の両側は身方の棒火矢で火の海にされている。身をかくすことも脇に逃げることもできず、来た道を引き返すしか逃れる術《すべ》がなかった。

そのために後ろから来た身方とぶつかり、同士討ちを始めるほどの大混乱におちいった。

二の丸の守備についていたのは、名将の誉高い日置大膳亮である。筒井勢の乱れを見ると、二の丸の南門をひらいて長槍を構えた五百余人を突撃させた。

これを見た織田信包は、外構えの西側から兵を入れて筒井勢を救おうとした。

ところが大膳亮は西門をひらき、外堀に移動式の橋をわたして三百余人の新手を出撃させた。

信包勢は思わぬ敵を背中に受け、井楼も長梯子も捨てて逃げだした。

同じ織田一門の将兵だけに、日置勢の剛勇《ごうゆう》ぶりはよく知っている。犬に追われたうさぎのような、恥も外聞もない逃げっぷりだった。

「新七郎、行くぞ」

高虎は愛馬の賀古黒《かこぐろ》に乗り、日置勢めがけてまっしぐらに突き進んだ。

日置勢が激流となって信包勢に襲いかかる前に食い止めなければ、身方は総崩れになりかねない。そう見て取った高虎は、馬廻り衆さえふり切り、敵の横面《よこつら》めがけてただ一騎で駆け込んだ。

相手はあわてて向きを変えようとするが、長槍を構えたままでは思うに任せない。額金《ひたいがね》を巻いただけの足軽どもの頭をめがけて、高虎は得意の馬上槍をふるった。柄の長さは二メートルばかりだが、握りが太くけら首には鉄を巻いている。穂先は九十センチもあり、菱《ひし》形の刃をつけていた。

この業物《わざもの》を軽々とふるうと、十人ばかりの足軽があっという間に倒れ伏した。ある者は頭蓋《ずがい》をくだかれ、ある者は首を打ち落とされて息絶えた。

あまりの凄《すさ》まじさに、日置勢は気を呑《の》まれて立ちすくんだ。まるで化物にでも出会ったように、馬上を見上げる者もいる。

高虎は間髪入れず、

「羽柴美濃守《みののかみ》の家臣、藤堂与右衛門高虎である」

大音声《だいおんじょう》に名乗りを上げた。

体もデカいが声はそれ以上である。聞きなれた賀古黒でさえぴくりと身をすくめたほどだから、日置勢にはたまらない。思わず槍を取り落とし、その場にぺたりと尻もちをつく者が何人もいた。

高虎はのそりと馬を下り、敵の前に立ちはだかった。

足軽どもより肩から上だけ背が高い。しかも面頬《めんぽお》で顔をおおっているので、威圧感と不気味さはたとえようもないほどである。

足軽たちは誰一人立ち向かおうとせず、気圧《けお》されたままじりじりと後ずさった。

それを見て崩れかけていた信包勢が踏みとどまった。臆病風《おくびょうかぜ》に吹かれた我身をはじ、槍を構えなおして日置勢に立ち向かおうとした。

その横を新七郎が喚《おめ》きをあげて走り抜け、敵のただ中に斬《き》り込んだ。足の速い者から順に、二十人、五十人、百人とひと固まりになって襲いかかる。

利あらずと見た大膳亮は引き太鼓を打ち鳴らした。日置勢はとたんに退却にかかり、西の橋をわたって次々と二の丸に駆け込んだ。

よく訓練された統制のとれた退却ぶりだが、西の橋を渡したままでは敵に付け入られるおそれがある。移動式の橋を城内に引き入れるまで、橋詰で敵を食い止めておく者が必要だった。

首尾《しゆび》よく役目を果たしても、生きて城内にかえれぬ役目である。死に番と呼ばれる過酷な任務を、大柄な武将にひきいられた二十数人がはたそうとした。五メートルばかりの長槍を持ち、槍ぶすまを作って敵を待ち構えている。いずれも戦なれした剽悍《ひようかん》な侍ばかりだった。

「待て」

攻めかかろうとする身方を制し、高虎は侍たちに歩み寄った。

「見事なお働きでござる。ご尊名をうかがいたい」

「大膳亮の弟、日置兵部と申す」

赤糸おどしの鎧を着た武将が、槍をひっさげて進み出た。年の頃は二十二、三。眉《まゆ》がひいであごが引き締まったりりしい顔立ちである。若くして死に番をつとめる凛《りん》とした覚悟が瞳にも顔色にも表われて、何とも見事な武士《もののふ》ぶりだった。

こんな愛弟を死地におもむかせた日置大膳亮は、どれほどの辛《つら》さと苦しさを忍んだことだろう。その胸の内を思うと、高虎はたまらなくなった。

「もはや貴殿らに活路はない。槍をおいて降参なされよ」

「笑止な。死はもとより覚悟の上でござる」

兵部が槍を構えた。大柄とはいえ高虎よりふた回りも小さく、力も経験も不足していた。

「昨日の敵は今日の友という言葉もある。一時の恥をしのんで、この高虎に仕えられよ。決して悪いようにはいたさぬ」

「問答は無用でござる。いざ」

兵部はいちずに突き立ててきた。

なかなかいい槍筋だが、高虎は余裕をもって二、三度かわし、馬上槍を横にふるった。

兵部の首が血しぶきとともに三尺ばかりも飛び上がり、兜《かぶと》を下にしてどさりと落ちた。

兵部の配下たちは血相を変え、いっせいに突撃する構えを取った。

「やめぬか」

張り上げた声が泣いていた。

「兵部どのは敵《かな》わぬと分っていながら、命を捨てて武門の意地をつらぬかれた。その方たちまで死ぬことはあるまい。この場は引き受けるゆえ、この首を大膳どのにとどけてやれ」

高虎は移動式の橋をもう一度わたさせ、兵部の家臣たちが城内にもどるまで戦をやめさせたのだった。

3

三月二十一日になって、高虎は急に本陣に呼び出された。

新たな作戦にかかるように命じられるのだろうと覚悟していたが、秀長は意外なことを言った。

「与右衛門、この城は落とせぬようじゃな」

「落とせまする」

高虎は不甲斐《ふがい》なさをとがめられた気がして言い返した。

「ほう。どうする」

「近在の浦々から枯れ木をつんだ船を二百艘ばかり集め、外堀に浮かべて焼き立てます。さすれば城に飛び火させることができましょう」

「なるほど。よき思案だ」

秀長が目を細めておだやかに笑った。細くとがったあごに、うっすらとひげをたくわえている。戦場より茶室のほうが似合いそうな恬淡《てんたん》とした風貌《ふうぼう》だった。

「しかし、もはやそうしている時間はない。一昨日《おととい》兄者《あにじゃ》が大坂城を発《た》たれたそうだ」

高虎らが松ヶ島城に手こずっている間に、戦局は緊迫の度をましていた。

三月十三日に徳川家康が清須《きよす》城に到着し、織田信雄と今後の対応を話し合った。

折しもその頃、秀吉方となった池田恒興《つねおき》と森長可《ながよし》は、信雄方の拠点である犬山城を奪い取った。

十六日になると、池田、森勢は勢いにのって小牧山城の近くまで攻め入って放火した。これに対して家康は、犬山城の近くまで兵を出して敵を追い払った。

いよいよ家康本隊が出てきたと聞いた秀吉は、七万の大軍をひきいて美濃に向かい、家康と雌雄《しゆう》を決しようとしていたのだった。

「戦場《いくさば》は犬山城と小牧山の間になろう。兄者はやがて我らにも合流せよと命じられるだろうが、美濃までは敵の領国ゆえ道中何があるやも知れぬ。そなたは三千ばかりをひきいて先に発ち、通路の安全を確保してくれ」

「殿はいつ頃発たれますか」

「今月末までには、犬山あたりで陣を張らねばなるまい」

すると五、六日の猶予《ゆうよ》はある。ならば道中一日だけ暇をもらいたいと高虎は申し出た。

「それは構わぬが、なぜだ」

「御在所岳《ございしょだけ》に参ります。久々に故郷をながめてみたくなり申した」

「あそこからでは、藤堂村は見えまい」

「構いませぬ。殿と初めてお目にかかった所ゆえ、思い出なりとも辿《たど》りたいのでござる」

家康との決戦を前になつかしい故郷をあおぎ、心の整理をつけておきたかった。

翌朝早く、高虎は三千の軍勢をひきいて松ヶ島を発ち、敵が街道にきずいた柵《さく》や土塁を取りのぞきながら北へ向かった。

宿場町では不審な者がいないことを確認し、広い川には船橋をかける手配をしなければならない。

根気のいる地味な仕事だが、高虎は用意の銭をおしみなく与えて地元の者たちの協力を取りつけていった。

まわりには伊勢の土豪たちの城も多く、それぞれ勢を集めて立てこもっているが、打って出て戦いを挑もうとする者はいなかった。

彼らは信雄との長年の好《よしみ》にしたがって身方になったものの、緒戦で秀吉方の圧倒的な強さを見せつけられ、しばらく模様《もよう》をながめた方が得だと考えはじめていたのである。

（だが、徳川どのはちがう）

海道一の弓取りの名をほしいままにし、歴戦の武将たちからもしたわれている。その家康と正面から戦うことに、高虎は言いようのない高ぶりを覚えていた。

（あるいは尾張が墓所《はかどころ》になるかもしれぬ）

そんな覚悟でのぞんでいるからこそ、もう一度生まれ故郷をながめてみたいと思ったのだった。

夕方、津城についた。

織田信包の居城で、五百ばかりの将兵が主《あるじ》の留守を守っている。高虎らは城の外構えを借り受けて宿営することにした。

この城には浅井長政《ながまさ》の娘のお茶々《ちゃちゃ》が、二人の妹とともに引き取られている。小谷《おだに》城で父を、北ノ庄城で母を失った三人の娘は、母方の伯父である信包に保護されていたのだった。

（お茶々さまは、もう十六になられるはずだ）

浅井家に仕えていた高虎は、幼い頃のお茶々を知っている。あの利発で気の強かった娘が零落《れいらく》の悲哀《ひあい》にしずんでいると思うと、会って一言励ましてやりたくなった。

新七郎を使者に立てて面会を申し入れたが、織田信包が出陣中は誰にも会わぬと突っぱねられた。

「本丸の奥御殿を厳重にとざし、外来者はおろか家中の者の出入りも禁じておられるそうでございます」

「小谷城でお目にかかった藤堂与右衛門だと伝えたか」

「取り次いでいただきましたが、結果は同じでございます。世情物騒の折ゆえ誰が敵方に通じているか分らぬと、御錠口《おじょうぐち》を固く閉ざしておられるそうでございます」

無理もあるまいと、高虎はいたく同情した。お茶々は五歳で小谷城の落城を、十五歳で北ノ庄城の落城を経験している。男でも身の毛もよだつ阿鼻叫喚《あびきょうかん》の地獄をくぐり抜け、かろうじて生き延びたのである。

そのことが大きく深い心の傷となり、誰も信用できない心理状態におちいっていることは容易に想像できた。

翌日は四日市の宿に足を止め、全軍に一日の休暇を与えた。

この先は敵の真っただ中を抜けて揖斐川《いび》ぞいに北上することになる。その前に手足を伸ばしてゆっくり休めと命じ、新七郎と服部竹助だけをつれて御在所岳にむかった。

御在所岳は伊勢と近江《おうみ》の間につらなる鈴鹿《すずか》山脈の主要峰のひとつで、高さは千二百十二メートルである。

山頂の周辺には花崗《かこう》岩の絶壁がつらなり、人をよせつけぬ厳しい風貌を見せている。

この険しい斜面を、高虎らは歩いてのぼった。主従三人、湯の山の温泉場を流れる三滝川ぞいの道を黙々と歩いていく。

やがて三岳寺《さんがくじ》の跡地に出た。

大同二年（八〇七）に最澄《さいちょう》がひらいたという古刹《こさつ》だが、永禄《えいろく》十一年（一五六八）に信長勢に焼き打ちにされ、災禍をまぬかれた僧坊がいくつか残っているばかりだった。

寺の脇《わき》の道をとおって狭い谷を分け入っていくと、けもの道ほどのかすかな踏み跡が尾根にむかってつづら折りになり、山頂へつづいている。

「これが三岳寺修験の行場《ぎょうば》だったところでございます」

新七郎が先に立って案内した。

多賀大社の行場である飯道山《はんどうさん》で修行に打ち込んでいた頃、鈴鹿山脈にも足を伸ばしているので、このあたりの地形には通じていた。

三人は切り立った花崗岩の岩場をかわしながら黙々と歩いた。

普通の人間にはとてものぼれない険しさだが、高虎は戦場で足腰をきたえ上げている。服部竹助も忍びの心得があるので息ひとつ乱していなかった。

時は旧暦の三月下旬。ふもとはみずみずしい新緑におおわれているが、山をのぼるにつれて気温が下がり、山桜が今をさかりと花をつけていた。

歩くこと二時間、高虎らは山頂の岩場にたどり着いた。

東をのぞめば伊勢湾と伊勢平野、濃尾《のうび》平野、知多半島が一望できる。西に目を転じれば、琵琶《びわ》湖と比良《ひら》山脈、近江平野を広々と見渡すことができた。

高虎は額と首筋の汗をぬぐい、竹筒の水をゆっくりと飲んだ。山の甘いわき水が渇いた喉《のど》を心地《ここち》よくうるおしていく。それにつれて壮快な気が体に満ちていった。

「あれが長島城だ」

高虎は木曾《きそ》川と長良《ながら》川の間の中洲《なかす》をさした。

織田信雄が本拠とする長島城は、中洲の中央に位置している。本能寺の変の後に尾張と伊勢を相続した信雄は、この地に城を築いて両国統治の拠点としていた。

長島城の向こうには清須城や小牧山城がある。そこには家康が一万余の軍勢をひきいて入城し、秀吉との決戦にそなえていた。

西に目をやっても生まれ在所の藤堂村(滋賀県甲良《こうら》町)は見えないが、高虎にとって近江全土が古里のようなものだった——。

4

高虎は弘治《こうじ》二年(一五五六)一月六日、藤堂虎高の次男として生まれた。母は多賀新介の娘お虎である。

藤堂家は代々甲良荘一帯に勢力を張ってきた豪族で、足利将軍家につかえて従五位下に叙《じょ》されるほどの家柄だった。

父虎高は三井出羽守《でわのかみ》家に生まれ、越後の長尾景虎《かげとら》につかえて高名をあらわしたとか、甲斐《かい》の武田信虎に属して虎の一字をたまわったという伝説を持つ武勇の士である。

虎高の武名を聞いた浅井久政《ひさまさ》が、お虎を藤堂家の養女にして虎高とめあわせ、しかる後に家臣として召し抱えたという。

この頃の所領は一万五千石と伝えられている。戦となれば五百の将兵をひきいて出陣したというから、浅井家の中でも五本の指に入るほどの重臣だったはずである。

お虎も世に知られた女傑だった。体も大きく力も強く、虎高との間に二男一女をもうけた。三人目に生まれたのが幼名与吉、後の高虎だった。

初陣《ういじん》は十五歳、姉川《あねがわ》の戦いである。

元亀《げんき》元年（一五七〇）六月二十八日、浅井、朝倉の連合軍は、織田信長、徳川家康の軍勢三万四千と北近江の姉川で激突した。

この戦いに高虎も父とともに出陣したのだった。

初めは浅井軍が信長勢を追い崩すほどの勢いを示したが、左翼に陣した徳川勢八千余が川を渡って朝倉軍を押し返した。

そのために浅井軍は前と横から敵の攻撃をうけ、小谷城に退却せざるをえなくなった。

高虎が家康という武将の凄《すご》さと徳川軍の強さを知ったのは、この敗戦の屈辱《くつじょく》のなかでのことである。その名は打ち勝つべき敵として脳裡《のうり》にきざみ込まれ、終生影響を与えつづけることになった。

それから二年、狭い小谷城での籠城《ろうじょう》戦に従ったが、十七歳の時に山下加助という上役と争い、これを斬《き》り捨てて逐電《ちくでん》した。

原因は飯である。

籠城がながびくにつれて城内の兵糧《ひょうろう》は欠乏し、一日に粥《かゆ》二杯しか食べられない生活がつづいた。

育ちざかりの若者にとって、これは辛《つら》い。しかも二メートルちかい巨漢なので、次第に腹をへらした虎《とら》のような不穏《ふおん》な気分になっていった。

そんな時に「わしの粥を盗んだ」と言いがかりをつけられたのである。

高虎はこの時ほど、体の大きさゆえの悲哀を味わったことはなかった。

人より体が二倍ほど大きいのだから、それに応じた量を食べなければ身がもたない。だが兵糧のとぼしい城内では一人あたりの配給量は同じで、朝夕一杯ずつの粥がくばられるばかりである。

高虎は人に倍する空腹にさらされ、必死の思いで耐え抜いた。藤堂高虎ともあろう者が、腹がへったくらいで弱音を吐いてなるものかと懸命に己れに言いきかせたが、辛さは顔や体の衰弱《すいじゃく》となってあらわれる。

そのみすぼらしい姿ゆえにこうした疑いを招いたのだと思うと、己れが情けなく腹立たしい。しかも空腹で気が立っているだけに、怒りが皮膚《ひふ》を突き破って爆発しそうになった。

「俺ではない」

高虎はやせて落ちくぼんだ目で、ひと回りも年上の加助をじろりとにらんだ。

だが空腹に自制心を失った加助は、執拗《しつよう》にお前が盗んだに決まっていると言い張った。

「俺ではない」

もう一度ぼそりと言った。声は低いが、怒りを押し込めた殺気があった。

それを鋭く感じ取った加助は、逆上して刀に手をかけた。

高虎は反射的に脇差しを抜き、長い腕を伸ばして横にふるった。

戦場できたえ上げた無意識の動きである。斬るつもりはなかったが、加助は一瞬のうちに絶命していた。

喧嘩《けんか》は両成敗である。加助の同僚や家臣たちが槍《やり》や刀を取って討ち果たそうとした。

高虎は身ひとつで城を飛び出し、尾根づたいの道をたどって落ちのびたのだった。

その後、山本山城主の阿閉淡路守《あつじあわじのかみ》につかえたが長続きせず、十八歳の時に高嶋郡小川城主の磯野《いその》丹波守《たんばのかみ》に八十石で召しかかえられた。

この頃小谷城の浅井家は信長に攻められて滅亡し、羽柴秀吉が二十万石の所領を得て長浜城主になっていた。

浅井方だった磯野丹波守はいち早く信長に降《くだ》り、信長の甥《おい》である津田《つだ》信澄《のぶすみ》を養子にすることで家の存続をみとめられた。

高虎は新しく主《あるじ》となった津田信澄にしたがって丹波に出陣し、多気郡の小山城や籾《もみ》井《い》城で一番首を取るほどの手柄を立てたが、恩賞は薄かった。

信澄は手ずから佩刀《はいとう》を与え、母衣《ほ》衆《ろしゅう》（親衛隊）に加える名誉をさずけたものの、禄《ろく》（給与）を引き上げようとはしなかった。

八十石の手取りでは、馬も従者も必要な母衣衆の務めは果たせない。せめて百五十石くらいは扶持《ふち》してくれと直訴したが、信澄は応じようとしなかった。

業を煮やした高虎は、信澄に辞表を叩《たた》きつけて牢人《ろうにん》となったのである。

二十歳にして三度主を変えることになったわけだが、戦国時代にはこうした例はめずらしいことではない。

己れの武勇に自信があるからこそ、見込みのない主人はさっさと見限って新天地をさがすのである。大名たちも先を争って名のある武士を召し抱えようとしたので、勤め先にこと欠くことはなかった。

高虎は藤堂村にもどって閑居《かんきょ》した。故郷の自然を友として暮らし、これからの生き方をじっくりと考えてみることにした。

近くの犬上川へ行って釣りをしたり、勝楽寺《しょうらくじ》へ行って故郷の英雄である佐々木《ささき》道誉《どうよ》の墓の前で終日すごしたり、道誉が拠点とした勝楽寺山の城跡へのぼってぼんやりと景色をながめたりした。

人には立ち止まることが絶対に必要である。日常の生活に流されていては、日常性を縛る価値観から抜け出すことも、習慣的になったがゆえに苔《こけ》むしたように鈍磨《どんま》した五感を覚醒《かくせい》させることもできない。

そのことに初めて気付いた高虎は、仕官の誘いをすべて断わり、悠然とふるさとの居候《いそうろう》を決め込んでいた。

5

牢人暮らしが一年ちかくになった天正四年（一五七六）の晩秋、二人の武士がふらりと訪ねてきた。

一人は宮部継潤《みやべけいじゅん》。

高虎が浅井家につかえていた頃の先輩で、歳《とし》は四十一になる。もとは比叡《ひえい》山の山法師で、善祥坊《ぜんしょうぼう》と名乗っていた。

後ろに影のように付き従っている中背の男は、秀吉の弟小一郎（後の秀長）だった。

「与右衛門、今日はお主を買いに来た」

継潤が秀長を紹介し、この方に仕えてみる気はないかと言った。

継潤は姉川の戦いの後に信長に降《くだ》り、秀吉の寄騎《よりき》になった。そこで秀長と出会い、肝胆相照《かんたんあいて》らす仲になったという。

「小一郎と申す。貴殿のことは宮部どのからたびたび聞いておりまする」

おだやかな目を向けて、丁重すぎるほどの挨拶《あいさつ》をした。

「どうしてそれがしを」

召し抱えたいのかと高虎はたずねた。

「その体格でござるよ」

高虎には聞きあきた台詞《せりふ》だが、秀長は力の強さや偉丈夫ぶりを見込んだのではなかった。

「その体格でありながら、小谷城での籠城の時には皆と同じ配給で辛抱なされたと聞き申した。さぞ辛かったことでござろう」

「それは……、辛いものでした」

高虎は思わず素直に答えていた。

体が大きくて強そうだと持ち上げる者はうんざりするほどいたが、腹具合まで考えて同情してくれた男は初めてだった。

「兄者に武士にさせられるまで、拙者は尾張の中村で百姓をしておりました。腹がへる辛さはよく知っております」

それゆえ空腹に耐え抜いた者の立派さもよく分るというのである。

「ご覧の通りの暮らしぶりですが、お仕えしたなら何をすればよいのでしょうか」

「馬廻り衆の頭《かしら》になっていただきたい」

「何騎ほどの組でしょうか」

どうせ五、六騎ばかりの組頭にしたいのだろうと思った。むろんそれとても破格の待遇にはちがいなかった。

「それが、まだ一騎もおりませぬ」

秀長は恥じ入るようにうつむいて、これから馬廻り衆を組織するので腕をふるってほしいと打ち明けた。

「それがしに指揮をとれと申されるか」

「それればかりでなく、人選もすべてお任せしたい。まず頭を決めてからと存じましたゆえ」

馬廻り衆は主君の旗本である。その人選を任せるとは、命を預けると言うにひとしい申し出だった。

「ありがたいお話でござるが、そこまでの力量はございませぬ」

高虎は数人の家来しか持ったことがないと正直に打ち明けた。秀長のためにもそうするべきだと思った。

「拙者にも力量などありませぬ。それゆえ一緒に苦労してくれる誠意のある方をさがしているのです」

秀長はあくまで謙虚だが、心のあたたかさと器の大きさは向かいあっているだけで伝わってきた。

「配下の数は五十騎、禄《ろく》は些少《さしょう》だが」

三百石と手にした鞭《むち》で地面に書いた。

信澄に仕えていた頃の四倍ちかいが、高虎はもはや禄の多少など眼中になかった。この人に仕えてみたいと、心の底からそう思った。

それからは水を得た魚のようだった。

秀長とともに播磨《はりま》の三木城攻めに出陣し、敵の侍大将賀古《かこ》六郎右衛門《ろくろうえもん》を一騎打ちの末に討ち取る大金星をあげた。

六郎右衛門は西国一の剛の者と評判の勇者である。これと正面から組み合って討ち取ったことで、高虎の武名は天下にとどろいた。

しかも彼が乗っていた四尺六寸の黒馬（背筋までの高さが、およそ百四十センチ）を奪い取り、賀古黒と名付けて愛馬とした。

高虎二十五歳の功名《こうみょう》である。

翌年、但馬《たじま》国（兵庫県北部）まで出陣し、国人一揆《こくじんいっき》の大将である冨安丹後《とみやすたんご》らを討ち取って但馬平定に大きく貢献《こうけん》した。

その功を賞した秀長はいっきょに三千石を加増し、侍大将にふさわしい待遇をした。

都合三千三百石。家臣も百人ちかく召し抱える身となった。

こうなればやはり一家を構える必要がある。いつまでも独身《ひとりみ》は体に毒だとまわりの者たちが騒ぎ立て、一色修理大夫《いっしきしゅりのだいぶ》義直《よしなお》の娘と妻《めあ》わせた。

一色家は足利幕府にあって四職家のひとつに数えられた名家である。

零落したとはいえ、但馬や丹後における影響力には無視できないものがあり、秀吉、秀長が但馬に勢力を張る上でも意義深い縁組みだった。

娘の名を芳姫《よしひめ》（後の久芳夫人）という。

面長で楚々《そそ》とした京人形のような顔立ちである。和歌にも通じ行儀作法も身につけた、これ以上望めぬほどの花嫁だった。

だが高虎には新婚の蜜月《みつげつ》におぼれている暇はない。この年の六月には鳥取城攻めに加わり、翌年の三月には毛利勢と対陣するために備中まで軍を進めた。

本能寺の変が起こったのは、高虎らが高松城を水攻めにしている最中だった。秀吉は即座に毛利方と和を結び、軍勢を返して明智《あけち》光秀との決戦にのぞんだ。

先陣をつとめたのが秀長で、高虎はいつものごとく侍大将として真っ先に敵陣に攻め込み、華々しい活躍をした。

翌年信長の後継者をめぐって秀吉と柴田勝家が争い、北近江の賤ヶ岳で雌雄を決することになった。

勝負の行方は、どちらが早く山上の要地を占領するかにかかっていた。

先陣を命じられた高虎は、敵の先手である佐久間盛政らが山の尾に攻め上がるのを見ると、多賀新七郎や服部竹助ら五十人ばかりを引きつれて敵より先に駆け登り、上から鉄砲を撃ちかけて追い払おうとした。

ところが敵は十倍以上で、四方から山の尾を押し包んで討ち取ろうとする。高虎は鉄砲を捨て槍をふるって戦ったが、右肘《ひじ》を突かれて槍を取り落とすほどの傷を負った。

「大将、大事ござらぬか」

新七郎と竹助が素早く左右を固めたが、敵の包囲は厳重でもはや切り抜けられそうになかった。

その時、後方から百騎ばかりが鉄砲を撃ちかけながら山の斜面を登ってきた。先頭を駆けるのは、白銀《しろがね》色の南蛮鎧《なんばんよろい》をまとった秀長だった。

「殿じゃ。殿が来て下されたぞ」

高虎はとたんに元気付き、左手一本で刀をふるって血路を開こうとした。前後から攻められた敵はおそれをなして道を開け、高虎らはかろうじて脱出することができた。

秀長らはそのまま山の尾まで駆け上がり、またたく間に敵を追い払った。

「与右衛門、大事ないか」

秀長は馬から下りて高虎の傷をあらためた。

幸い槍の穂先を太い骨がくい止めていて、深手にはなっていなかった。

「面目ござらぬ。馬を出していただかねば、生きてはおられぬところでした」

「そちのお陰でこの山が取れた。死なせるわけにはいかぬ」

秀長は手早く傷口に布をまいて出血をおさえ、山を下りて養生せよと言った。

だが高虎はそのまま秀長らと踏みとどまり、本隊の到着を待って佐久間勢を敗走させる働きをした。

この功により秀吉から千石、秀長から三百石を加増され、都合四千六百石の大身となった。

そしていよいよ、徳川家康との天下を賭《か》けた戦いにのぞもうとしていたのである——。

6

御在所岳の山頂を涼しい風が吹き抜けていく。ふもとでは味わえぬ爽気《そうき》につつまれながら、高虎はじっと濃尾平野をながめた。

家康が陣を張っている小牧山が、小さな黒い点のように見える。秀吉方の池田恒興らが占拠した犬山城は、そこから北に十二キロほど離れたところにある。

高虎はかなたの景色をあおぎ、やがて始まる合戦に思いを馳《は》せた。

姉川の戦いの時に見た徳川勢の見事さが、今も脳裡《のうり》に焼きついている。一糸乱れぬ隊列を組み、覚悟の定まった深い目をして整然と進軍してくる男たちの姿が、まるで昨日のことのように目に浮かぶ。

その軍勢と天下をかけた決戦にのぞむと思うと、我知らず胴震いをしていた。

「竹助、旗を立てよ」

服部竹助に黒餅紋《くろもちもん》をえがいたのぼり旗をかかげさせ、多賀新七郎に勝鬨《かちどき》のほら貝を吹き鳴らさせた。

旌旗《せいき》は天に向かってはためき、貝の音は地をおおって嫋々《じょうじょう》と鳴りわたる。

高虎は山頂の岩に仁王立ちになり、

「天地も神仏もご照覧《しょうらん》あれ。藤堂与右衛門高虎、これより海道一の家康公と楯矛《たてほこ》におよび申す」

はるか彼方《かなた》に向かって大声で叫んだ。

興奮のあまり涙がにじんでいる。高虎はそれをぬぐおうともせず、眼下に広がる雄大な景色をながめていた。

木曾川をこえて犬山城に入ったのは、四月二日のことである。

秀吉は三月末に到着し、すでに五条川の南の楽田《がくでん》城に移っていた。

半月ほど前、池田、森の手勢は五条川の北の羽黒で徳川勢に敗北している。

秀吉がそれより南の楽田城に入ったのは、家康など恐るるに足らぬという威勢を示して全軍の士気を高めるためだった。

翌日、高虎は三千の兵をひきいて楽田城に移った。

楽田村の東のはずれにある小城で、高さ三メートルばかりの台地に築かれている。

九十メートル四方ほどの広さをもち、まわりには幅十メートルほどの空堀がめぐらしてある。

この堀に数千人もの人足が入り、手に手に鍬《くわ》や鋤《すき》を持って堀の拡張工事にあたっていた。

「おなつかしや。与右衛門どのではありませぬか」

後ろから呼び止められた。

堀の中から長い顔をぬっと突き出して笑いかける若者がいた。

「おお、虎之助ではないか」

秀吉子飼いの加藤虎之助清正である。

高虎より六歳下だが、鳥取城や備中《びっちゅう》の冠山《かんむりやま》城攻めで手柄を立て、勇猛ぶりを知られるようになった。

山崎の戦いでは槍をならべて突撃し、力をあわせて明智勢を追い崩した仲だった。

「伊勢に出陣しておられると聞きましたが」

「殿の先払いを命じられてな。二、三日のうちには全軍をひきいて参られるはずじゃ」

「そうですか。お二人がそろわれるとは、鬼に金棒でございますな」

堀から顔だけ出して呑気《のんき》なことを言った。

馬もびっくりするほど長い顔につぶらな目玉がパラリと散って、鼻の下に薄いひげをたくわえている。のんびりとした温和な性格だが、戦場に出ると人が変わったように荒々しくなるから不思議だった。

「そんな所で、何をしておる」

「地を掘っているのでござる」

「それは分かるが、そなたがする仕事ではあるまい」

「秀吉さまが馬出しを作れと申されましてな。後学のために手伝っております」

楽田城は本丸だけの平城で、出入り口がひとつしかない。これでは敵に包囲された時に打って出ることができないので、大手口の前に曲輪《くるわ》を作り、馬出しにしようとしているのだった。

「ところで、頼みがある」

高虎が差し伸べた手に清正はしっかりとつかまり、身軽に堀から上がってきた。

身の丈六尺五寸五分。高虎より七センチほど高い大男である。二人並んで槍を構えると、どんな相手も怖気《おじけ》づいて立ちすくむほどだった。

「それがしにできることなら、何なりと」

清正が体を折って袴《はかま》の泥を払った。

「殿の使いで秀吉公に会わねばならぬ。取り次いでくれ」

「雑作もなきことです。参られよ」

清正は先に立って楽田城の大手門をくぐった。

清正の母と秀吉の母は従姉妹《いとこ》にあたる。清正は秀吉の妻おねいの義理の甥《おい》でもあるので、十三歳の頃から秀吉の家で養育された。

それゆえ秀吉との間柄は親密で、いつでも自由に本陣に出入りすることが許されていた。

秀吉は急ごしらえの館《やかた》にいた。

二十畳ばかりの広間で、配下の武将と作戦会議を開いている。

中央には尾張の大きな絵図がおかれ、池田恒興や森長可、秀吉の甥である三好秀次らが神妙な顔でのぞき込んでいた。

「おお、与右衛門。よい所に来た」

秀吉は気さくに声をかけ、縁側まで出て秀長の書状を受け取った。

四十八歳になる小柄な男で、高虎の胸までの背丈しかない。だが首は太く肩はがっちりとして、信長にはげねずみと仇名《あだな》された顔は大戦を前にした闘気に満ちていた。

「ご苦労。して口上は」

「総勢は三万五千。鉄砲四千五百挺《ちょう》を持って、四月五日までにこちらに到着なされます」

「あい分った。そちは手勢をひきいて犬山城にもどり、陣小屋の手配をして美濃守の到着を待つがよい」

秀吉の判断は早くて的確である。指示も具体的であいまいさがなかった。

「与右衛門、久しいの」

恒興がここに上がれと手招きした。

信長のもとで数々の戦功をあげ、天下にその名を知られた武勇の士である。

高虎は戦《いくさ》の前にゆっくり話してみたいと思ったが、秀吉の手前をはばかって遠慮した。

「さようか。ならば我が陣所に寄ってくれ。倅《せがれ》の三左《さんざ》が会いたがっていたのでな」

池田家の陣所を訪ねると、三左衛門輝政《てるまさ》が百メートルほど先から目ざとく見つけて駆け寄ってきた。

「やはり高虎どのだ。このお姿は天守のように遠くからでもはっきりと見えまするぞ」

この若武者は明るくて、小犬のように潑剌《はつらつ》としている。歳は清正より二つ下の二十一歳で、高虎とは戦陣で何度か顔を合わせたことがあった。

「今度の戦は、天下を左右するものになるとうかがいました」

「うむ。そうだろうな」

「ならば、ひとつお願いがあります」

高虎といっしょに戦いたい。その機会を与えてほしいと、輝政は拝むようにして頼みこんだ。

「そちは池田家の大将じゃ。お父上が許されまい」

「父の許しは得てあります。戦の仕方を、与右衛門どのから教えてもらえと申しておりました」

「さようか。ならば構わぬが、なぜわしの側《そば》につきたがる」

「清正どのの言葉が正しいかどうか、この身で確かめてみたいのでござる」

賤ヶ岳の合戦で与右衛門どのと一緒に戦った時、得も言われぬ歓喜をおぼえた。御仏とひとつになった涅槃《ねはん》とは、あのような境地をいうのではあるまいか。清正はそう言ったという。

その口調がいかにも得意気なので、負けん気の強い輝政は嫉妬《しっと》をおぼえ、清正と同じ境地を味わえなければ生きる甲斐《かい》がないと思い詰めているのだった。

四月五日の夕方、秀長が伊勢方面に展開していた三万五千の軍勢をひきいて犬山城に到着した。

軍勢の数において圧倒的な優位に立った秀吉は、別働隊を編成して一気に家康の本拠地である三河に攻め込むことにした。

その奇襲作戦の内容を、高虎は秀長から聞かされた。

「すでに岩崎、内久保、田中、二重堀の砦《とりで》に兵を入れ、小牧山城の徳川方を釘付《くぎづ》けにしている。その隙《すき》に孫七郎に二万四千の兵をさずけ、三河に攻め込ませるのだ」

秀長は絵図に記された砦を指しながら説明した。

孫七郎とは秀吉、秀長の甥で、三好家の養子となっている秀次のことだった。

「先陣は池田どの、森どのがつとめられる。明日にも楽田城を出て、竜泉寺城へ入られるはずだ」

二つの城の間には大草、柏井《かしわい》という砦がある。ここを根城《ねじろ》として南下し、庄内《しようない》川の南岸にある竜泉寺城へ入れば、三河は目と鼻の先だった。

「孫七郎どのには、どなたが」

補佐《ほさ》役としてつくのか、高虎は気になった。

秀次はまだ十七歳である。こうした大がかりな電撃作戦の指揮をとるには、経験も力量も不足していた。

「木下勘解由《かげゆ》と助左衛門だ。大軍の指揮をとった経験がないので心許《こころもと》ないが、池田どのと森どのがおられるゆえ指南して下されよう」

「されどお二人は先陣でございます。本隊と離れておられるゆえ、万一の時には間に合いますまい」

「わしもそのことが気になっておる。だが兄者は、徳川本隊は動けぬので案ずることはないとお考えなのだ」

秀長は案じ顔で絵図に目を落とした。

秀吉はすでに作戦を決定し出陣命令を下しているので、今さら変更することはできなかったのである。

四月六日夜半、三河攻撃軍が進発した。

先陣は森武蔵守《むさしのかみ》長可の三千。鬼武蔵と異名をとった気鋭の武将で、二十七歳の働きざかりである。

森隊の右後ろを池田紀伊守《きいのかみ》元助と三左衛門尉輝政の兄弟が二千の兵で、左後ろを入道勝入《しょうにゅう》恒興がやはり二千の兵でかためていた。

その後方に堀秀政、高山右近《うこん》、長浜衆らがつづき、三好秀次の本隊八千余が部隊の中核をなしていた。

7

八日に竜泉寺城を出た三河攻撃軍は、その夜長久手（長湫《ながくて》）に宿営した。湫とは沼などのように水草の生えた低湿地のことで、軍勢が駐屯《ちゆうとん》できる乾いた土地は少なかった。

行軍する時も湿原の一本道を通らざるを得ない。それゆえ二万四千の軍勢は縦長の陣形をとり、思い思いの場所に夜営するという重大なミスをおかした。大将の秀次は白山林《はくさんばやし》に、森長可は仏ヶ根の南に、先頭に出た池田恒興らは岩崎城のちかくにいたというから、まるで大蛇が寝そべっているような無防備な宿営ぶりである。

家康はこの隙《すき》を見逃さなかった。

おそらく秀吉軍が三河へ向かうと知った時から、夜営した敵の油断をつく以外に勝機はないと狙《ねら》いを定めていたのだろう。

八日の夕方から少人数ずつ小牧山城を抜け出し、小幡《おばた》城に集結するように命じた。旗を巻き槍《やり》を伏せ、馬の口に枚《ばい》をふくませていななきを押さえた軍勢が、五十騎、百騎とひそかに移動を開始した。

秀吉はこの動きを間者《かんじゃ》の報告によって察知し、柏井にいた一柳直末《ひとつやなぎなおすえ》にあてて「小牧より出候《いでそうろう》人数が小幡へうつり候は、その意を得候か」と問い合わせている。妙だと察したものの、まさか家康自身が大軍をひきいて城を抜け出したとは考えてもいなかったのである。

八日の宵《よい》に小牧山を出た家康は、小幡城に入って軍勢を二手に分けた。

第一隊の榊原康政《さかきばらやすまさ》、岡部長盛《おかべながもり》、水野忠重《みずのただしげ》らの軍勢四千ばかりには、敵の最後尾にいる秀次の本陣を急襲するように命じた。

第二隊は家康みずから六千余の軍勢をひきい、長久手の東側にまわり込んで色ヶ根（色金）に陣をしくことにした。

敵は寝そべった大蛇である。まず秀次の本陣を叩《たた》いて頭をつぶす。次に胴体を両断し、孤立化させたのちに各個撃破していく。

野戦の名人といわれた家康は残酷なほど的確な作戦を立て、九日の午前二時頃部隊を進発させた。

小幡城から白山林までは、およそ六キロの道のりである。榊原康政らの第一隊は午前四時頃に敵の間近に迫り、合図の棒火矢が上がるのを待った。

家康本隊も色ヶ根に上がり、長久手を見下ろす有利な位置を占めた。

その頃、池田恒興、森長可らの軍勢七千は、長久手から南へ四キロほどはなれた所にある岩崎城に攻めかかっていた。

夜明け前に三河へむかって進軍を開始したところ、岩崎城の留守役をつとめていた丹羽氏重《にわうじしげ》が、わずか二百余の軍勢で奇襲をかけてきた。

これを追って殲滅《せんめつ》しようとしたところ、城に逃げ込んで籠城《ろうじよう》戦に持ち込んだために、思わぬ足止めをくったのだった。

恒興らが岩崎城を攻め落とした頃には、白山林での戦いが始まっていた。

白山林は矢田川の南の小高い丘で、白山宮をまつっている。この高台に宿営した秀次勢八千に、榊原康政らの四千は北と西側から襲いかかった。

家康は小牧山から動けぬと見て油断しきっていた秀次勢は大混乱におちいり、敵が誰かも分らないまま討ち取られていった。

年若い秀次には、こうした事態にとっさに対応できる能力はない。自分の馬さえ見失うほどにあわてふためき、馬廻り衆に守られて檜ヶ根《ひのきね》にいた堀秀政の陣中に逃げ込んだ。

補佐役として付けられていた木下勘解由と木下助左衛門は白山林に踏みとどまり、秀次の身替わりとなって討死《うちじに》した。

勢いに乗った榊原らは、堀勢三千余に攻めかかった。戦《いくさ》巧者の秀政はすぐに先陣の池田、森隊に急を知らせ、檜ヶ根の陣地を死守する構えを取った。

根とは長久手の湿地帯に点在する高台のことである。そのひとつである檜ヶ根に陣取った堀勢に低地から攻めかかった榊原らは、鉄砲隊のいっせい射撃にさらされて敗走した。

この時秀政が檜ヶ根に秀次の馬標《うまじるし》をかかげ、三好勢を集めて態勢を立て直したなら、池田、森勢が到着するまで陣地を守り抜くことができただろう。

ところが百戦錬磨の家康は、即座に堀勢のすぐ東にある富士ヶ根まで本陣を移し、井伊直政隊三千を仏ヶ根に配して檜ヶ根をはさみ撃ちにする構えを取った。

ぐずぐずしていては敵に包囲され、退路を断たれるおそれがある。まして相手は家康だけに、秀政もこれ以上の抗戦は無理だと判断し、秀次を守りながら北へ走った。

家康は悠然とこれを見逃し、仏ヶ根に本陣を移して池田、森勢が引き返してくるのを待った。

池田恒興らが長久手に着いたのは午前九時頃である。仏ヶ根にひるがえる徳川方の旗を見た恒興は、すでに身方がことごとく敗走したことを知った。

かくなる上は時間をかせぎ、秀吉が楽田城から救援に駆けつけるのを待つしかない。そう決意し、仏ヶ根から五百メートルほど南の高台に陣を張った。

左翼に森長可の三千を配して井伊直政にあたらせ、右翼には自ら二千をひきいて家康の本陣をにらみ、後ろに元助、輝政の二千をひかえさせて遊軍とした。

互いに名将同士で、配下の軍勢も強い。先に動けば手の内を読まれ、思いもよらぬ反撃にあう。そうした危険をさけようと互いの出方をうかがい、二時間ちかくも生死をかけたにらみ合いをつづけた。

じれたのは徳川方である。

戦が長引けば背後から秀吉が迫ってくると危惧《きぐ》した井伊直政は、鉄砲隊二百を森勢の西側にまわり込ませて攻撃を仕掛けた。

これを口火として、いっせいに戦いが始まった。初めは高台を占めた池田、森勢の旗色が良かったが、時がたつにつれて数に勝る徳川方が優勢になった。

赤備えの井伊隊が森勢を押しまくり、純白の陣羽織をまとって馬上で指揮をとる長可を鉄砲で討ち落とした。

このために森勢は総崩れになり、右翼にいた池田恒興らは敵中に突出したまま孤立した。

「まさか、三河守どのが……」

長久手まで出てくるとは思ってもいなかった恒興は仏ヶ根をあおぎ、己の命運が尽きたのを知った。

だが息子たちだけは脱出させ、池田家の存続をはからねばならぬ。一瞬のうちに気持ちを切り替え、自ら死に番をつとめることにした。

「元助、三左、この場はわしが引き受けた。手勢をひきいて血路を開け」

そう叫ぶなり、二千の兵をまとめて徳川軍に立ち向かった。

元助も輝政も逃げなかった。

父とともに敵中突破をはかろうと二千の兵を押し出したが、劣勢はおおいがたい。

しかも北からは態勢を立て直した榊原康政、水野忠重らの軍勢が、西からは織田信雄が派遣した三千ばかりが迫っていた。

まさに四面楚歌《しめんそか》である。

もはや勝てぬと見た池田勢は、後方から我先にと逃げ出した。このために前方は浮足立ち、戦況は決定的に悪化した。

恒興が討たれ、元助が死んだ。これを目のあたりにした輝政は、半狂乱の体《てい》になって敵に斬《き》り込もうとした。

「若殿、おやめ下され」

近習たちが必死で止めた。

ここで輝政まで討死すれば、池田家は断絶する。城も所領も召し上げられ、一族郎党とその家族が路頭《ろとう》に迷う。

かくなる上は何としてでもこの若殿をお落とし申さばや、という思いで皆が心をひとつにした。

それは忠義などというしゃれたものではない。我が家で無事の帰りを待っている妻や子を守りたい一心だった。

輝政は近習たちに馬上に押し上げられ、馬廻り衆に守られて湫《くて》の中を一散に走った。足を取られる湿地を抜けて林の中に逃げ込もうと、近習たちは馬の尻《しり》を叩きに叩いた。

追撃してくる敵の前には、馬廻り衆が死に番となって立ちはだかった。

撃ちかけられる銃弾も、みずから楯《たて》となって防いだ。重傷をおいながらも気力だけで戦い、妻の無事を子の成長を祈りながら次々と死んだ。

その犠牲に守られて、輝政は辛くも生きた。

早朝からつづいた戦いは、正午頃に決着がついた。三河攻撃隊二万四千は壊滅《かいめつ》し、徳川勢は一割ほどの死傷者を出しただけで意気揚々と小幡城へ引き上げた。

8

同じ頃、秀次からの急報を受けた秀吉は、精鋭二万をひきいて長久手へ救援に向かっていた。

秀吉の馬廻りは加藤清正や福島正則ら子飼いの武将がかため、その後方には羽柴秀長や筒井順慶らが従っている。

藤堂高虎も秀長の側にいて、一千の兵の指揮をとっていた。

（やはり秀次どのには……）

荷が重かったのだとほぞを噛《か》んだ。

高虎は秀次と何度か会ったことがある。秀吉よりは秀長に似た、思慮深く聡明な若者だが、家康と比べれば子犬と虎《とら》ほどの差がある。

責められるべきは秀次ではなく、家康は小牧山から動けぬと見た秀吉の甘い判断だった。

三河には難なく攻め込めると楽観していたために、跡継ぎにしようとしている秀次に手柄を立てさせて箔《はく》をつけようと、つまらぬ色気を出したのである。

もし秀長がもう一日早く犬山に着いていたなら、じっくりと戦況を分析し、作戦の不備を指摘することができたかもしれない。だが五日に犬山に着いた時にはすでに作戦が決定され、口をはさむ余地はなかったのだった。

大草城をすぎて六軒屋にさしかかった頃から、敗走してくる秀次勢の姿を見かけるようになった。寝込みを襲われたために兜《かぶと》をつけるひまもなく、馬さえ置き去りにしてとぼとぼと歩いていた。

秀次は柏井砦《とりで》に逃れていた。

ここに旗を立てて敗走してきた軍勢をまとめ、秀吉の指示をあおいだが、秀吉は対面さえ許さなかった。

すでに池田恒興や森長可らが戦死し、七千余の先発隊が壊滅したという報がとどいている。その責任は奇襲を受けて真っ先に逃げ出した秀次にあると言い立て、大垣城で謹慎《きんしん》するように命じて先を急いだ。

庄内川をこえて竜泉寺まで来ると、池田輝政の主従と行き合った。

輝政は血にそまった鎧《よろい》をまとい、鞍《くら》の前輪につかまったまま正気を失ったように目をふせている。

高虎は声もなく輝政を見つめた。

つい先日、共に戦場へ出たいとはりきっていた若者が、打ちのめされて幽鬼のような姿でうなだれていた。

これが戦の惨《むご》さである。この現実を乗り越えなければ一人前の武将にはなれないとは承知しているが、輝政の胸中を思えば哀れさが先に立って、何と言葉をかけていいか分らなかった。

「三左衛門、顔を上げぬか」

急を聞いて駆けつけた清正が、血を吐くような声で怒鳴った。

「武士たる者が、これしきのことに気をくじかれてどうする。人の生死《しようじ》は神仏にお任せすればよい。その覚悟がすわっておらぬゆえ、不様な姿をさらすのだ」

心を鬼にして悪態をついたが、輝政には言い返す気力もない。焦点の定まらぬうつろな目を向けたばかりだった。

「おのれ、この痴者《しれもの》が」

清正が馬を寄せ、輝政の腕をつかんで引き落とそうとした。

高虎は清正を押しのけるようにして二人の間に割って入り、輝政の鎧の袖《そで》に突き立った矢を抜いてやった。

背中にも四、五本立っている。背後からふりそそぐ遠矢の中を、九死に一生を得て逃れてきたのである。

「生きて戻れたのは、戦神《いくさがみ》のご加護があったからだ。父上も兄上もさぞ喜んでおられよう」

「高虎どの……」

輝政はようやく我に返り、人目もはばからず泣き出した。

「この無念、かならず、かならず……」

突き上げてくる激情にのどがふさがり、後は言葉にならなかった。

「そうじゃ。戦場の無念は戦場で晴らすしかない。今の気持ちを忘れず、己と兵をきたえることだ」

道には敗走してきた兵があふれていた。皆一様に身方の大軍に会ってほっとしているものの、敗北をはじて旗を巻き、道を開けて秀吉軍の通過を見守っていた。

秀吉はしばらく竜泉寺に足を止め、小幡城の様子をさぐらせた。

長久手からもどった家康が小幡城に入ったと聞いたからだが、城には五百ほどの守備兵が残っているばかりだった。

「小幡城を攻められるべきと存じます」

秀長がそう進言した。

徳川勢は長久手までの強行軍に疲れ果てている。小幡城を攻め取って小牧山城を北と南からはさみ撃ちにすれば、長久手の敗戦を挽回《ばんかい》できるはずだった。

「そうはいくまい」

秀吉は消極的だった。

城攻めに手間取ったなら、家康と結んだ者たちがどんな動きに出るか分らないと危ぶんでいた。

「このまま長久手まで進む。死んだ者の弔《とむら》いをせねばならぬし、手傷をおって助けを待っている者もおろう」

いかにも情深そうな顔をして言ったが、本心は別にあった。

敗報を聞いて長久手に駆けつけたが、すでに家康は逃げ去った後だったという既成《きせい》事実を作ろうとしていたのである。

「そうすればわしの負けにはならぬ。戦わずして面目を守るのも、天下を治めるには必要なことじゃ」

実のない宣伝要員と化した二万の軍勢は、色鮮やかな緑におおわれた丘陵の道を長久手に向かって進軍した。

軍勢とは不思議なものである。姑息《こそく》な手段を取ろうとする秀吉の意図は以心伝心で将兵に伝わり、戦意はおとろえ規律はゆるみがちになった。

そんな状態でうかうかと白山林まで馬を進めたために、水野勝成らの奇襲をうけて思わぬ窮地に追い込まれたのだった。

第二章　高虎と照葉

1

勝成らの馬は疾《はや》い。

水野家は代々知多半島の東のつけ根に位置する緒川《おがわ》や刈谷《かりや》を拠点としてきた。東海道の交通の要地であり、衣ヶ浦から伊勢湾へ通じる水運の拠点でもある。

水野家はこの流通路を押さえることで経済力をたくわえ、半島西岸の内海《うつみ》や常滑《とこなめ》にも一族を配し、尾張の東部にまで勢力を伸ばした。

流通を支配するために必要なのはスピードである。情報、物流、遠隔地《えんかくち》への出兵、すべてに速さと機動性が求められる。

しかもこのあたりは尾張と遠江《とおとうみ》にはさまれ、古くから東西の大勢力の争奪の的にされてきただけに、領国を維持するには強力な軍勢を持つ必要があった。

こうした状況を、水野家の漢《おとこ》たちは馬を自在にあやつることで乗り切ってきた。経済力にものを言わせて東国産の名馬を買い、一騎当千の強兵《つわもの》に仕立て上げた。

それゆえ水野の馬は疾い。

秀吉を奇襲してひと泡ふかせた勝成の一行は、白山林のすそを東へ走り、進路を北にとって矢田川に向かった。

すでに沢瀉紋《おもだかもん》の旗をたたみ、秀次配下の部隊になりすましている。秀次や秀吉が引き連れてきたのは各地から寄せ集めた軍勢なので、旗印や袖標《そでじるし》さえ合っていれば疑いもなく身方と信じるのだった。

勝成は秀次が用いた御幣の旗を背中に立て、いかにも気持ち良げに馬を駆る。

高虎と清正が瞠目《どうもく》した緋《ひ》おどしの鎧《よろい》をまとった若武者は、勝成の騎乗ぶりをほれぼれとながめながら後に従っていた。

体も大きく手綱《たづな》さばきも鮮やかだが、実は男ではない。水野家の先代の当主である信元《のぶもと》の末娘、照葉《てるは》だった。

十歳の頃に父が非業の死をとげたために、父の弟である忠重《ただしげ》のもとに身を寄せている。忠重の嫡男《ちゃくなん》である勝成の従妹《いとこ》にあたり、年は二つ下の十九歳だった。

二人は尚武《しょうぶ》の気風さかんな水野家で、実の兄妹のようにして育った。

照葉は少女の頃から男まさりの体格で、弓、槍《やり》、刀、どれを取っても勝成にひけを取らなかった。相撲をとっても組み打ちをしても、二度に一度はかならず勝つ。

それが自信となったのか、あるいは父の死によって断絶した水野本家を復興したいという思いが強かったのか、十六歳の時に自ら望んで戦場に出た。以来三年、女武者となって戦いつづけていたのである。

やがて一行は矢田川のほとりに出て、馬に水を入れた。

手傷を負った者は、仲間の助けを借りて手当てをしている。あれほど大胆な戦い方をしたにもかかわらず、命を落としたのは三人にすぎなかった。

川のほとりには、敗残の兵が点々とたむろしていた。

秀吉軍が来たと聞いて危険が去ったと知ったものの、このまま本隊にもどる気力はわかないらしい。疲れとおびえと敗北に打ちのめされたまま、呆《ほう》けたように座り込んで川の流れを見つめていた。

「よしよし、あいつらを城にもどる案内役にしてやろう。ついて来い」

勝成はいたずらっぽい笑みを浮かべると、河原の道を上下に行き来しながら、

「それがしは木下勘解由《かげゆ》の家中の者でござる。殿の遺命《いめい》に従い、方々を秀次公の御陣

までご案内申す。いざ、我が旗のもとに参られよ」

そう触れて回った。

茫然《ぼうぜん》自失していた兵たちは、集合の鐘を聞いた羊のように従順《じゅうじゅん》に集まって来た。

その数は三百をこえる。皆徒歩だが鉄砲足軽も二十人ほどいて、勝成らの騎馬をそえれば堂々たる一隊ができ上がった。

「秀次公は竜泉寺にて勢を立て直しておられる。いったんの敗戦に、気をくじかれてはなりませぬぞ」

勝成はまたたく間に兵たちの信頼をかち取り、軍勢の先頭に立って渡河にかかった。

秀次は竜泉寺にいると言ったのは、まったくの出まかせである。どこにいるか見当もつかないが、そこまで行けば消息も分るだろうと楽観していた。

幸い柏井砦《かしわいとりで》にいることが分った。勝成はくるりと馬を回すと、

「方々、秀次公は柏井で小牧山城攻めの軍勢をもよおしておられる。急がれよ」

まことしやかに言って全軍を走らせた。

柏井砦に着くと警固番の組頭らしい男をつかまえ、城攻めの先陣をうけたまわりたいと申し入れた。

「殿の弔《とむらい》合戦でござる。秀次公にお取り次ぎ下され」

必死の顔付きをして迫ったが、相手は城攻めなどないと鼻白《はなじろ》んだ。秀次は秀吉の叱責《しっせき》を受け、大垣城に蟄居《ちっきょ》するように命じられたという。つまり秀吉も小牧山城を攻めるつもりはないということだった。

それを聞けば充分である。勝成はついて来た者たちを砦の門前に残したまま、照葉らとともに小牧山城に引き上げた。

城の大手口には、鉄砲と長槍で武装した百人ばかりが殺気立った顔をして警戒にあたっている。長久手では大勝したものの、秀吉はかならず報復戦をいどんでくるにちがいないと緊張しきっていた。

2

勝成は照葉だけをつれて大手門をくぐった。

迷いのない真っすぐな大手道が、山頂の本丸へつづいている。安土《あづち》城の大手道に引きつがれた、信長好みの築城法だった。

本丸御殿の広間では、家康や信雄らが評定をおこなっていた。

榊原康政や井伊直政、勝成の父忠重など長久手勝利の立役者となった者たちが、険しい表情で絵図をのぞき込んでいる。

秀次軍を壊滅《かいめつ》させ、池田恒興、森長可らを討ち取ったとはいえ、数においては秀吉軍は圧倒的に優勢で、武器弾薬のそなえも豊富である。長久手の汚名をそそごうと南北から総攻撃をかけてくるのではないかと、防戦の手立てをめぐらしていた。

「敵は攻めてきませんよ。四、五日の間はね」

勝成は兜《かぶと》をぬいで末席に座った。

「その方、今までどこに行っておった」

忠重が目をむいて怒鳴りつけた。

長久手から引き上げる時は一緒だったのに、途中で行き先も告げずに姿を消したために、面目を失っていたのだった。

「筑前守が出陣して来ると聞いて、白山林で待ち伏せておりました。あいにく討ちもらしましたが」

「なぜわしに知らせぬ。軍令にそむくは大罪じゃ」

「俺は殿の指揮下にあります。父上には与力として付けられているばかりです」

だから軍令違反にはならないと、勝成は平然としたものだった。

家康は太った体で窮屈《きゆうくつ》そうにあぐらをかき、父子《おやこ》の口争いをじっと聞いていたが、

「筑前守《ちくぜんのかみ》は、なぜ攻めて来ぬ」

勝成に判断の根拠をただした。

「敵方になりすまして柏井の陣屋へ行き、秀次どのが大垣城で蟄居するよう命じられたと聞いて参りました。この城に攻め寄せるつもりなら、先陣を申し付けるはずでございます」

「相変わらず身の軽いことよ。それで奇襲の首尾《しゆび》はどうであった。筑前守にひと泡ふかせたか」

「かの御人は近習に守られ、団子虫になって震えておられました。徳川勢を甘くみるとどうなるか、骨身に徹して思い知られたことでしょう」

「それは愉快じゃ。和泉守《いずみのかみ》どの、わしに免じて大目に見て下され」

家康が忠重に取りなし、下座に控えている照葉を手招いた。

「照姫、そちも筑前守を見たか」

「遠くから拝見したばかりでございます」

「どう見た」

「思った以上に小柄な方でございました」

「さようか。赤備えの着心地はどうじゃ」

家康は照葉の従兄にあたる。女だてらに戦場に立ちつづけるのを不憫《ふびん》に思ったのか、せめて血の色が目立たぬようにと、合戦前に緋おどしの鎧を与えたのだった。

「心地良く存じました。かたじけのうございます」

照葉はひっつめ髪にした頭を深々と下げた。

鎧をまとい武人らしく振舞っているものの、うなじや胸元からは年頃の色香が匂《にお》い立つようだった。

「敵を討ったか」

「若侍を二、三人。名のある者とも思えぬ相手でございました」

あの場にいた武将の中では、勝成と戦っていた藤堂高虎が一番の大物である。あの巨漢にひと太刀あびせられなかったことを、照葉は今になって妙に口惜しく感じ始めていた。

「照葉に命を助けられました。横からの槍を防いでくれなければ、白山林に屍《しかばね》をさらすところでした」

高虎に槍を奪われ、清正に突かれそうになったと、勝成が諧謔《かいぎゃく》まじりに語った。

「愚か者が。勝負は相手を見て仕掛けるものじゃ。ところで照姫」

「はい」

「武者姿もよいが、そろそろ奥におさまったらどうじゃ」

「おそれながら、その儀ばかりは」

「何やら良縁があると聞いた。のう和泉守どの」

「これはお耳が早い。実はそれがしの妻の甥《おい》に、富永半兵衛という者がおりまする」

忠重が重宝している近習で、歳《とし》は二十八になる。この男を養子として兄信元の名跡をつがせようと考えていたが、照葉は頑として応じないのだった。

「そなたの気持ちも分らぬではないが、やはり女子《おなご》は奥に入って子をなすが果報じゃ。わしが仲人《なこうど》を引き受けてもよいのだぞ」

家康がこれほど照葉のことを気にかけるのは、信元を切腹させた負い目があるからだった。

話は照葉の祖父忠政の頃にまでさかのぼる。

水野家中興の祖といわれる忠政は、駿河《するが》の今川家に与《くみ》することによって知多半島一円を支配するほどの勢いを示した。

そこで同じく今川家に与していた松平広忠《ひろただ》に、娘の於大《おだい》をとつがせて結束を強めた。二人の間に生まれたのが松平元康、後の徳川家康である。

その頃三河は、今川家の勢力圏となることで平穏をたもっていた。ところが天文九年（一五四〇）に尾張の織田信秀（信長の父）が安祥城《あんしょう》を攻め落とし、またたく間に西三河を手中におさめた。

これに対して今川義元《よしもと》は、松平広忠を岡崎城に入れて失地の回復をめざした。水野忠政が娘の於大を広忠にとつがせたのは、こうした状況でのことである。

天文十一年（一五四二）、二人の間に家康が生まれたが、幸せは長くつづかなかった。翌年には於大の兄信元が忠政にかわって家督をつぎ、今川家の支配下から脱して織田家に与《くみ》したからである。

この頃には信秀は三河守に任官され、三河の正統な支配者だと朝廷から認められている。それに伊勢湾経済圏を支配する織田家と好《よしみ》を通じることは、衣ヶ浦から三河湾にかけての海運と交易によって財をなした水野家にとってきわめて重要だった。

それゆえ信元は織田についた方が有利だと判断したのだが、このために於大は松平家を離縁され、数え年三つの家康とも別れざるを得なくなったのである。

今川、松平対織田、水野の争いは、永禄《えいろく》三年（一五六〇）に大きな転機をむかえた。桶狭間《おけはざま》の戦いで今川義元が織田信長に討ち取られたからだ。

その二年後、信長と家康は信元の取り成しで同盟を結び、天下人への道を歩み始める。

思われる。

信長は二十九歳、家康は二十一歳、信元の年齢は不詳だが四十歳前後だったろうと

信元は信長の与力として、また家康の伯父として、大きな飛躍の時期をむかえた。その所領は西三河から尾張東部におよび、十数万石にのぼったという。

ところが天正三年（一五七五）になって、思いもかけない事件が勃発《ぼっぱつ》した。

この年五月、信長は長篠《ながしの》の戦いで武田勝頼《かつより》に大勝し、武田方の秋山信友がこもる岩村城を攻め落とした。この合戦のさなかに、信元は岩村城の秋山勢に兵糧《ひょうろう》を売ったという疑いをかけられたのである。

これが事実であったかどうか定かではない。力を持ち過ぎた信元をうとましく思った信長が、ささいな過失を大事件に仕立て上げたのかもしれないが、時は食うか食われるかの戦国時代である。

疑いをかけられた者には、選べる道は二つしかなかった。相手の非を鳴らして戦うか、黙って罪に服するか。

信元は熟慮の末に後者を選び、何ひとつ抗弁《こうべん》することなく、嫡男《ちゃくなん》信政とともに切腹して果てた。

この時、信長の意を信元に伝えたのが家康だった。伯父と従兄を死なせるのは忍び

なかったはずだが、信長の意に逆らって二人を庇《かば》い抜く力はなかったのである。結果として水野家の所領の大半は家康に与えられたのだから、二人を殺して所領を奪ったと思われても仕方がない。

そうした負い目があるせいか、家康は照葉の身が立つようにあれこれと配慮しているのだった。

「むろん無理にとは言わぬ。縁組みに応じるかどうかは、そなたの気持ち次第じゃ」

そう言い添えるところに、照葉への思いやりが表れていた。

3

評定が終わり、照葉は二の丸にある水野家の陣屋にもどった。

忠重、勝成らが使用している櫓《やぐら》の一角に、照葉も宿所を与えられている。二畳ほどの広さの板張りを衝立《ついたて》で仕切ったばかりだが、外の陣小屋で寝泊りしている将兵にくらべれば恵まれていた。

照葉は床几《しょうぎ》に腰をおろし、鎧の高紐《たかひも》をほどいた。肩の袖や胴、鎖佩楯《くさりはいだて》をはずすと、純白の鎧直垂《よろいひたたれ》があらわれた。

白装束のつもりで用いている絹の一重物《ひとえもの》である。ひっつめていた髪をおろすと、さっきと打って変わったつややかな女の顔になった。

戦場からもどってこうして鎧をぬいだ時が、一番ほっとする。

修羅場の緊張と興奮からときはなたれる瞬間だが、それは女武者として殺生《せっしょう》を事としている生きざまと向き合わざるを得ない時でもあった。

人がおかす悪業の中でも、人殺しほど罪深いものはない。戦だから敵だからと理屈をつけても、首をかき落とされる相手の恐怖にひきつった表情は忘れられるものではなかった。

照葉は鎧櫃《よろいびつ》の上に置いた聖観音像《しょうかんのんぞう》に長々と手を合わせ、討ち取った相手の成仏《じょうぶつ》を祈った。

天衣《てんえ》をまといきらびやかな装身具をつけて、左手に蕾《つぼみ》の蓮華《れんげ》をもつ聖観音は、女らしい優しさに満ちた仏さまである。死後に地獄道におちた亡者を救済するという。

（南無《なむ》観世音菩薩《かんぜおんぼさつ》、南無観世音菩薩）

照葉は魂の救済を願いながら、心の中で念仏をくり返した。

「よいか。邪魔するぞ」

遠慮のない声がして、忠重が衝立を押し開けた。

小具足姿の富永半兵衛を従えている。肉付きの薄い顔をしたひょろりと背の高い男だった。

「家康公もあのように気遣って下されたのでな。よい機会じゃと思うて話しに来た」

この半兵衛を養子にむかえて兄の名跡をつげと、忠重は強引に迫った。

「そのお話なら」

すでに断ったはずだと言ったが、忠重は承知しなかった。

「そちの都合など聞いてはおらぬ。これは当主としての命令だ」

「叔父上にそこまで命じられるいわれはありません」

照葉は冷ややかな目をして言い切った。

「何じゃと。今日まで育てた恩を忘れたか」

高飛車に押さえ込もうとする忠重を、

「まあまあ、叔父上」

半兵衛がわけ知り顔でなだめた。

「そのように頭ごなしにおおせられては、照葉どのも迷惑なされるばかりでしょう」

笑顔を作って取りなし、なぜ断わるのか理由を聞かせてほしいと言った。

「どなたか意中の御仁《ごじん》がおられますか」

「いいえ」

「それでは、この私では不足ということでしょうか」

無遠慮にたずねられて、照葉は返答に困った。半兵衛に不足があるわけではない。不足を感じるほどの興味さえ持っていなかった。

「わたくしは戦場で手柄を立て、人に知られるほどの女武者になって、水野家の名を高めたいのです。そのことが父と兄の無念を晴らすただひとつの方法ですから」

照葉はいつものように生きざまを語って迷惑な縁談からのがれようとした。

「そちのそうした態度が、家康公を困らせておるのじゃ。分らぬか」

忠重が腹立たしげに口をはさんだ。

照葉がいつまでも二人の無念にこだわっていては、切腹を命じた家康の立場がないというのである。

「それはわたくしのせいではございません。家康公の問題でございましょう」

「ともかく、これ以上のわがままは許さぬ。この戦が終わったら祝言《しゅうげん》をあげるゆえ、心しておけ」

忠重は衝立を蹴倒《けたお》さんばかりの剣幕《けんまく》で出て行った。

照葉は聖観音に向き直り、ささくれ立った気持ちをしずめようとした。

決して家康を困らせるためにこんなことをしているわけではない。戦うことでしか、父や兄を失った心の空虚を埋められないのだった。

4

小牧、長久手の戦いで一敗地にまみれた秀吉は、木曾川ぞいの織田信雄方の城を攻略する作戦に出た。

伊勢長島の信雄の本城をおびやかせば、家康がかならず救援にかけつける。それを待って撃破する作戦だった。

五月四日、秀吉は自ら軍勢をひきいて加賀野井城（岐阜県羽島市）を攻めた。

城主の加賀野井弥八郎は降伏をねがったが、家康をおびき出そうともくろむ秀吉はこれを許さなかった。

城兵二千ばかりはやむなく決死の夜討ちを敢行し、血路をひらいて脱出しようとした。

ところが秀吉勢の守りは固く、千人ばかりが討ち取られた。

生け捕りにされた者も多かったが、城主の弥八郎らはこの隙《すき》に城の搦手《からめて》口から脱出して事なきを得た。

城を落とした秀吉勢は、五月十日に竹《たけ》ヶ鼻《はな》城を包囲した。ところが城の構えは厳しく、攻め落とすのは容易ではない。そこで得意の水攻めを用いることにした。

〈水攻めに為《な》されるために、十万の軍兵をもって城の四方に堤《つつみ》を築く。五、六日にて出来、その後木曾川の流れを分けてこれを入れるなり〉

史書はそう伝えている。

秀吉は備中に出陣した時、毛利勢をおびき出すために高松城を水攻めにしたが、ここでも同じ戦法を用いたのだった。

秀吉は六月四日に常陸《ひたち》の佐竹義重《よししげ》に書状をおくり、次のように記している。

「竹ヶ鼻城は堀も深くすぐには攻め込めないので、水攻めにすることにし、上の広さ六間、下の幅二十間の堤を三里にわたって築き回し、城主を助命して城を受け取った。

尾張の東方三郡、西方二郡を支配下においたので、信雄は残りの二郡をようやく保っている状態である。

今後は堤を切って木曾川から引いた水を切り懸ければ、長島や清須あたりは洪水のようになるので、侍ばかりか土民、百姓まで餓死することになる。そうなると家康は三河へ撤退するはずだが、今のところは城にこもったまま我らの行動を見ているばかりである」

これは自軍の優勢をアピールするための書状なので、戦勝報告にも誇張があると思われるが、三里（十二キロメートル）にもおよぶ堤を切って長島や清須を洪水攻めにするとは、いかにも秀吉らしい雄大な作戦である。

尾張の下四郡はもともと低湿地帯だから、梅雨時の水を満々とたたえた堤を切れば、ほとんどが水没する。そうなれば田や畑の作物は全滅し、餓死者が続出することになる。

そこまで計算に入れて、広さ六間（約十一メートル）もの堤を築かせたのだった。

竹ヶ鼻城を落とした秀吉は、六月二十八日に大坂城に引き上げた。代わって弟の秀長が総大将をつとめ、大垣城に入って指揮をとった。

藤堂高虎もこれに従い、徳川方の動きにそなえていた。

秀吉から犬山城に出仕せよとの命令があったのは、秋も深まった八月二十二日のことだった。

「いよいよでございまするな」

高虎は出走を待つ競走馬のように勇み立った。

「なにゆえ、そう思う」

秀長はいつものように物静かだった。

「秀吉公は八月中に勝負を決するとおおせでございました。それにこたびは丹羽長秀《にわながひで》どのが、北陸勢をひきいて参陣なされると聞きましたので」

「おそらく、そうではあるまい」

「戦にはならぬと、おおせでございますか」

「たとえ戦っても、徳川どのを討ち取ることはできぬ」

決定的な勝利を得られないまま戦が長引けば、家康より秀吉のほうが窮地《きゆうち》に追い込まれる。秀長はそう見ていた。

「しかし、兵力においては我らのほうがはるかに勝《まさ》っております」

「それほど戦がしたいか」

「その覚悟で出陣して参りました。それに三左の弔《とむらい》合戦もしてやりとう存じます」

父と兄を討ち取られた池田輝政に、かならず仇《かたき》を取ってやると約束していた。

「これから刈り取りの季節じゃ。戦などしては民百姓に迷惑がかかる」

秀長が深い目をしてつぶやいた。

「わしはな、与右衛門。竹ヶ鼻城のまわりに堤を築いている時に、これを木曾川の治水のために築いたなら、どれほど民百姓の暮らしが楽になるだろうと考えていた。人の上に立つ者は、人の幸せと喜びのために尽くさねばならぬ。戦などは愚かなことだ」

「されど、戦に勝たねば国を失いまする」

「己の都合だけで物を見るゆえ、そのような考えにおちいる。誰が領主になろうと、民百姓にとっては同じことだ。実《みの》りが豊かで戦がなければ、皆が幸せになれるのじゃ」

秀長は今でも、尾張の中村で百姓をしていた頃の気持ちを持っている。それゆえ常に民百姓の立場で物を考えることを忘れないのだった。

「実り豊かで、戦のない世でござるか……」

高虎は叱《しか》られた子供のように語尾を小さくしていった。

これまでは敵に勝ち手柄を立てたいと思うばかりで、何のために戦っているかと考えたことはない。そのことに思い当たり、不意討ちをくらったような衝撃を受けたのだった。

5

翌日、二人は犬山城をたずねた。

城のまわりには軍兵《ぐんぴょう》が満ちている。中でも北陸から参陣した丹羽長秀勢一万五千は、長槍《ながやり》を林のように押し立てていかにも頼もしげだった。

「小一郎、よう来た」

緋《ひ》色の陣羽織をきた秀吉が、二人を天守の最上階まで案内した。

眼下には木曾川が流れ、城の南西には濃尾平野が広がっていた。

両軍は相変わらず陣城をかまえ、囲碁のせり合いのような形で対峙《たいじ》していた。

秀吉が犬山城を本陣として羽黒城、楽田城、小口城、宮後《みやうしろ》城、下奈良砦《とりで》へと前線をのばしたのに対し、家康は小牧山城、岩倉城、小山城、大赤見城と陣をつらねて守備をかためている。

その様子が天守の望楼《ぼうろう》からひと目で見渡せた。

「与右衛門、そちならどう攻める」

秀吉がいきなり問いかけた。

「全軍を押し出し、小牧山城に攻めかかります」

高虎は間髪いれずに答えた。

「それでは城は落ちぬ。他の城から援軍が駆けつけ、背後をつかれることになる」

「ならば兵の半分を後ろに向けて、ことごとく粉砕《ふんさい》いたしまする」

要は家康を小牧山城に封じ込めることである。そうすれば敵は司令塔を失い、大混乱におちいるはずだった。

「小一郎、そう思うか」

「是が非でも決着をつけるつもりであれば、その策しかないものと存じます」

だがそれでは危険が大きすぎる。ここは和議を結んで兵を引くべきだと秀長は進言した。

「そうよ。わしもそれを考えていたところよ」

さすがに我が弟じゃと秀吉は大げさにほめ上げ、自分は家康との交渉にあたるので、そちは信雄を説き伏せよと命じた。

「家康公が和議に応じられましょうか」

「応じはするまい。じゃが信雄と和議を結んでしまえば、家康も戦う名分が立たなくなる」

秀吉の狙《ねら》いは最初からそこにあった。

しかし信雄だけに交渉を持ちかけても応じる見込みは少ないので、家康にも働きかける形を取ることにしたのである。

「尾張と伊勢はこれまで通り安堵《あんど》する。朝廷の官位も望みにまかせるゆえ、あの若造を説き伏せてくれ」

そこまで譲歩して和議を急がねばならないほど、秀吉は深刻な危機に直面していた。

理由のひとつは、家康がしかけた秀吉包囲網が発動し、畿内《きない》近国にある秀吉方の領国が危険にさらされていたことだ。

家康は小牧、長久手での勝利を派手に宣伝し、やがて信雄を奉じて上洛《じょうらく》するので身方になるように諸勢力に呼びかけていた。

これに応じて秀吉に反感を持つ者たちが立ち上がり、越中の佐々成政が加賀に、土佐の長宗我部《ちょうそかべ》元親《もとちか》が讃岐《さぬき》に、そして紀州の惣国一揆《そうこくいっき》が秀吉の本拠地である大坂に攻め込んだのだった。

もうひとつの理由は、秀吉自身が権力基盤の弱さを痛感していたことである。

二年前に起こった本能寺の変以後、秀吉は明智光秀を討った功績によって信長の後継者争いの一番手に躍り出た。そしてライバルであった柴田勝家をほろぼし、信長の三男信孝を自決に追い込んだ。

その勢いにのって信雄をほろぼし、独自の政権を樹立するつもりだったが、小牧、長久手で家康に大敗したことで快進撃がぴたりと止まった。

そのために秀吉神話に酔っていた世論が冷静さを取りもどし、信長の後継者には次男の信雄がふさわしいと考えるようになった。

不幸なことに秀吉は、これをはね返すだけの大義名分を持たなかった。もともと信長配下の武将の一人にすぎず、官位も従五位下筑前守である。しかも昨年、手痛い失策をおかしていた。

信孝を奉じて挙兵した柴田勝家に勝つためには、どうしても信雄を身方にする必要がある。

そこで彼を織田家の後継者と認め、秀吉が後見役をつとめる三法師（信長の孫）を跡継ぎと決めた清須《きよす》会議の成果を、自ら放棄してしまったのだ。

「そんな男が、なぜ……」

世論がそう考え始めたなら、秀吉の立場は弱い。北陸から急きょ丹羽長秀を呼び寄せたのは、織田家の重臣が結束してこの戦にあたっていると印象付けるためだった。

こうした事情を、藤堂高虎は知らない。あれほど強気だった秀吉が今さら掌《てのひら》を返すとは解《げ》せぬことだといぶかりながらも、和議の下交渉のために伊勢長島城に向かった。

戦国大名間の交渉は、今日の外交と同じである。まず次官クラスが下交渉をし大臣が両国の利害を調整し、最後に元首同士が最終的な決断を下す。

高虎の役目は次官クラスの下交渉で、信雄側に和議を打診《だしん》し、おおまかな条件を提示することだった。

あまり下手に出ては足元を見すかされるし、高飛車に出ては反感を買う。いろいろと気を遣う難しい仕事だが、秀長はあえて武辺者《ぶへんしゃ》の高虎にこの役を任せた。表裏のない性格と誠実な人柄を見込んでのことだ。将来のために経験を積ませようという温情もある。

そうした配慮を感じているだけに、高虎はいささか気負っている。不様なことをして主君に恥をかかせてはならぬと、いかつい顔をこわ張らせていた。

「大将、少し横になったらどうですか」

舳先《へさき》に立って見張りをしていた多賀新七郎が、高虎の緊張ぶりを笑った。

「神社の狛犬《こまいぬ》みたいな顔をしていては、あごがくたびれまするぞ」

そう言われて、高虎は我知らず奥歯を噛《か》みしめていたことに気付いた。船から顔を突き出して水面《みなも》に映してみると、たしかに狛犬によく似ていた。

船は満々と水をたたえた木曾川をゆっくりと下っていく。

祖父江《そぶえ》をすぎたあたりから川の東岸に織田勢の姿が見えたが、和議の使者であることを示す笠竿《かさざお》を舳先に立てているので、危害を加えようとする者はいなかった。

伊勢長島城は長島の西外面《にしども》にあった。

この地は木曾川、長良川《ながら》、揖斐川《いび》の河口に位置する水運の要地で、伊勢湾海運との結節点である。それゆえ水運や海運に従事する一向衆徒が数多く住んでいた。

やがて彼らは願証寺《がんしようじ》を中心とした本願寺教団として組織され、一向一揆をむすんで織田信長と真っ向から対立するようになった。

最初の激突は元亀元年（一五七〇）十一月のことである。

本願寺顕如《けんによ》の指示を受けた長島六坊の門徒たちは、信長が浅井、朝倉攻めに出ている隙《すき》をついて蜂起《ほうき》し、小木江城を攻めて織田信興《のぶおき》（信長の弟）を自刃《じじん》させた。

翌年五月、信長は五万の軍勢で長島を攻めたが、一手の大将だった氏家卜全《うじいえぼくぜん》を戦死させて敗退している。

二年後の天正元年（一五七三）九月、再び攻めて敗退。その翌年には八万ちかい大軍を投入し、四方から攻めかかった。

一揆勢は二カ月ちかく防戦したものの、物量作戦に屈して降伏を申し出た。信長はこれを受け容《い》れると誓約して武装を解かせ、島のまわりを柵《さく》で封じて老若男女二万余人を焼き殺した。

その凄惨《せいさん》な事件から二十年もたっていない。多くの民衆の心の底には、だまし討ちに等しいやり方をした信長に対する怒りと怨《うら》みが今もわだかまっている。

それを無視して平然と伊勢長島城に居座る信雄の配慮のなさが、家臣、領民の離反をまねく原因にもなっているのだった。

6

高虎は城の船入りに船をつけ、新七郎と服部竹助だけを従えて上陸した。使者の礼として裃《かみしも》を着用している。腰には脇差《わきざ》しかつけていなかった。

巨大な大手門の前に、紺の裃を着た若侍が迎えに出ていた。どこかで会ったような気がしたが、しかとは思い出せなかった。

「水野藤十郎勝成でござる。長久手にてお手合わせいただき申した」

丁重に頭を下げ、城中に案内すると申し出た。

「さようか。お願い申す」

「それがしの槍《やり》筋、お忘れでござろうか」

「覚えており申す」

高虎は隙を見せまいと、短く返答したばかりだった。

案内されたのは二の丸の水野忠重の館《やかた》である。中庭に面した広間に、忠重が小具足姿で待ち受けていた。

「羽柴美濃守《みののかみ》の家臣、藤堂与右衛門高虎と申しまする」

高虎は下座につき、和議の使者としてやってきたことを告げた。

「わしは和泉守忠重じゃ。そちの名はかねがね聞き及んでおる」

忠重は上座からひとにらみすると、席を立って対等の位置まで下りてきた。

信雄が尾張を領するようになって以来、忠重は一万五千石の扶持《ふち》を与えられて織田家に仕えている。家康の叔父にあたるので徳川家とのつながりも深かった。

「秀吉公は和議を結び、この戦を終わらせたいと望んでおられます」

「さようか。戦上手の筑前どのも、こたびは手を焼いておられるようじゃな」

忠重は長久手で大勝した優位を強調し、交渉を有利にはこぼうとした。

「さにあらず。公がその気になられたなら、竹ヶ鼻の堤を切ってこの城を押し流すことも可能でございました」

「では、なぜそうしなかった」

「民百姓を飢えさせぬためでござる。和議を結ぼうとなされるのも、秋の刈り取りに障《さわ》りがないようにとのご配慮からでございます」

用意していた言葉がすらすらと口をついた。

高虎は秀長に使者を命じられた時から、どうしたら信雄を説得できるかを考え抜き、互いの利害を越えた視点に立つ以外にないと思った。

その時に真っ先に頭をよぎったのが、人の上に立つ者は人の喜びと幸せのために尽くさなければならないという秀長の言葉だった。

「して、条件は」

「尾張、伊勢は今までのごとく安堵《あんど》いたします。その他のことは、後の交渉で定めるとおおせでございます」

「安堵とな。しかとさよう申されたか」

忠重が急に顔色を変えた。安堵とは臣従した者に使う言葉だからである。

高虎もそのことに気付いていたが、秀吉の命令なので是非もなかった。

「どうやら筑前どのは、我らを謀《たばか》ろうとしておられるようじゃ。民百姓のためとは、片腹痛い言い草よな」

「秀吉公は和議を望んでおられます。この旨《むね》を織田信雄さまにお伝えいただきたい」

高虎は愚直なばかりに同じ言葉をくり返した。

「よかろう。安堵という言葉もしかとうけたまわった。筑前どのにそう伝えるがよい」

忠重は威勢を見せつけようと高飛車に応じ、別室に酒肴《しゅこう》の仕度がしてあるので過ごしていけと言った。

「有難きご配慮なれど」

和議が成った後で馳走《ちそう》になると、高虎は丁重に断った。

「どうやら父上とは馬が合わないようですね」

下座にひかえていた勝成が、いかにも嬉《うれ》しげに軽口を飛ばした。

「どうでしょう。私も頼みがあるのですが、聞いていただけませんか」

長久手ではゆっくり太刀合うこともできなかった。そのかわりにここで相撲を取ろうというのである。

「やめた方が、よいと存ずる」

高虎はこの巨体である。方々の陣所で力自慢の武士たちに相撲を挑まれることも多いが、負けたことは一度もない。

時には相手に怪我《けが》をさせることもあるので、受けないように心掛けていた。

「戦の勝ち負けは兵の数で決まるものではありません。体が大きく力が強いからといって、いつも勝つとはかぎりませんよ」

勝成はかなり自信があるようで、どうしてもと食い下がった。

「天下無双の藤堂高虎ではないか。これしきの申し出を断わるようでは、和議の使いなどつとまらぬぞ」

忠重が嵩《かさ》にかかって挑発するので、高虎も勝負を受けざるを得なくなった。

馬場としても使えるだだっ広い庭に土俵が作られ、高虎と勝成が諸肌《もろはだ》ぬぎになって向き合った。

高虎の体には数えきれぬほどの傷跡があった。槍傷、刀傷、鉄砲傷……。十五歳の初陣《ういじん》の時から戦場を駆け回り、最前線で敵と渡り合ってきた証《あかし》である。

肩口の筋肉は小岩のようにもり上がり、二の腕ははちきれんばかりに太い。この姿を見ただけで、見物に集まった者たちは感嘆《かんたん》のため息をもらした。

一方の勝成はなで肩、鳩胸《はとむね》の柔らかな体付きをしている。色白でなめらかな肌には、傷ひとつなかった。

高虎は勝成より頭ひとつ背が高く、体格の差も歴然としている。これでは勝ち目はあるまいと、水野家の家臣たちは若殿の無謀をあやぶんでいた。

「それでは」

行司役を買って出た初老の武士が二人を合わせ、息をつめて軍配を返した。

高虎は右肩から軽く当たろうとした。機敏な勝成が立ち合いに変化することに備えたのである。

ところが勝成は真《ま》っ直《す》ぐに踏み込み、右手をいっぱいに伸ばして高虎のあごを突き上げた。

高虎が思わぬ一撃に顔をそむけた瞬間、勝成はすっと右に回り込み、袴《はかま》の腰をつかんで強烈な投げをうった。

腕で投げるだけの生やさしい技ではない。体ごと組みつき、回転力を生かして相手を裏返しにしようという捨て身の体術だった。

高虎は長い足を踏み出してかろうじて堪《こら》え、左手で勝成の腰を引き付け、体重を相手にかけてあびせ倒そうとした。

先手を取った勝成の優位を、高虎は巨体と力で巻き返そうとする。わずか数瞬の間に持てる力を出し尽くし、二人はもつれ合って土俵に倒れた。

「でかしたぞ。藤十郎」

忠重には勝成が勝ったと見えたらしい。だが勝成の左肩が落ちるのが、高虎が頭から地面に激突するよりわずかに早かった。

「私の負けです。さすがに強い」

勝成はさばさばとした顔で負けを認め、手の泥を打ち落とした。

高虎は手負っていた。地面に打ちつけた拍子に切れたらしく、額から血が流れている。

たいした傷でもあるまいと手を当ててみると、掌《てのひら》がべっとりと濡《ぬ》れるほどの出血だった。

「誰か薬を持て。手当ての布もだ」

勝成が気遣って大声を上げた。

奥から照葉が薬箱を持ってきた。純白の鎧直垂《よろいひたたれ》に赤い小手とすね当てをつけた姿で駆けつけると、高虎を縁側に座らせて手際《てぎわ》よく傷の手当てを始めた。

「あなたは、あの時の……」

間近に寄った照葉の顔をまじまじと見つめていた高虎は、女だと気付くと急に顔を赤らめて目を伏せた。

これが二人の二度目の出会いだった。

7

和議は、ならなかった。

九月二日から本格的な交渉が始まったが、早くも七日には決裂している。

原因はやはり「安堵」の二文字だった。この申し入れを受ければ、信雄は秀吉に臣従を表明したことになる。

信長の後継者を自認している信雄にも、信雄を支援している家康にも、とうてい受け容れがたい条件だった。

秀吉もそれくらいのことは端《はな》から分っている。それでも和議を申し込んだのは、「天下静謐《せいひつ》のために和議をすすめたが、信雄と家康が断った」と言い立てるためだった。

望まぬ戦《いくさ》だが相手が仕掛けてくるのだからやむを得ないという名分を構え、同盟諸《しょ》侯《こう》や家臣団の結束をはかろうとしたのである。

狙《ねら》いはもうひとつあった。

信雄と家康を分断し、信雄と単独講和をむすぶための布石を打つことである。

初めからそれを狙っても、信雄がまなじりを決して拒否することは目に見えている。そこで尾張と伊勢を保証するという条件を示して信雄の甘心を買い、機会をとらえて信雄だけを取り込もうとしたのである。

秀吉はしばらく美濃、尾張にとどまって家康との対峙《たいじ》をつづけたが、十月二日に上《じよう》洛《らく》して朝廷に合戦の状況を報告した。

この時にも家康らが和議に応じないと非難し、正義は自分にあると強調して世論を身方につけようとしたことは言うまでもない。

秀吉のこうした動きに影響されたのか、家康も十月十七日に三河にもどった。当分戦はないと判断し、いったん兵を引くことで戦を強行しているという印象を払拭《ふつしよく》しようとしたのである。

ところがこれは「人たらしの名人」と異名をとった秀吉の巧妙な罠《わな》だった。

家康が兵を引くのを待ち構え、十月二十二日に六万の大軍をひきいて出陣すると、電光石火の速さで伊勢に進攻した。

秀吉は十月二十五日に神戸《かんべ》城（鈴鹿市）に入り、伊勢長島城に攻め寄せる構えをとった。

同時に大垣城にいた秀長に使者を送り、全軍をひきいて揖斐川ぞいに南下するように命じた。

これに対して信雄は徹底抗戦しようとしたが、家臣たちの士気は低かった。家康が救援に駆けつけるまで少なくとも十日はかかる。それまで城を守り抜くことができるかどうか、誰もが不安を感じていた。

秀吉が神戸城に入ったとの報がとどいた二十五日の夕刻、照葉は思いあまって水野勝成の部屋をたずねた。

「なぜお供をさせてくださらないのですか」

座るなり斬《き》りつけるようにたずねた。

「何のことだ」

勝成は背中を向けたまま花を生けていた。

高麗青磁《こうらいせいじ》の花瓶に水仙と松の葉を無雑作に投げ入れている。茶席に使う花を自分で工夫しているのだった。

「明朝、楠《くす》城へ行かれると聞きました。その人数の中に、わたくしは入っておりません」

「お前も花でも生けたらどうだ」

少しは心が丸くなるぞと、勝成は笑って取り合わなかった。

「花を生ければ自然の声を聞くことができる。自分の心とも正直に向き合えるものだ」

「討死《うちじに》なさるつもりですね」

照葉は戦のことしか頭になかった。

秀吉勢は明日にも北に向かって進軍を開始する。信雄はこれを鈴鹿川で食い止めようと、川ぞいの城に兵をこめていた。

楠《くす》城(四日市市楠町)もそのひとつである。勝成はこの小城を支援するために、二百余人をひきいて明朝未明に出陣するよう命じられていた。

「勝ち目のない戦ゆえ、わたくしを残していかれるのですか」

「お照はいくつになった」

「十九です」

「まだ私に勝てると思うか」

「何がですか」

「剣でも槍でも相撲でもよい。子供の頃は互角だったが、女子《おなご》の体は子を産むために熟《う》れていく。今ではとても及ぶまい」

「やってみなければ分りません」

照葉はきっとなって言い返した。

「ならば、試してみよう」

相撲で勝負だと、勝成は裸足《はだし》で庭に下りた。

照葉は裁着袴《たつけばかま》をつけ、たすきをかけて後を追った。

勝成と相撲を取るのは五年ぶりである。それまではじゃれあうように相撲や組み打ちをしていたが、照葉が十四になってびんそぎ（女子の元服式）をしてからは相手にしなくなった。

月の障《さわ》りがおとずれるようになったのは、それから半年後のことである。成熟していく体に戸惑いながらも、照葉は武者としての鍛錬《たんれん》をつんできたのだった。

地面に円を描いただけの土俵に立つと、勝成の姿が意外なくらい大きく見えた。

照葉は百七十センチちかい身長がある。勝成と五センチほどしかちがわないはずなのに、ひと回りもふた回りも大きく感じられた。

弱気になって怖気《おじけ》ているからだと、照葉は気合いを入れ直した。勝てなくても並の武士より強いことを証明して、戦に連れていってもらいたかった。

結果はさんざんだった。頭から全力で当たっても、勝成はびくともしない。弾力のある壁にぶつかったように弾《はじ》き飛ばされる。

二度、三度と挑んでも、結果は同じだった。男と女ではこれほど力の差がつくのかと愕然《がくぜん》としたが、このまま引き下がりたくはなかった。

「もう一丁」

泣くような声を上げて双手《もろて》刈《が》りにいった。

膝《ひざ》をめがけて低く当たり、相手の両足を抱きすくめて倒そうとした。

戦場で何度かこの技を使い、強敵を倒したことがある。必死の思いがその記憶をよびさまし、無意識に体が動いたのだった。

至近距離《しきんきより》から体を沈めて強烈な一撃を放ったが、勝成はひょいと飛び上がってやすやすとかわした。

「もう一丁」

悔し涙をうかべ、顔中泥だらけにして突っかかった。

今度は勝成は正面から組み止めた。

しめたと思った瞬間、腰を引き寄せて抱きすくめられた。

そのことに気付くと、頭がぼおっとなって手足に力が入らなくなった。

勝成はかなわぬことを充分に分らせた後で、照葉をそっと地面に下ろした。

「分ったか」

勝成の声は限りなくやさしかった。

並の武士には通じたところで、一流の武辺者《ぶへんしゃ》に行き合ったらひとたまりもないと、身をもって教えたのである。

「これから父上が壮行の宴を張るそうだ。気が進まぬが付き合ってくる」

一人残された照葉は、しばらく我に返ることができなかった。

悔しさや悲しさのためではない。力強く抱きすくめられた感触が体中に残っていて、これまで経験したことのない甘美な陶酔《とうすい》におそわれていた。

照葉はふっと寒気をおぼえて正気にもどった。胸に巻いたさらしが汗でぬれている。ぬれたまま風に吹きさらされ、体が冷えきっていた。

照葉はおぼつかない足取りで部屋にもどり、小袖《こそで》をぬいでさらしをはずした。豊かな乳房《ちぶさ》があらわになり、胸元から汗の匂《にお》いが立ちのぼる。その匂いまでが、いままでとはちがう気がした。

酩酊《めいてい》したような状態のまま身仕舞《みじまい》を終え、鎧櫃《よろいびつ》においた聖観音《しょうかんのん》の前でしばらくぼんやりとしていた。

天衣《てんえ》をまとい蓮《はす》のつぼみを持った観音さまのお顔が、これまでになくやさしく感じられた。

体を両手で抱きすくめてみた。勝成がそうしてくれたようにしっかりと抱いてみると、切なさに涙がこぼれた。

この気持ちは何だろう。自分はいったいどうなってしまったのか……。

照葉は聖観音をわきに置き、鎧櫃の底から手鏡を取り出した。父に殉じた母の形見《かたみ》である。長い間使わなかった銅の鏡は、表面にうっすらと錆《さび》を吹いていた。

布に髪油をにじませてみがき上げ、鎧櫃に立ててみた。

ひっつめていた髪をほどくと、女の顔が現れた。二重まぶたの切れ長の目がうるんでいる。頬はふっくらとして鼻筋が細く通り、引き結んだ唇が生々しく赤かった。

照葉は心の奥にひそむ秘密をのぞき込んだ気がして、あわてて鏡を仕舞い込んだ。

女武者として戦場に出つづけたのは、勝成の側にいて共に戦いたかったからだ。

照葉は初めてそのことに気付いたが、これはかなわぬ恋だった。どんなに恋い慕ったところで、傾《かぶ》き者の勝成が見向きもしないことは分っている。

分っているからこそ、自分の心と向き合うことを避けてきた。これ以上大事な人を失いたくないという思いが照葉を臆病《おくびよう》にし、勝成への気持ちを封じ込めていたのである。

その心の鍵《かぎ》がようやくはずれたというのに、勝成は明朝死地に向かって出陣する。

拒まれてもついていくべきなのか。それでは足手まといになるばかりなのか。

照葉は思いあぐね、答えを求めてひたすら聖観音に祈りつづけた。

大広間での壮行の宴は、佳境《かきょう》にはいったらしい。酒に酔った男たちの遠慮のない声と、あたりをはばからぬ高笑いが聞こえてきた。

8

照葉は軽い夕食をとり、夜着に着替えて早目に横になった。

心はまだ定まっていなかったが、疲れのせいかいつの間にか眠りに引きずり込まれていた。

どれほど時間がたったのだろう。忍び足で近付いてくる人の気配で目を覚ました。

（もしや藤十郎さまが……）

忍んできたのではないかと、心臓が激しく鼓動を打ちはじめた。

闇《やみ》の底に横たわったまま緊張に体を固くし、全身を耳にして気配を感じ取ろうとした。

まちがいない。足音はこの部屋に向かっている。酒宴はまだつづいているようで、酔った男たちの話し声がかすかに聞こえた。

決断は早かった。勝成が忍んで来てくれたのなら拒む理由はない。明かり障子を細目に開け、迎える仕度をした。

外は星月夜のようである。やわらかい夜の光が戸の隙間《すきま》から薄紙をさし入れるように忍び込み、狭い部屋をぼんやりと照らした。

足音は部屋の前で止まった。

戸板に手をかけたものの、迷っているのかなかなか開けようとしない。

照葉は眠ったふりをしながら、かすかに震えていた。戦場でさえ表情ひとつ変えない女武者が、緊張と不安にわしづかみにされたまま息をひそめていた。

やがて戸板が静かに開いた。

相手はしばらく立ちつくし、部屋の様子をうかがっている。その口から酒が匂った。着物には香《こう》をたきしめている。

その安っぽい匂いを嗅《か》いだ瞬間、照葉の期待は無残に打ちくだかれた。

勝成はこんな安物の香は絶対に使わない。香など使わなくても馥郁《ふくいく》たるかおりを放つ男である。

何者かと上体を起こすより早く、相手は戸板を後ろ手に閉めて襲いかかってきた。

やせた長身の男が、夜具の上からのしかかってくる。

照葉は胸を突き上げ、まじまじと顔を見た。忠重の近習の富永半兵衛だった。

「つべこべ言わずにわしの嫁になれ。それを承知させるために、こうして忍んできたのだ」

半兵衛は思いがけないほど強い力で照葉の肩を押さえつけ、夜具を引きはがした。

「無礼な。無体なことをなされると許しませぬ」

そう叫ぼうとしたが、なぜか声が出なかった。

騒ぎ立てればこの醜態を勝成に見られることになる。その恥ずかしさに声が出ない。

照葉は自力で切り抜けることにした。

半兵衛の腕をつかんで組み伏せにかかったが、気が動転しているせいか萎《な》えたように力が入らなかった。

半兵衛はやすやすと押さえつけて唇を合わせようとする。照葉が顔をそむけて逃れると、小袖の合わせを引き分けて乳房をあらわにした。

「悪いようにはせぬ。わしの嫁になって丈夫な児《やや》を生んでくれ」

かきくどきながら乳房をわしづかみにした。

照葉は目まいがして体の力が抜けていくのを感じたが、女に生まれたばかりにこんな男にさえかなわないのかと無性に腹が立った。

目の前に半兵衛の肩がある。肉付きの薄い肩口に、着物の上から思いきり噛《か》みつい
た。布が裂け皮が裂け、口の中に血の匂いが広がった。

半兵衛がうめき声をあげてふりほどいた隙に、鎧櫃の前においた脇差《わきざ》しを抜き放っ
た。

「下がれ。無礼者めが」

切っ先を突きつけて威嚇《いかく》した。

「面白い。わしを刺すつもりか」

刺せるものなら刺してみろと、半兵衛は胸をはだけて迫ってきた。

照葉はたじろいで後ずさり、不覚にも脇差しを打ち落とされた。

半兵衛は照葉を組み伏せ、はだけた胸を乳房に押しつけた。逃れようともみ合ううちに裾《すそ》が乱れ、太股《ふともも》まであらわになった。

その時、

「お照、どうした」

案じる声がして、勢い良く戸板が開いた。

勝成が戸口に立ちつくしている。何が起こったか、一目で察したようだった。

「半兵衛、おのれは」

「ちがう。これは殿のお申し付けでござる」

半兵衛は飛び起きて釈明した。

照葉が縁談を承知せぬことに業《ごう》を煮やした忠重が、今夜のうちに力ずくで嫁にしてしまえと命じたという。

「問答無用。私と太刀合うか、この場で腹を切れ」

「落ちついて下され。殿に聞けば分ることじゃ」

半兵衛は横の戸板を開けて逃げ出そうとした。

勝成は襟首をつかみ、後ろから抱きかかえるようにして脇差しで腹をえぐった。

半兵衛は声をあげることもできず、膝からくずれ落ちて絶命した。

「悪い夢だ。忘れろ」

勝成は短く言い残し、その夜のうちに城から出奔《しゅっぽん》したのだった。

第三章　紀州、四国攻め

1

小牧、長久手の戦いの講和は、秀吉の思惑《おもわく》どおりに進んだ。

十一月の初めに秀吉軍五万余が桑名城に迫り、羽柴秀長が三万の軍勢をひきいて伊勢長島城をうかがうと、織田信雄《のぶかつ》は家康の了解を待たずに単独講和に応じた。

講和の条件は北伊勢四郡をのぞく伊勢と伊賀を秀吉に割譲することと、信雄の妹の岡崎殿を人質に差し出すことである。

岡崎殿とは家康の嫡男信康《ちゃくなんのぶやす》にとついだ信長の娘徳姫《とくひめ》のことだ。

彼女は夫が武田勝頼《かつより》に内通していると信長に訴え、信康と築山《つきやま》御前を死に追いやる結果をまねいたが、今度は自分が人質として差し出される辛酸《しんさん》をなめることになったのである。

秀吉はつづいて家康とも和を結び、彼の次男である秀康を養子（実質的な人質）にすることに成功した。

秀吉の次の目標は、家康の誘いにおうじて敵方となった紀州惣国一揆《そうこくいっき》、四国の長宗我部元親《ちょうそかべもとちか》、越中の佐々成政《さっさなりまさ》、そして関東の雄北条《ほうじょう》氏を各個撃破していくことだった。

天正十三年（一五八五）三月二十日――。

秀吉は七万の大軍をひきいて大坂を発《た》ち、根来寺《ねごろでら》、粉河寺《こかわでら》を中心とする紀州惣国一揆の討伐へ向かった。

先頭は宇喜多秀家《うきたひでいえ》の一万二千、次はキリシタン大名である蒲生氏郷《がもううじさと》の五千である。

秀吉は黒い馬にまたがり、濃い紅色の絹撚糸《きぬねんし》でできた短い道服をまとい、ビロードの緋《ひ》色の帽子をかぶっていた。

彼の後ろを二千人の馬廻り衆がつづき、その後から金色の槍《やり》を持った一万の将兵、七千人の鉄砲隊、それに弓隊、長刀《なぎなた》隊が従っている。

この大部隊は午後三時頃に岸和田城に到着し、秀吉の弟羽柴秀長がひきいる先発隊三万と合流した。

秀吉はさっそく諸将を集めて評定をひらいた。

「根来、雑賀《さいか》の輩《やから》は、信長公の二度にわたる征伐にも屈しなかった油断のならぬ相手じゃ。今度こそ有無を言わさず根絶やしにしてくれる」

秀吉は初めからその決意で、海上からも攻撃を加えるべく小西行長《ゆきなが》がひきいる艦隊を出撃させていた。

「敵の布陣は、この通りでござる」

岸和田城主の中村一氏《かずうじ》が、一畳ほどもある大きな絵図を広げた。

一揆勢は城の南を流れる津田川、近木《こぎ》川を二重の堀として守りを固めていた。

中でも重要なのは近木川で、海側の浜手には沢城、山ぞいの山手には積善寺《しゃくぜんじ》城、千石堀城をきずき、泉南、紀北を死守するかまえを取っていた。

「千石堀には根来愛染院《あいぜんいん》の的一坊がひきいる二千の行人《ぎょうにん》と、郷民三千がたてこもっております。積善寺には太一坊の九千、沢には雑賀の的場源四郎の六千余でござる」

一氏は敵の布陣を詳細に把握していた。

行人とは根来寺にぞくする僧兵のことだ。彼らは鉄砲の名手ぞろいであり、大名の傭兵《ようへい》となって戦に出ることも多かった。

「与右衛門、この相手をどう攻める」

秀吉が末席にいる藤堂高虎に声をかけた。

「敵には鉄砲にたけた将兵が多く、弾薬も潤沢《じゅんたく》にそなえております。城のまわりに付城《つけじろ》をきずいて封じ込め、紀州の本拠地を衝《つ》くのが上策と存じます」

「美濃守、この儀はどうじゃ」

秀吉が秀長に話を向けた。

「異存ございませぬ。敵は泉南に二万の兵を出しておりますゆえ、紀北には一万ばかりしかおりますまい。風吹峠をこえていっきょに根来寺を攻めれば、城にこもった者どもは戦わずして和を乞《こ》うてまいりましょう」

秀長はあらかじめ高虎と戦略をねり、評定の場ではこのように進言しようと申し合わせていたのだった。

「お待ち下され。それでは敵の思うつぼでござる」

中村一氏が猛然と反対した。

一揆勢が籠城《ろうじょう》戦をえらんだのは、秀吉の大軍を引きつけて長期戦に持ち込むためだというのである。

「もし付城をして紀州へ向かわれたなら、敵は根来寺を空にして山中の要害に立てこもりましょう。天下人となられた御身《おんみ》で、さからいもせぬ寺に危害を加えることはできますまい」

秀吉は出陣に際して朝廷から勅使をむかえ、天皇の命を受けて紀州を征伐するという形を取っている。

それゆえ平安時代に鳥羽《とば》上皇の御願寺として建立《こんりゆう》された由緒《ゆいしょ》をもつ根来寺を、一方的に焼き払うことは絶対にできない。

敵はその弱味につけ込み、根来寺を囮《おとり》に使おうとしているというのである。

「我が軍勢は十万、敵はわずか二万でござる。ここはいっきょに踏みつぶし、さからう者は容赦せぬ断固たる態度を示されるべきと存じます」

一氏は小牧、長久手の戦いの間、徳川方となった一揆勢の脅威《きょうい》にさらされつづけてきた。数万の大軍に岸和田城を包囲されながら、半年ちかくにわたって城を守り抜いてきたのである。

敵へのうらみは骨髄《こつずい》に徹しているだけに、何としてでも強硬策を取るべきだと言い張った。

秀吉はこの進言を容《い》れ、三つの城に同時に攻めかかる策を取った。

千石堀城には秀長と三好秀次、

積善寺城には筒井順慶、細川忠興《ただおき》、大谷吉継《よしつぐ》、

沢城には蒲生氏郷、中川秀政《ひでまさ》、高山右近《うこん》を配し、

堀秀政と長谷川秀一《ひでかず》には一万五千の軍勢をひきいて根来寺に向かうように命じた。

秀吉の布陣には明確な意図がある。

もっとも手強い千石堀城に秀長と秀次をあてたのは、秀次に長久手での汚名をすすがせようとしてのことだ。

2

三月二十二日、秀吉軍は夜明けを待って一揆勢の城を包囲しはじめた。

千石堀城の攻撃を命じられた秀長と秀次は、城の東側の高台に本陣を構えて総攻撃にそなえた。

高虎も先陣の大将をおおせつかるものと思い込んでいたが、

「そちは本陣に残れ」

秀次の軍監《ぐんかん》をつとめよと、秀長が申し付けた。

「秀次は年若く戦の経験も少ない。側にいて戦の駆け引きや軍勢の進退について指南してくれ」

秀次はまだ十八歳である。白山林で大敗北をきっして以来臆病風《おくびょうかぜ》に吹かれ、戦場に出ただけで吐き気を覚えるようになっている。

これを治すには高虎のような大剛の者を側につけて安心させるのが一番だと考えての抜擢《ばってき》だが、単にそればかりではなかった。

将来は高虎を右腕にしたいと望んでいる秀長は、指揮官としての経験をつませようとしていたのである。

「しかし、それがしは二千の兵の指揮をとらねばなりません」

「そのようなことは他の者に任せればよい。先陣の功ばかりを立てようと思うな」

秀長はめずらしく強い口調で叱《しか》りつけた。

「与右衛門、頼む。私の側にいてくれ」

秀次がすがりつくような目を向けた。

懸命に恐怖から立ち直ろうとする姿は、痛々しいほどだった。

「承知つかまつった。しからば不慣れなお役目なれど、ご指南させていただきます」

城の包囲が終わるのを待って、堀秀政、長谷川秀一の軍勢が南に向かって進軍を開始した。根来街道を通って風吹峠を越えれば、根来寺まではわずか一日の行程だった。

「いよいよ始まりますぞ」

高虎は我知らず武者震いをした。

秀次も小刻みに膝《ひざ》をふるわせながら、何ひとつ見逃すまいと気を張り詰めていた。

総攻撃は堀、長谷川隊の通過を待ってはじまるはずだった。

ところが先陣の堀隊が千石堀と積善寺の間の道を五百メートルほど下がった時、東の山陰から突然敵があらわれた。

三百人ばかりの鉄砲隊が、林の中からいっせい射撃をあびせたのである。縦長になって進んでいた堀隊が大混乱におちいったところに、五百人ばかりの長槍隊が突撃してきた。

秀政は事前に物見《ものみ》を出し、敵兵がいないことを確かめさせている。それでも急襲を受けたのは、千石堀城の一揆勢が秘密の塹壕《ざんごう》を通って先回りしていたからだった。

堀隊の窮地を見て、秀次配下の田中吉政が真っ先に救援にかけつけた。長谷川秀一も鉄砲隊を出して敵の側面から攻撃をしかけた。

一揆勢は三百人ばかりの戦死者を残して千石堀城に逃げ込もうとした。これを助けようと城兵が門を開けたところに、態勢を立て直した堀隊が殺到した。

この突発的な戦闘をきっかけとして、秀長、秀次軍三万は総攻撃にかかった。

四方から鉄砲、棒火矢を撃ちかけて攻めかかるが、根来の鉄砲衆も一歩も引かずに応戦した。

〈内より鉄砲を放つこと、平砂に胡麻《ごま》を蒔《ま》くごとし〉

従軍した記録者はそう書き留めている。

銃弾はまさに雨あられと飛んでくるが、寄手はひるまなかった。身方の屍《かばね》を踏みこえ乗りこえ、土塁《どるい》に取りついて城内に乗り込もうとした。

やがて筒井順慶の一隊が煙硝倉《えんしょうぐら》を発見し、数十発の棒火矢を撃ち込んだ。

この中の一本が火薬樽《だる》に命中したらしい。倉は轟音《ごうおん》をあげて爆発し、城はたちまち紅蓮《ぐれん》の炎につつまれた。

千石堀城はことごとく焼きつくされ、たてこもっていた五千余人は一人残らず討ち果たされた。積善寺や沢城の一揆勢はこの惨状を見て戦意をうしない、ある者は逃走し、ある者は和を乞うた。

「殿、いかがなされまするか」

敵が降伏を申し込んできたという報告を受けた高虎は、秀長に判断をあおいだ。

「助けるがよい。武器を捨てて城を出る者に、危害を加えてはならぬ」

「待たれよ。秀吉公のご命令にそむかれるおつもりか《ぎ》」

痛打をあびて復讐心《ふくしゅう》にもえる堀秀政が、秀吉はなで斬りにせよと命じたはずだと詰め寄った。

「それは敵が立ち向かってきた場合のことだ。武器を捨てた百姓まで打ちはたすのは、兄者のご本意ではない」

それに百姓がいなければ誰がこの土地をたがやすのだと、秀長は秀政をねじ伏せるようにして一揆勢の命を助けることにした。

この時、秀長が発給した次の文書が残っている。

〈御出馬の上はことごとく打果《うちは》たさるべき儀《ぎ》、定《じょう》に候《そうら》えども、最前の筋目をもって種々懇望《こんもう》され候間《あいだ》、命の儀助け申し候〉

秀吉が出馬したからにはことごとく打ち果たすように指示されていたが、縁者を通じて助命を願ってきたので命ばかりは助けることにした、という意味である。

間近でこうした計らいを見た高虎は、秀長の日頃の言葉に嘘《うそ》はなかったと強い感銘を受けたのだった。

秀吉軍は二日の休息をとった後に根来寺に押し寄せたが、寺を守っていた一揆勢はすでに逃走していた。

僧侶たちは戦をさけて高野山に逃れ、徹底抗戦を叫ぶ僧兵たちは身方がこもる太田城へ走った。

この混乱の中で火事が起こり、子院、僧坊三千余をほこった寺の大半は焼失した。

世人はこれを秀吉の焼き討ちと言うが、朝廷の権威を利用して天下をおさめようとしていた秀吉が、鳥羽上皇の御願寺に火を放つわけがない。

ルイス・フロイスは、秀吉軍の兵卒が寺の財宝を掠奪《りゃくだつ》するために放火したと記している。

〈彼らはまた夜が明けて羽柴（秀吉）がその豪華な寺院や立派な屋敷を見るに及ぶと、それらを焼却することを禁じ、大坂へ移すよう命ずるかも知れないと心配し、同夜、大風が吹いたのを幸いとして兵士たちは各所に放火し、あらゆる物の掠奪を開始した〉（『日本史』）

足軽や戦場人足などの雑兵たちは、村々から強制的に徴用《ちょうよう》され、満足な手当てもないまま危険な戦場に投げ込まれていた。それゆえ戦勝のどさくさにまぎれて乱取り《らんど》（掠奪）に走ることが多かったのである。

3

翌日、秀吉軍は太田城に向かった。この城には太田左近宗正《むねまさ》を大将とする雑賀の一揆勢三千人ばかりが立てこもっていた。

太田城は和歌山市太田にある。

ＪＲ和歌山駅から東南に五百メートルほど歩くと来迎寺があるが、ここが城の本丸だった所である。

城の広さは東西約二百七十メートル、南北約二百二十メートルの長方形で、四方に高い土壁をめぐらし、北に大門、南に南大門、西北に搦手門《からめて》をあけていた。

和歌山川の上流を大門川と呼ぶのは、城の大門に由来したものである。

秀吉軍は堀秀政を先陣として紀ノ川の田井ノ瀬《たいせ》を押し渡ろうとしたが、対岸に待ち伏せていた一揆勢に銃撃され、五十一人が命を落とした。

秀吉は低湿地の中にあって広い堀をめぐらした太田城を見ると、「備中高松城のようではないか」とつぶやき、水攻めにするように命じた。

工事は周辺の住民まで徴用して昼夜をわかたずつづけられ、全長六キロにもおよぶ堤防がわずか六日で完成した。

高さおよそ四メートル、基底部《きていぶ》の幅は三十メートルもある堤防が城のまわりをぐるりと取り巻き、東の大門川から引き入れた水を満々とたたえた。

秀吉は城から北に一キロほど離れた黒田に本陣をおき、他の重臣たちも本陣を取り囲む形で陣屋をかまえた。

なにしろ十万もの大軍である。道にそって将兵が陣小屋を建て並べると、一夜にして大きな町ができあがった。

しかも水攻めの間は敵が音を上げるのを待つばかりなので、たいしてすることもない。これを見越して商人たちが物を売りに来るし、遊女たちは春をひさぎに来るので、戦場とは思えない浮わついた喧噪《けんそう》につつまれていた。

藤堂高虎はこういう戦が苦手である。

じっとしているのが性に合わないし、倦怠《けんたい》によどんだ空気の中で将兵たちが心の張りを失っていくのを見るのが耐えられない。

何か別の任務でも与えてもらえないかと考えていると、多賀新七郎が血相を変えて飛び込んできた。

「どうした。何をあわてておる」

「そ、その先の辻《つじ》で」

池田輝政と水野勝成が出くわし、互いに刀を抜き合わんばかりの喧嘩《けんか》になっているという。

高虎は手頃な木刀をひっつかんで駆けつけた。

陣小屋の間の通路は幅三間と定められている。五・四メートルもの広々とした道をつけ、軍勢や物資の移動をすみやかにしているのである。

縦横の通路が交わる辻で、輝政と勝成が十人ばかりの家臣を従えてにらみ合っていた。

輝政は長久手で父と兄を失った痛手からようやく立ち直り、池田家の当主として一千余の兵をひきいて参陣していた。

一方の勝成は、富永半兵衛を斬って出奔した後、織田信雄から直々に誘われて家臣となり、信雄軍の先陣として紀州に出陣していた。

輝政と勝成が出会ったのは偶然だが、輝政は沢瀉紋《おもだかもん》の旗印を見てすぐに水野家の者だと分った。

長久手で父と兄を打ち果たした軍勢の中に、この旗がひときわあざやかにひるがえっていたからである。

「待たれよ」

輝政は呼び止めて相手の名をたずねた。

「水野藤十郎勝成と申す」

勝成は相手が輝政だとさっしたものの、堂々と名乗りを上げた。

輝政も名乗り返し、遺恨《いこん》の筋があるので勝負をしたいと申し入れた。

「私闘《しとう》は禁じられておる。合戦となれば別でござるが」

勝成は落ち着き払って答えた。

この首が欲しければ戦を仕掛けて来いという意味だった。

「これは私闘ではない。父と兄の仇《かたき》ゆえ、尋常《じんじょう》の勝負を申し入れておる」

輝政は臆《おく》することなく、この場で決着をつけようと迫った。

二人は同い年である。

二十二歳という血気さかんな年頃であり、武門の意地もひときわ強い。互いに一歩もゆずらないまま争いは激化し、この場で斬り結びかねないなりゆきになっていた。

辻のまわりには数百人が集まり、遠巻きにして様子をながめている。退屈しのぎに高みの見物を決め込む者が大半で、早くしろとけしかける者さえいた。

「待て待て」

高虎は得意の大声を張り上げ、野次馬を蹴散《けち》らして前に出た。

「この喧嘩、わしが買った。双方刀を引け」

二人の顔を見れば、聞かなくても事情は分る。父と兄を討たれた輝政が勝成を仇と決めつけるのは無理もないが、身方となって出陣しているからにはむし返してはならないことだった。

「三左衛門、あの日の言葉を忘れたか」

長久手から敗走してきた輝政に、高虎は戦場での無念は戦場で晴らせとさとした。

その時のことを思い出させようとした。

「ご厚意はありがたい。されどこれは武門の面目をかけてのことゆえ、ご仲裁は無用でござる」

「池田家をつぶしてもか」

高虎の鋭い問いかけに、輝政は返答ができなかった。

「そちを落とすために、何人の家臣が長久手の野に屍《かばね》をさらした。その者たちの妻子を守り縁者の生計《たつき》を立てるのが、主たる者の務《つと》めではないのか」

「ご仲裁は無用と申し上げておる」

輝政はためらいをふり切り、そこをどけという仕草《しぐさ》をした。

「水野どの、貴殿はいかがじゃ」

「面目をかけた勝負なら、逃げもかくれもいたしませぬ。お相手いたす」

勝成は恐れる気色もなく言い放った。

「あい分った。それではわしが立会人をつとめる。素手にて勝負をいたされよ」

そう申し渡した。

輝政と勝成は、三メートルほどの間をおいて向かい合った。勝成のほうがやや背が高い。肩の張りや胸の厚さでは、輝政のほうがまさっていた。

先に仕掛けたのは輝政だった。姿勢を低くし、相手の胸に頭から当たりにいった。まともに受ければあばら骨が折れる強烈な技だが、勝成も果敢《かかん》に頭で応戦した。

ゴッという鈍い音がして額が激突した。

輝政は勝成のわきの下に右腕をさし入れ、素早く投げ倒そうとした。立ち技よりは寝技の方が得意なので、組み伏せて仕止めようとしたのである。

それより一瞬早く、勝成は右腕を伸ばして輝政の首をのど輪で押し上げ、左腕をしぼり上げてひじを決めようとした。

この姿勢で決められればひじが折れる。輝政は左のこぶしで勝成の手首を突き上げてのど輪をはずし、右腕を深くさし込んで渾身《こんしん》の投げをうった。

力では輝政が勝っているが、勝成の運動神経は群を抜いている。輝政の投げに身をまかせ、その力を利用して体を反転させると、上になって地面に倒れた。

両者はまったく互角である。見物人の多くはそう見ていたが、高虎は勝成の優勢を見抜いていた。このまま長引けば輝政のほうが先に体力を使いはたし、戦場での戦いなら命を取られることになる。

だが勝成はわずかに手加減していた。輝政の面子《めんつ》をつぶすまいと思ったのか、引き分けに持ち込む戦い方をしている。

それに気付いた輝政はやっきになって攻めかかるが、どうしても勝成の壁をやぶれなかった。

「それまで」

高虎は輝政の腕をつかんで引き起こした。

「互角の勝負じゃ。気がすんだか」

息が上がって声が出ない輝政は、肩で息をつきながら大きくうなずいた。

「水野どのは、どうじゃ」

「輝政どのの武士《もののふ》ぶり、しかと拝見いたした。これで充分でござる」

「ならば双方、これより遺恨を残すな」

高虎は二人の手を取って重ね合わせた。

「喉《のど》がかわいたであろう。わしの陣屋で和解の酒を酌《く》み交わそうではないか」

高虎は見物人たちまで酒宴にさそった。二人が清々《すがすが》しい若武者ぶりを見せてくれたことが、心の底から嬉《うれ》しいのだった。

翌朝早く、秀吉と秀長が前ぶれもなく訪ねてきた。加藤虎之助清正が百人ばかりの兵をひきいて警固にあたっていた。

「与右衛門、兄者が見せたいものがあるとおおせじゃ。ついてまいれ」

そう命じられ、急いで鎧《よろい》を着込んで表に出た。

道の両側に警備の兵がずらりと並んでいる。秀吉と秀長は馬に乗り、高虎と清正が馬の口取りをつとめた。

黒田から西へ向かい、和歌川をこえて南へ折れると、広々とした平野の真ん中に小高い山があった。

若山とも虎伏《とらふす》山ともいう。山の上には雑賀衆がきずいた砦《とりで》とのろし台があった。

「どうじゃ。よいながめであろう」

秀吉は四方をぐるりと指さした。

北から西へと紀ノ川が流れ、海にそそいでいる。東の和歌川は、雑賀水軍の拠点である和歌浦湾《わかうらわん》へつづいている。

川の向こうには水攻めにされた太田城が、湖の中の島のように小さく浮かんでいた。

「小一郎、伊勢でも美濃でもこの紀州でも、よう働いてくれた。太田城を攻め落とした後は、泉州と紀州をそちにやろう」

すでに内定している大和一国に和泉、紀伊を合わせれば、一躍百万石の大大名である。だが秀長はいつものように物静かで、形通りの礼を言ったばかりだった。

「この三カ国は大坂城の守りの要《かなめ》じゃ。一揆《いっき》の国ゆえ苦労も多かろうが、家臣、領民をいつくしんで天下の手本となる国をきずいてくれ」

秀吉は秀長の為政者《いせいしゃ》としての能力の高さを見抜き、新しく発令する検地や刀狩りを実験的に行なわせようとしていたのだった。

「紀州だけでも五十万石は下るまい。この山に城をきずき、治政の中心とするがよい」

側で話を聞いていた高虎は、心の中で膝《ひざ》を打った。海と川に面したこの山は、城地として最適である。山の規模も形も申し分なかった。

「承知いたしました。この与右衛門を奉行《ぶぎょう》にして、さっそく普請《ふしん》にかかりまする」

「そ、それがしでござるか」

思わぬ抜擢《ばってき》である。高虎は嬉しさのあまり呆然《ぼうぜん》となった。

「そちが描きためた絵図が役立つ時が来たのじゃ。虎伏山という名にも、縁の深さを感じるではないか」

秀長は高虎の思いを察し、明日にも山の近くに陣所を移すように命じた。

4

雨がふっていた。

色鮮やかな新緑に薄絹《うすぎぬ》の幕をかけたように、細かい雨がふりつづいている。

簑笠《みのかさ》をつけた水野照葉は、従者の久松平蔵だけをつれて太田城への道を急いでいた。

南国の木々は勢いさかんである。雨もあたたかく空気の匂《にお》いもどこかちがっていた。

やがて小豆島《あずしま》の渡し場についた。

二百人ばかりの男たちが、二列にならんで順番を待っている。青年から初老の者までさまざまで、笠だけをかぶってそまつな野良着《のらぎ》をまとっていた。

「太田城攻めの堤《つつみ》作りに駆り出された者たちのようでございます」

平蔵が男たちにまじって、それとなく様子を聞き出してきた。

五日ほど前に水攻めのための堤防が切れた。数日雨がふりつづいたために水かさがまし、水圧に耐えきれなくなった所が決壊《けっかい》したのである。

宇喜多秀家が担当した場所で、あふれ出た水は激流となって陣屋をおそった。数百人が大門川まで押し流されて溺死《できし》し、工事の指揮をとった秀家の重臣は責任をとって切腹した。

秀吉はさっそく堤の修築を命じ、周辺の村々から人夫を徴用している。渡し場にならんでいるのは、その工事に向かう男たちだった。

「一日二十文の手当てが出ると、百姓どもは喜んでおりました」

舟は次々と渡し場に着き、対岸の中洲《なかす》に人夫たちを運んでいく。中洲の水際《みずぎわ》には数千人が出て、俵に砂を詰めて土嚢《どのう》を作り、底の浅い荷船につみ込んでいた。

徴用以外の者は別の船に乗せられ、中洲の上流を渡って対岸の田井ノ瀬《たいせ》まで運ばれた。

ここから東に向かえば八軒屋《はちけんや》の宿場、南に向かえば太田城攻めの陣中である。

「お疲れでしょう。ひとまず宿にまいりましょうか」

平蔵が気遣った。

「いいえ、一刻も早く藤十郎さまに」

勝成に危険が迫っていることを知らせなければならなかった。

陣中に向かう道には関所がもうけてあり、不審な者の出入りを厳しく見張っていた。

「どちらに行かれる。手形を見せていただこう」

鎧《よろい》を着込んだ武士が高飛車に迫ってきた。

照葉は前髪立《まえがみだて》の若侍の姿をしている。相手は若僧と甘く見たようだった。

「織田大納言《だいなごん》信雄さまの陣屋に」

照葉は徳川家康が発行した手形を示した。

急用で勝成をたずねたいという照葉のために、家康は直々に手形を書き、案内者として平蔵をつけてくれたのだった。

「し、しばらくお待ち下され」

鎧の武士は急に辞をひくくし、上司のところへすっ飛んでいった。

幸い勝成は陣屋にいた。小具足姿のままで見知らぬ誰かとのんびりと碁を打っている。

取り次ぎの者が来意を告げても、

「おう、そうか」

ちらりと目を向けただけで、勝負に熱中したままだった。

照葉はさすがにむっとした。勝成の身を案じて夜を日についでやって来たのに、その態度はなんだと言いたくなった。

勝成は長々と考え込んだ。戦場でさえ見せない真剣な目をして盤上をにらんでいる。

旗色が悪く陣地はおびやかされているようで、負けず嫌いの本性をむき出しにして挽回《ばんかい》をはかろうとしていた。

「その石は活《い》きませんよ。劫《こう》になりますから」

相手をしているのは池田輝政だった。

あの日の勝負以来二人は肝胆相照《かんたんあいて》らす仲になり、互いの陣屋を足しげく行き来している。

武芸においては勝成のほうが一枚上だが、囲碁においては二目置いてもおよばなかった。

「まいった。輝政どのには勝てぬ」

勝成は負けを認め、腰にさした備前助真《すけざね》の脇差《わきざ》しをさし出した。

高天神城での戦功を賞して家康が与えたものである。それを賭物《かけもの》にするとはあきれ返った傾《かぶ》きぶりだった。

輝政を送り出して、勝成はようやく照葉と向き合った。

「若侍の姿も板についているではないか」

頭のてっぺんから爪先《つまさき》までながめ回し、若衆《わかしゆう》好みにねらわれぬよう気をつけよと笑った。

「叔父上が討っ手をさし向けられます」

照葉は笑いを断ち切るように告げた。

「父上が、この私にか」

勝成は面白いとでも言いたげだった。

「富永一門に迫られ、仇討《かたきう》ちをお許しなされたのです。数日後にはここに着くはずです」

半兵衛が照葉に夜這《よば》いを仕掛けたのは、忠重に命じられてのことである。その理《ことわり》もわきまえずに斬《き》ったのは勝成の手落ちだと、富永一門は強硬に成敗をもとめた。忠重はこの理に屈し、仇討ちという名目で討っ手をさし向けることを許した。

照葉はそれを聞き、勝成に危険を知らせるために三河の刈谷《かりや》から駆けつけたのだった。

「侍とは因果なものだな」

勝成は苦笑し、数日前に輝政に仇討ちをいどまれた話をした。

「ところが高虎どののお陰で、あのように気心が通じる友となった。人の縁とは、これまた分らぬものだ」

「あの藤堂さまでございますか」

額から血を流しながら、申し訳なさそうに治療を受けていた大男の顔を思い出した。

野の虎《とら》が人になついたなら、あんな様子をするような気がした。

「そうじゃ。今は虎伏山というところで城の普請をなされておる」

「富永の討っ手は二十人をこえましょう。いかがなされますか」

「ほっておけ。何人来ようと手出しはできぬ」

「何ゆえですか」

「私は織田どのに召し抱えられておる。陣中で手出しをすれば、織田どのばかりか秀吉公にまで弓引くことになる」

「相手は富永一門です。身もとを隠して襲ってくるかもしれませぬ」

「ならば敵の間者とみなして討ち果たすまでだ。屈強の近習たちもおるゆえ心配いたすな」

それよりあと四、五日、ここにおられるかとたずねた。

「八軒屋に宿をとっておりますゆえ、何日でも」

「それなら面白いものを見せてやる。宿で連絡を待っておれ」

勝成はいたずらっぽい笑みを浮かべ、照葉の尻《しり》をぽんとたたいた。

5

勝成からの迎えが来たのは四日後、四月十八日のことである。二人とも具足をつけよと、二領《りよう》を使者に持参させていた。

照葉は胸の窮屈《きゆうくつ》さに耐えて男物の鎧を着込み、平蔵を従えて勝成の陣屋をたずねた。

「合戦ではない。水攻めの見物じゃ」

勝成は出発の仕度をして待っていた。

百人ばかりの兵たちとともに修復なった堤防に上がると、水攻めの様子がひと目で見渡せた。

太田城を取り囲む堤の中には、わずかに水が残っているばかりだった。堤が決壊して水が流れ出したためで、これから川の水を新しく引き入れるという。

それを見物しようと、堤の上に五万人ちかい将兵がのぼっていた。

「秀吉公はわずか数日のうちに、六十万俵もの土嚢をつんで堤をきずき直されたのだ」

勝成は言葉ほどには感服していない。こんな金にあかした戦をするようでは、武士の魂が腐ると思っているようだった。

太田城は三百メートルばかり先にあった。

水攻めに対抗して城のまわりに土塁を高々と積み上げている。まるで長方形の枡《ます》のようで、中の様子はまったく見えなかった。

秀吉は城の真北に陣幕をはり、諸将を従えて見物していた。その中には黒い長衣を着た宣教師たちがいた。

大坂からわざわざ駆けつけたグレゴリオ・デ・セスペデス神父と、日本人修道士ロレンソの一行だった。

秀吉は根来寺の建物の一部を大坂の教会に移築することを許した。セスペデス神父たちは大いに喜び、秀吉の気が変わらないうちにお礼に来たのである。

〈司祭（セスペデス）は、そこの城を取り囲む堤の上で全軍の注視を浴《あ》びながら秀吉を訪れた〉

フロイスは『日本史』にしっかりとそう書き留めている。

やがて本陣から棒火矢が上がった。

鉄砲で空高く撃ち上げられた火薬筒が、花火のように燃え上がった。

それを合図に大門川の水門が開かれ、雨で増水した川の水が濁流《だくりゅう》となって流れ込んだ。

水の大軍が攻め寄せてくる。照葉にはそう見えた。大門川ごと引き入れた水の勢いは、野山をうめて突撃してくる数万の大軍よりすさまじかった。

東西一キロ、南北一キロばかりの巨大な湖が、目の前でみるみるでき上がっていく。大きな枡《ます》のように見えた太田城が、小さな島と化し、たよりなげに孤立していく。

照葉はそれを見て圧倒される思いがした。これほどのことを成し遂げた人間の力に驚嘆《きようたん》し、素直に感動していた。

男は理想や理念にとらわれた目で現実に向き合おうとしがちである。勝成がこれでは武士の魂が腐ると感じたのはそのためだろうが、照葉は現実を現実のままとらえる柔軟な目をもっている。

その目で見れば、秀吉のやり方は武士のあり方そのものを変えるということがはっきりと分った。鉄砲の使用が刀や槍《やり》を無力化したように、巨大な経済力と技術力で敵を制圧するこうしたやり方は、武辺者《ぶへんしや》そのものを無力化するかもしれなかった。

水が満々とたたえられると、大門川の上流に大型の安宅船《あたけぶね》があらわれ、太田城の西側にまわり込んだ。

緋《ひ》色の地に白の花クロスをえがいた旗を立てた小西行長の船である。

秀吉水軍の総司令官に任じられた行長は、長さ三十メートル、幅八メートルという大型の安宅船を太田城のちかくまで乗り付け、土塁ごと打ちくだくような猛烈な艦砲射撃をくわえた。

石火矢《いしびや》とか国崩《くにくず》しと呼ばれた大砲を、十数門搭載《とうさい》している。これで城を破壊し、応戦する敵には数百挺《ちょう》のマスケット銃を撃ちかけた。

小西軍の火力はすさまじかった。大砲や鉄砲の発射音は耳をつんざくばかりで、筒先をそろえた射撃は正確だった。

これに対して太田城の城兵もかかんに防戦した。城のまわりにめぐらした土塁の陰に身をひそめ、鉄砲、棒火矢、火矢、投石と、ありったけの武器で立ち向かった。

中でもやっかいなのは棒火矢で、船はたちまち炎と煙に包まれたが、小西軍の将兵は防火服と水はじきを用いて懸命の消火にあたった。

この戦いの様子を、フロイスは次のように記している。

〈(小西)アゴスチイノは、多くの十字架の旗を掲《かか》げた船舶を率いて入って来た。そして敵の城に向かって進出し、城の土居近くに達したが、船からは土居の中が見えず、城中の者が己が身を守ろうとして放った火、鉄砲、矢、石、その他の火器の一斉攻撃を上方から浴びることになった。いっぽう、小西の軍勢は船にモスケット(マスケット）など大筒の鉄砲を多量に搭載していたので、それらが大いに効力を発揮して、敵方を少なからず悩ませた〉（『日本史』）

小西軍がマスケット銃を使用していたというこの証言には、注目する必要がある。

マスケット銃は一五二〇年代にスペインで開発された新式の歩兵用小火器で、口径は一インチ（約二・五センチ）弱、銃身の長さは百三十センチほどで、重さは七・八キロもあった。

あまりに銃が重いので、戦いの時には槊杖《さくじょう》を立てて銃身をささえながら撃たなければならなかったが、五十グラム以上もの弾丸を飛ばすことができる。

旧式の火縄銃よりはるかに破壊力が大きかった。

スペインはこのマスケット銃隊とパイク兵と呼ばれる長槍部隊を組み合わせた戦術をあみだし、ヨーロッパ最強の野戦軍団を編成することに成功した。

こうした戦術が日本に伝えられ、信長や秀吉に影響を与えたことは言うまでもないが、マスケット銃そのものが日本において大量に使用されたのは、おそらくこの時が初めてである。

秀吉はスペインからマスケット銃を買い付け、海軍の主要艦に装備していたわけだが、このことは軍事の面だけにとどまらない重要な問題をふくんでいる。

なぜなら当時のスペイン政府は、許可を得ずに外国に武器を売り渡すことを禁じていたからだ。

最新兵器が外国の手に渡れば自国の安全がおびやかされると危惧《きぐ》するのは、四百年前も今も同じである。

そうした規制があるにもかかわらず秀吉がマスケット銃を入手できたのは、スペインと親密な関係を結んでいたからだ。それゆえ日本では産出しない硝石《しょうせき》を潤沢《じゅんたく》に輸入し、大量の火薬を使うことができたのである。

照葉にはそうした事情までは分らない。だが小西軍の大砲やマスケット銃のすさまじい破壊力を見て、身の毛のよだつ恐怖をおぼえていた。

堤をめぐらした水攻めには秀吉の先見性と英知が感じられたが、この銃撃からは人を人とも思わぬ禍々《まがまが》しさしか伝わって来なかった。

照葉は武家の娘である。

十六歳の頃から女武者として戦場に立っていただけに、マスケット銃が日本製のものとは明らかにちがうことは銃声を聞いただけで分る。

そんな武器を、秀吉はなぜ使うのか。その銃を手に入れることと引き換えに、いったい何を売り渡したのか……。

つんざくような音にもうろうとなった頭を、こうした疑問がぐるぐると回りつづけていた。

「よく見ておけ。あれが南蛮人《なんばんじん》どもの戦い方だ」

勝成が苦々しげに吐きすてた。

「あれは戦ではありません。ただの殺し合いです」

戦には道義と礼儀と美学がある。だが火力にものを言わせた戦いには、むき出しの敵意と勝利への欲望しかなかった。

「よう言うた。さすがは照姫じゃ」

「秀吉公はなぜこのような戦をなされるのでしょうか」

「イスパニアという国があることを知っておろう」

この当時、スペインはそう呼ばれていた。

「存じております。五年前にポルトガルまで支配下におさめ、太陽の沈まぬ帝国になったとうかがいました」

地球儀《ちきゅうぎ》を見せてそのことを教えてくれたのは、従兄《いとこ》の徳川家康だった。

「そうじゃ。かの国はこの戦い方で世界に覇権《はけん》を打ち立てた。その圧力がこの国にも及んでいることを、片時たりとも忘れてはならぬ」

6

その日の夕方、照葉は八軒屋の宿にもどった。

　鎧《よろい》をぬいだ時に重苦しい疲労感をおぼえたのは、胸のふくらみのない男物の鎧が窮屈だったせいではない。

もはやこんな鎧など通用しなくなりつつある現実を見せつけられたせいか、仰々《ぎようぎよう》しく着込んでいる自分がひどく滑稽《こつけい》に思えたのだった。

(この国に、何かが起きようとしている)

照葉は遠い沖から巨大な津波が迫っているような不安を覚えたが、その正体を見極めることはできなかった。

翌朝、久松平蔵が異変を告げた。

「富永一門が現れました」

三軒先の宿に昨夜から泊まっているという。

「人数は」

「十七人でございます。富永太郎左衛門どの、権兵衛どのが指揮をとっておられます」

太郎左衛門は半兵衛の兄で、計数に強い官吏向きの男である。

勝成にはとても太刀打ちできないので、武辺者として知られた叔父の権兵衛に助太刀をたのんだのだった。

「その宿の向かいに部屋をとり、富永の動きを見張って下さい。決して気付かれてはなりません」

「照姫さまは？」

「すぐに藤十郎さまに」

知らせに行くつもりだったが、平蔵が去った後も照葉は腰を上げようとしなかった。

勝成が一言も釈明せずに出奔したのは、半兵衛を斬った理由を詮議《せんぎ》の席であかせば照葉の名誉に傷がつくと考えてのことだ。

その思いやりが分るだけに、危険が迫っていることを知らせようと気負い立ってここまで来たが、勝成は富永一門など歯牙《しが》にもかけていなかった。

しかも昨日のすさまじい戦ぶりを見た後だけに、自分がひどく小さなことにかかずらっている気がしてきたのである。

（ほっておけとおおせられるなら、そのようにいたしましょう）

照葉は少しすねた気持ちになってそう決めたが、富永一門の動きには注意をおこたらなかった。

四月二十二日、太田城が降伏した。

城将五十一人の首をさし出すなら残りはすべて助命するという和睦《わぼく》の条件を、一揆《いっき》側が受け容《い》れて城を明け渡したのである。

城中にはおよそ五千人の老若男女がいた。

秀吉は彼らから武器を取り上げ、以後は鋤《すき》や鍬《くわ》だけを持って農業に専念するように申し付けた。

一揆衆に与えた書状の中に次の一文がある。

〈在々百姓ら今より以後、弓箭《きゆうせん》、鑓《やり》、鉄砲、腰刀など停止《ちようじ》せしめおわんぬ。しかる上は鋤、鍬など農具をたしなみ、耕作をもっぱらにすべきものなり〉

これが秀吉が初めて発した刀狩り令である。

これまでは農民も武装し、村の安全と治安を自力で守った。ところが秀吉は彼らから武器を取り上げ、兵農分離をおしすすめていった。

これは地侍や百姓たちが一揆を結んで刃向かうことを防ぐための「平和令」だが、その反面、農民から抵抗力をうばい取り、言いなりになる状況を作ろうという意図もあった。

その先に目論《もくろ》んでいたのは、検地による大増税である。秀吉はすでにこの頃から朝鮮に出兵しようという計画を持っており、そのための国内整備を着々と進めていたのだった。

一揆衆が退去するのを見届けてから、秀吉軍の陣払いがはじまった。

何しろ十万もの大軍である。道中の混雑や混乱がおこらぬように順番を決め、三日に分けて撤退させなければならなかった。

富永一門が動いたのは二日目の夕方である。

「はかられ申した。旅籠《はたご》はもぬけの殻《から》でござる」

平蔵が血相をかえて駆け込んできた。

見張られていることに気付いたのか、宿屋の裏口から全員抜け出しているという。

「どこかで待ち伏せ、帰国の道中をおそうつもりでございましょう」

陣払いした後なら、勝成をおそっても織田信雄や秀吉に弓を引いたことにはならない。富永一門はそこまで計算し、この機会を待っていたのである。

「早く藤十郎さまに知らせなければ」

照葉は焦《あせ》ったが、すでに日が暮れている。この時刻に陣屋に近づけば、不審者として討ち捨てにされるおそれがあった。

翌朝八時、照葉は関所が開くのを待ちかねて勝成の陣屋に飛び込んだ。

「殿は虎伏山にまいられました」

近習の若者が告げた。

今日の午後に陣払いするので、藤堂高虎の陣屋にお礼の挨拶《あいさつ》に出向いたという。

「供の人数は」

「近習の佐助だけでございます。すぐ戻るとおおせられて」

照葉は最後まで聞かずに駆け出した。平蔵が槍をかついで追いかけてくる。二人とも旅装束の下に鎖帷子《くさりかたびら》を着込み、いつでも抜き合える仕度をしていた。

すでに秀吉は黒田の本陣を引き払っている。陣小屋が撤去《てっきょ》された野原を南に下ると、水攻めのためにきずかれた巨大な堤防がそびえていた。

虎伏山の築城現場に行くには堤の上を通るのがもっとも近いが、すでに解体工事が始まっていた。

二人は堤防を左に見ながら走りつづけ、虎伏山につづく一本道を西に向かった。

途中に大門川が流れていた。

堤防の決壊によっておこった大洪水のために、橋も民家も押し流されている。いつもの何倍にも広がった河原には、白っぽく乾いた土砂が厚くつもっていた。

川には応急措置として船橋がかけてあった。両岸の間に太い鎖をわたし、鎖につないだ小船の上に板をならべたものである。

下流に向かってたわんでいる船橋をわたろうとした時、上流の河原から剣戟《けんげき》の音が聞こえた。

富永一門とおぼしき鎧姿の者たちが、勝成らを取り囲んで斬《き》り合っていた。

「平蔵、あれです」

照葉は河原に下り、さらさらの土砂に足を取られながら助太刀に走った。

二メートルほどの高さに積まれた土嚢《どのう》が、川にそって二列にならべてある。勝成らはその間に入り、土嚢を楯《たて》にしながら巧みに戦っていた。

前の入口に勝成が、後ろに近習の佐助が立ち、時には通路の奥まで敵をさそい込み、時には敢然《かんぜん》と斬って出て、富永一門と五分に渡り合っていた。

照葉は平蔵から槍を受けとり、勝成をかこんだ十人ばかりに突きかかろうとした。

「姫さま、お待ち下され」

平蔵は先駆けして敵を引き付け、腰につけた焙烙玉《ほうろくだま》をなげた。

火薬を仕込んだ素焼きの玉が、爆音と砂煙をあげて爆発し、三人が瞬時にふき飛ばされた。

敵の陣形がまっ二つに割れた隙《すき》に、照葉は勝成の側に駆けよった。

「藤十郎さま、大事ございませぬか」

「見てのとおりじゃ。そなたこそこんな所まで何しに来た」

勝成は邪魔するなと言いたげだった。

「これはわたくしが招いたことです。一緒に戦います」

「よせよせ。また妙な噂《うわさ》をたてられるぞ」

二人は従兄妹《いとこ》だが、恋仲ではないかと噂されたことがあった。

「かまいません。望むところです」

照葉はかぶっていた笠《かさ》をぬぎすて、水野下野守《しもつけのかみ》信元の娘照葉だと名乗りを上げた。

「半兵衛には非義《ひぎ》のふるまいがあった。藤十郎さまはそれを見とがめて無礼討ちになされたのじゃ。それを遺恨と申すなら、わたくしも相手をいたす」

槍を中段にかまえて富永一門をにらみすえた。切っ先から気合がほとばしるような、凜々《りり》しく美しい姿である。

一門の中には顔を見知った者もいるので、気圧《けお》されてじりじりと後ずさった。

「何をしておる。これは上意討ちじゃ」

陣笠をかぶった太郎左衛門が、刃向かうのなら照葉もろとも斬り捨てよと命じた。

「これは私の戦《いくさ》だ。お前は搦手《からめて》にまわれ」

勝成は佐助とともに前面に立ち、照葉と平蔵を後ろの守りに当たらせた。

富永一門は勝成に攻撃を集中した。

照葉と平蔵には押さえの人数をあてただけで、十数人が入れかわり立ちかわり息つく間もなく斬りかかった。

それでも勝成の牙城《がじょう》をくずせない。佐助もさすがの腕前で、時折前面に出ては勝成が休息する時間をかせいだ。

武辺者の権兵衛は、横から土嚢をよじ登って中に飛び込もうとした。勝成はそれに気付き、いち早く土嚢にあがって権兵衛をけり落とした。反対側の土嚢にも三人が取りつい槍《やり》を持った二人が、好機とばかりに走り寄った。

た。

勝成は突き出された槍のけら首をつかみ、一瞬のうちに奪いとった。そのまま反対側の土嚢に飛び移り、取りついていた三人を槍の穂先でなぐり落とした。

権兵衛は引きくずした土嚢を足場にして上がろうとした。勝成は再びそちらの側に飛びもどり、鼻先に槍を突き付けてにやりと笑った。

権兵衛は飛びすさってかわそうとしたが、後ろからつづく者たちともつれあって河原に倒れた。

勝成はひらりと宙を舞って彼らの前に飛び下り、

「悪いことは言わぬ。父上のもとに戻り、理非《りひ》をわきまえられよと伝えておけ」

仁王立ちになって一喝《いっかつ》した。

その時、小船が上流から音もなくすべり寄ってきた。人影はない。とも綱がとけて流されたように見えたが、川から吹く風にかすかに火薬の匂《にお》いがまじっていた。

照葉はいち早くそれに気付いた。

はっと川を見やると、二人の鉄砲足軽が身をおこし、片膝《かたひざ》立ちになって勝成にねらいをつけていた。

「藤十郎さま」

照葉は無我夢中で走り、勝成の背中に飛びついた。

背後で射撃の音がして、肩と腰に激痛が走った。火薬の爆発力で発射された弾は高熱をおびている。まるで焼け火箸《ひばし》を深々と差し込まれたような痛みだった。

「おい、しっかりしろ」

勝成がうつ伏せに倒れた照葉を抱きおこした。

その背中は隙だらけだが、権兵衛らは斬りかかろうとしなかった。かつては信元に仕えていたので、主君の愛娘《まなむすめ》の容体を気遣わしげに見守るばかりだった。

痛みはあまり感じなかった。体の中で何かが燃えるような熱さがあるばかりである。その熱さが意識をうっすらと遠ざけていく。

照葉は時間が止まった気がした。音のない静寂《せいじやく》の中で、空ばかりが青々と輝いていた。

「照葉、しっかりしろ」

勝成が小袖《こそで》をめくって傷口を改めた。弾は体の奥までたっしている。器具がなければ取り出すことはできなかった。

「平蔵、鎧通《よろいどお》しを焼け」

先の尖《とが》った鎧通しを焼いて消毒し、弾をかき出そうとした。

その時、下流から騎馬の一団が駆けつけた。虎伏山にいた藤堂高虎らが、焙烙玉の爆発音を聞いて様子を見に来たのである。

「静まれ。美濃守さまご領分での私闘は禁じられておる」

それでも刃向かうなら斬り捨てるつもりである。太郎左衛門らは高虎と賀古黒《かこぐろ》の威容《いよう》におそれをなし、配下の遺体を置き去りにしたまま逃げ去った。

初老の権兵衛一人が、照葉の横に座って動こうとしない。万一のことがあれば腹を切ってお供をしようと、犬のように忠実な目で容体を見守っていた。

「水野どの、そのご仁は」

いつか傷の手当てをしてくれた照葉だと、高虎はすぐに気付いた。

「鉄砲に撃たれました。弾は中までたっしております」

勝成は目を真っ赤にして救いを求めた。

「わしの陣屋に運んで手当てをなされよ」

高虎は多賀新七郎を秀長の陣所まで走らせ、白庵《はくあん》先生を呼んでくるように命じた。秀長が重用しているポルトガル人の医師だった。

「事は一刻を争う。賀古黒を使え。それから竹助」

服部竹助には先に陣屋へ行って湯をわかし、手術の用意をしておくように申し付けた。

「水野どの、早く陣屋に」

「かたじけない」

勝成は照葉を軽々と抱き上げて馬に乗った。

照葉の意識はすでに消えかかっていたが、不思議に安らかな気持ちだった。

勝成の腕の中でこうして死ぬことを、長い間夢見てきたのである。その願いを聖観音《しょうかんのん》がかなえてくれたのだと、何もかもに感謝したい気持ちだった。

7

照葉は一命をとりとめた。

高虎からの知らせを聞いた白庵は賀古黒を飛ばして陣屋に駆けつけ、鉗子《かんし》で弾を取り出し、アルコールで消毒をして、傷口を手早くぬい合わせた。

「これで大丈夫です。傷口がふさがるまで、安静にしておいて下さい」

的確な処置をおえると、あちらにもたくさん患者がいると早々に帰っていった。

白庵はイエズス会の医師ルイス・デ・アルメイダの弟子で、豊後の府内(大分県大分市)の病院で働いていた。

ところが治療の方針をめぐってイエズス会と対立し、堺《さかい》に私設の病院を開いて住民の治療にあたるようになった。

神技のようだという評判を聞いた秀長が、二年前に侍医として召し抱え、戦場《いくさば》に帯同《たいどう》して傷病兵の治療にあたらせていたのである。

「高虎どの、かたじけない」

勝成は生き返ったようにほっとした表情をして、このまま照葉をあずかってほしいと頼んだ。

「それは構わぬが、貴殿は」

「しばらく旅に出ます。馬鹿《ばか》な親父が構《かま》いを入れたそうです。このまま織田家にいては、信雄公に迷惑がおよびますから」

構いとは罪をおかした家臣が他家に召し抱えられないように、仕官禁止の申し入れをすることである。

忠重はそうした手回しをした上で、勝成を討ち果たす許可を与えたのだった。

「それなら美濃守さまに仕えればよい。いつでもご推挙《すいきょ》いたす」

「ご好意はありがたいのですが、九州方面に行ってみたいと思っております。この目で確かめたいことがありますので」

「南蛮人のことでござろうか」

「さよう。彼らは長崎や平戸を拠点にしていると聞きました」

「ならば引き止めぬが、気が向いたらいつでも訪ねてまいられよ」

「これは富永権兵衛と申します。ここに残していきますゆえ、お役に立てていただきたい」

照葉の意識は三日の間もどらなかった。高虎は権兵衛を世話役にし、やきもきしながら回復を待った。

傷ついた子犬を庇護《ひご》しているような気持ちである。長久手でのあざやかな戦ぶりを見ているだけに、親しみもあこがれも抱いている。こんな時に不謹慎《ふきんしん》とは思うものの、妙に胸がときめくのだった。

高虎には妻がいる。

四年前に一色修理大夫義直《いっしきしゆりのだいぶよしなお》の娘芳姫《よしひめ》をめとったが、夫婦の間に不幸ないきさつがあって、いまだに子宝にめぐまれていない。体もそれほど丈夫ではないので、但馬国大屋村《たじまのくにおおやむら》の屋敷に残したままだった。

これでは跡継ぎのことが心配だし、何かと不自由だろうから側室を持てと勧める者も多かったが、高虎は芳姫に辛《つら》い思いをさせまいと断りつづけてきた。

しかし、照葉ならと思うのである。男まさりの女武者だし、気性も激しく情も深い。何より体が大きく丈夫なのが魅力だった。

巨漢の高虎には、楚々《そそ》とした京人形のような娘はあまりに頼りない。上背もあり腰も張っている照葉なら、丈夫な跡継ぎを産んでくれる気がするのだった。

照葉は四日目に意識を取り戻したものの、起き上がることはできなかった。日当たりのいい小間《こま》で、権兵衛がやとい入れた侍女の世話を受けている。

高虎は部屋の外をとおる時、歩みをゆるめて聞き耳を立てたが、言葉を交わすことはできなかった。

8

五月になり、秀長から新たな命令が下った。秀吉が四国攻めの出陣を六月三日と決めたので、渡海のための船を集めよというのである。

四国の大半を支配下におさめている長宗我部元親は、小牧、長久手の戦いで徳川家康に身方した。

秀吉はこれを討伐するために、秀長、秀次を大将とする六万の大軍を送ることにしたのだった。

秀長は泉州の堺から淡路島《あわじしま》に渡り、阿波《あわ》に攻め込む予定である。そのためには数百艘《そう》の船が必要なので、領国の浦々から早急に集めよというきびしい通達だった。

高虎は和歌山城の築城現場をはなれ、和歌浦湾から熊野灘《くまのなだ》まで津々浦々に足をはこび、秀長の命令を伝えてまわった。

「一艘でも隠した者は成敗せよとのお達しじゃ。早々に船を集め、二十八日までに和歌浦までこぎ寄せてくれ」

膝を交えて水軍の頭《かしら》たちを説得し、当座の費用をあたえて約束を取りつけた。

秀吉の戦力は圧倒的だった。

六月十六日、秀長軍三万が四百余艘をつらねて堺を出港し、淡路の洲本《すもと》に上陸した。秀次軍三万は播磨《はりま》から瀬戸内海をわたって淡路の福良《ふくら》に上陸し、秀長軍と合流した。

六万の大軍となった秀長、秀次軍は、福良の港から八百余艘の大船団を組んで土佐泊《とさどまり》に上陸した。

同じ頃、宇喜多秀家、黒田孝高《よしたか》（如水《じょすい》）、蜂須賀《はちすか》家政《いえまさ》ら二万三千は讃岐の屋島《やしま》に上陸し、牟礼《むれ》、高松方面の掃蕩《そうとう》にかかった。

六月下旬には毛利輝元、小早川隆景《こばやかわたかかげ》らの軍勢三万が今治《いまばり》付近に上陸し、伊予を攻略して土佐に攻め込むかまえをみせた。

総勢十一万三千の大部隊である。

対する長宗我部勢は四万と伝えられている。淡路から侵攻してくる敵にそなえて阿波に主力を投入し、元親自身は八千の精鋭をひきいて吉野《よしの》川上流の白地《はくち》（三好市池田町）に着陣した。伊予や讃岐の身方と連絡をとりながら防戦につとめるためである。

高虎は秀長の侍大将として木津城攻めの指揮をとった。三万余の大軍を動かすのだから、本陣にいて戦況を見守るのが仕事である。

秀長からも、血気にはやって先陣に出たりしてはならぬときつく釘《くぎ》をさされていた。

ところが高虎は、生まれながらの武辺者である。身方が高さ七十メートルばかりの山城を三日も四日も落とせないのを見ると、じっとしていられなくなった。

ある日の夜半、敵も身方も寝静まった頃、

「新七郎、屈強の者を四、五人選んでついてまいれ」

多賀新七郎に命じて探索《たんさく》に出た。

「この小山だ。かならずふもとに水の手がある」

そこを押さえて水を止めれば、敵は数日のうちに降伏すると読んで、城攻めが始まった時から新七郎と服部竹助に地形をしらべさせていた。

水の手は城山の北のふもとにあった。

周囲に石垣をめぐらし、かやぶきの屋根でおおって民家のように見せかけているが、高虎には水の匂いでそれと分った。

わき出た水がどこにも流れていないのは、土の中に樋《とい》を埋めてどこかに落としているからにちがいなかった。

「あたりを探《さぐ》ってみろ。谷川か水路に水を逃がしているはずだ」

月明かりをたよりに水の抜け口をさがしていると、水の手から五十メートルほど離れた所にある櫓《やぐら》から、十五人ばかりが声もあげずに攻めかかってきた。

新七郎が真っ先に気付き、槍をふるって立ちむかった。高虎も馬上槍を持って駆けつけ、またたく間に三人を打ち倒した。

敵はそれでも身方を呼ぼうとしない。櫓の中に後詰めの兵がいないのか、水の手の場所を隠すために声を上げるなと命じられているようだった。

高虎にも秀長の命にそむいて探索に出た弱味がある。黙ったまま七、八人を討ち取り、敵を櫓の中に追い返した。

「このこと他言無用。その方らの手柄は、このわしが知っておる」

そう言って皆に固く口止めした。

翌朝、高虎は仙石秀久《せんごくひでひさ》を呼び、

「城の北口に水の手がござる。攻め取って手柄になされよ」

体を寄せて耳打ちした。

「何ゆえ貴殿が兵を出されぬ」

秀久は何か魂胆があるのではないかと疑った。

手柄を人にゆずるなど、普通では考えられないことだった。

「それがしは先陣に出てはならぬと、殿から命じられており申す。それゆえ神社の狛《こま》犬《いぬ》のように、動きたくとも動けぬのでござる」

「難儀なことでござるな。しからば有難く頂戴《ちょうだい》いたす」

秀久はさっそく一千ばかりの兵をひきいて北口に回り、水の手を切ることに成功した。

このために木津城主の東条関之兵衛《せきのひょうえ》は抗戦ならずと観念し、城を明け渡して土佐に落ちていった。

木津城を攻略した後、秀長は兵を三手に分けて阿波の内部への侵攻を開始した。

秀次には吉野川ぞいをさかのぼって脇城《わきのじょう》（美馬市脇町）に向かわせ、讃岐から合流した宇喜多秀家らには牛岐《うしき》城（阿南市富岡町）を攻略するように命じた。

自らは三万の兵をひきいて、阿波一国の要《かなめ》である一宮《いちのみや》城（徳島市一宮町）を目ざした。

一宮城は鮎喰《あくい》川を前にあて東竜王山を背にした、守るにやすく攻めるに難《かた》い城である。

長宗我部元親はこの城に江村孫左衛門《えむらまござえもん》、谷忠兵衛忠澄《たにちゅうべえただずみ》以下一万余の兵を入れ、阿波を死守するかまえを取っていた。

秀長は鮎喰川の北にある辰《たつ》ヶ山に本陣をおき、一宮城の包囲作戦にかかった。

「与右衛門、この城の水の手は切れるか」

側に座らせた高虎にたずねた。

どうやら木津城での抜け駆けを知っているようだった。

「これだけの規模であれば、城中に水の手曲輪《くるわ》がございましょう。他には三つか四つ、隠し井戸があるものと存じます」

一宮城の本丸は高さ百五十メートルちかい山の尾根にきずかれている。山の稜線《りょうせん》はなだらかに左右に広がっているので、井戸を掘る場所はいくつもあるはずだった。

「それでは、どう攻める」

「ふもとの館《やかた》を攻め落とし、敵を山上に追い上げて兵糧《ひょうろう》攻めになさるべきと存じます」

「分った。その策でいくゆえ、わしの側を離れるな」

秀長はやはり抜け駆けに気付いていたのである。だがそれを咎《とが》めようとはせず、より重い責任を与えることで武勇にはやる高虎の心を矯《た》めようとしたのだった。

一宮城のふもとには、城主が常の住居としている館があった。まわりに堀や長屋塀をめぐらした、城と変わらないかまえである。

しかも鮎喰川ぞいに土嚢《どのう》を積み上げ、鉄砲隊や弓隊を配して秀長軍の渡河にそなえていた。

この土嚢には手を焼いた。

川を渡ろうとすれば狙《ねら》い撃たれるし、船を使って対岸に迫っても、銃撃戦では土嚢を楯《たて》にしたほうが有利である。

攻めあぐねて数日をすごすうちに、牛岐城に向かっていた宇喜多秀家らの軍勢が合流した。城を守っていた長宗我部勢が戦わずに土佐に逃げ帰ったので、一宮城攻めに総力をあげることにしたのである。

これで総勢五万三千となった秀長軍は、正面に攻撃を集中して防御網を突き破り、敵を堀の内側に追いやることに成功した。

ところが敵の抵抗は根強く、櫓や長屋塀に鉄砲、弓をびっしりとならべ、秀長軍が近付いたなら狙い撃とうと待ちかまえている。

これを打ち破るには、仕寄り道を作るしか方法がなかった。

相手の攻撃をさけながら敵の城に近付くことを仕寄りといい、仕寄りのために掘った塹壕《ざんごう》を仕寄り道と呼ぶ。こうしてもぐらのように敵に接近し、掘った土を土嚢にして防塁をきずいたり、井楼《せいろう》を組み上げて攻撃をしかける。

合戦というより土木工事に近いが、こうした技術にたけた武将とすぐれた職人がいなければ戦に勝てない時代になっていた。

秀長軍は城の三方から仕寄り道を掘り、三日ほどで敵の堀の際《きわ》に堅固な陣地をきずくことに成功した。

ここからの攻め方は三つある。

敵の長屋塀より高い井楼を組み上げて鉄砲や棒火矢を撃ち込むか、城内までつづくトンネルを掘って攻め込むか、土嚢や雑木、雑草などの埋草《うめくさ》で堀を埋めて突撃するかである。

秀長は三つの戦法を同時に用いて一宮城をおびやかした。

小早川隆景にあてた七月十九日付けの書状には、次のように記している。

〈一宮の儀、仕寄りをもって塀際《いずさい》まで押寄せ、ただ今城中へ掘入る躰《てい》に候《そうろう》。(中略)長宗我部事、後巻《うしろまき》きとしてまかり出るにおいては、希《ねが》うところに候条《じょう》、防戦におよび、ことごとく討ち果すべき念願《ねんがん》に候といえども、今にまかり出ず、遺恨《いこん》この事に候〉

一宮城を攻め落とす手筈《てはず》をととのえているばかりでなく、長宗我部元親の本隊が救援に駆けつけたならことごとく討ち果す覚悟で待っているが、出撃してこないので恨みに思っている、というのである。

秀長が一気に一宮城に攻めかからなかったのは、元親が城を救うために出陣してくるのを待っていたからだ。元親の本隊を叩《たた》いて敵を降伏させた方が、城を攻めるより犠牲者を出さなくてすむからである。

ところが武辺一途《ぶへんいちず》の高虎は、こうした深謀遠慮《しんぼうえんりょ》にまで思いがいたらない。城の包囲が十日にもおよぶと、虫が騒いでじっとしていられなくなった。

「おい、竹助」

草木も眠る丑《うし》三つ時、忍びの心得のある服部竹助だけをつれて本陣を抜け出した。城の堀の深さをはかり、埋草を投げ込むのに適した場所を突き止めるつもりだった。

高虎は三間（約五・四メートル）の長槍《ながやり》を持ち、仕寄り道を歩いて堀の際まで進んだ。

南蛮胴《なんばんどう》の鎧《よろい》をきて頭成《ずな》りの兜《かぶと》をかぶっている。巨体をちぢめて仕寄り道からあたりを見回し、敵が動いていないかどうかを確かめた。

堀は五メートルほどの幅がある。土塁の高さは八メートルばかりで、その上に二メートルほどの長屋塀が走っている。

月明かりに照らされた水面に白壁の長屋塀が映り、風が吹くたびにゆらゆらとゆれていた。

高虎はしばらくあたりの気配をうかがってから、素早く堀際に出た。

堀は東西に百メートルほどの長さがあり、中央に大手門をあけている。高虎は脳裡《のうり》にたたき込んだ城の見取り図をたよりに、西の端から槍をさし入れて堀の深さをはかっていった。

意外に深い。浅いところでも五メートルちかくあり、深いところでは槍の先が底にとどかなかった。これでは埋草を投げ入れても容易には埋まらない。

どこかもっと浅いところはないかと大手門の方に近付いていくと、門を囲んだ多聞《たもん》櫓《やぐら》の鉄砲狭間《はざま》から筒先がぬっと突き出し、轟音《ごうおん》とともに火を噴いた。

狙いすました一発はあやまたず鎧の胸板をとらえ、高虎を真後ろになぎ倒した。

強烈な衝撃に気を失いかけながらも、高虎は二発目をさけるために仕寄り道の中に転がりおちた。

胸が焼けるように熱い。これで命も終わったかと観念したが、衝撃が去ると痛みは次第にやわらいでいった。

幸い深手はおっていないようである。ああ生きたとほっとした瞬間、照葉の姿が目に浮かんだ。

鎧もつけずに二発の銃弾に撃ち抜かれたのである。女の身でどれほど苦しかったろうと思うと、哀れさのあまり無性に腹が立ってきた。

竹助が高虎の身を案じて駆け寄ったのは、まさにその時である。

「殿、大事ございませぬか」

「黙れ」

高虎は腹立ちまぎれに肘《ひじ》打ちをくらわせた。

悪気はない。それほど強く打ったつもりもなかったが、竹助は二本も奥歯を折る重傷をおった。

竹助こそいい迷惑だが、後に高虎が三十二万石の大名に立身すると、この時のことが彼の自慢の種になった。

折られた奥歯を家宝にし、話の折にはわざわざ取り出して見せたほどである。

〈竹助、つきおられ候歯を見せ申候〉

家老の一人は『留書《とめがき》』にそう記している。

高虎が黙れと言ったのは、腹を立てていたからばかりではなかった。仕止めた手応《てごた》えを感じた敵が、様子を見にくるおそれがあったからである。

案の定、槍を手にした大柄の武士が、二人の兵を従えて斥候《せっこう》に出てきた。獅子頭《ししがしら》の兜をかぶり、黄金色《こがね》の鎧をまとっている。

高虎は素早く仕寄り道からはい上がり、相手の到着を待った。

久々によい相手とめぐり会った嬉《うれ》しさに、撃たれた痛みも忘れていた。

「藤堂高虎どののようじゃな」

相手はすぐに言い当てた。

秀長軍五万といえども、これほどの偉丈夫は他にいないからである。

「いかにも。お手前は横山どのでござろうか」

金の鎧に獅子頭の横山隼人《はやと》の名は、四国ばかりか畿内にまで聞こえていた。

「阿波の鉄砲の味はいかがかな」

「灸《やいと》をすえていただいたようじゃ。おかげで楽になり申した」

「それは結構。手負った虎《とら》を討ち果たしても、自慢にはなり申さぬゆえな」

「望むところじゃ。竹助、手出しをするでない」

高虎は声高に一騎討ちを宣言した。

仕寄り口にいる身方に邪魔をさせないためと、城内からねらい撃ちされることをさけるためだった。

勝負は互角だった。

高虎は三間の長槍で突きかかったが、使いなれていないので間合いが取りにくい。

隼人は短い馬上槍で楽々とかわした。

じれた高虎は、長槍を投げ捨てて刀を抜いた。

隼人がすかさず突きかかってくる。巨漢の弱点をつこうと足元を狙って槍をくり出すが、高虎は右に左に打ち払い、切っ先をそらして槍の柄をつかんだ。

隼人の窮地《きゆうち》と見たのだろう。大手門の櫓にいた数人が、鉄砲をかまえて高虎をねらった。

隼人はすっと回り込んで大手門に背を向けた。鉄砲を撃たせまいと自ら楯になったのである。

高虎はそのはからいに瞠目《どうもく》し、つかんでいた槍を放して恩にむくいた。

「やめじゃ。腹がへったわ」

隼人は身方に聞こえるように大声を上げ、槍をかついで悠然《ゆうぜん》と引き上げていった。

9

本陣にもどった時には、すでに夜が明けていた。

高虎は夜番の兵に口止めをして陣屋に入ろうとしたが、秀長が道のまん中に立ちはだかっていた。

「与右衛門、朝帰りか」

言葉はやさしいが押し込めた怒りがある。秀長がこれほどきびしい顔をするのは初めてだった。

「胸を撃たれたな」

「これは……、かすり傷でござる」

「胴をはずせ」

「……」

「鎧を脱げと申しておるのだ」

高虎は申し訳なさに身をすくめ、高紐《たかひも》をといて南蛮胴をはずした。

あたった鉛弾が、ころんと地面に転がり落ちた。

鎧を貫通したものの、体に突きささりはしなかったのである。着物の合わせを引き分けてみると、直径十四、五センチほどの丸く赤黒いあざができていた。

「こんな抜け駆けをして、それで死んでも本望か」

秀長の声が泣いている。

高虎は身をすくめ、耳までうなだれて立ちつくした。

「答えよ。与右衛門」

「本望でござる」

そう答えた瞬間、秀長の鉄拳《てつけん》が飛んだ。のびあがってあごを殴りつけたのである。

高虎は踏ん張ったが、その拳《こぶし》は鉄砲で撃たれたより何倍も痛い。心臓を突き破るかと思えたほどだった。

「そちは何のために戦っておる。己の武勇を誇るためか。それとも立身出世がしたいからか」

「申し訳、ございませぬ」

高虎に退路はなかった。

秀長は常々、人の上に立つ者は人の幸せと喜びのために尽くさねばならぬと諭している。その教えにそむいて抜け駆けをしたのだから、言い訳は一切できなかった。

「わしに仕えるのが、嫌《いや》になったか」

秀長の怒りの底には、高虎を育てたいという慈悲《じひ》がある。その限りない恩情《おんじょう》が、降《ごう》魔《ま》の剣の強さで高虎の小さな自我を打ちくだいた。

「お許し下され。この命がある限り、殿にお仕えしとうございます」

高虎は泣いていた。涙を流してわびながら、これからは人の上に立つ者としての道をきわめようと心に誓ったのだった。

数時間後、高虎は鎧と兜をぬいで一宮城の大手門の前に立った。

新七郎が和議の使者であることを示す笠竿をかかげ、竹助が酒樽《さかだる》二つをさげていた。

「羽柴美濃守の家臣、藤堂与右衛門高虎と申す。横山隼人どのの持ち口と見受け、申し談じたき儀があって推参いたした」

「いかにも横山の持ち口でござる」

金の鎧に獅子頭の隼人が、多聞櫓の窓を広々とあけて応じた。

「戦《いくさ》の状況を見るに、これ以上の手負い死人を出すことは無用と存ずる。和議を結び下々のうれいを払うは、将たる者のつとめではござるまいか」

「それは美濃守どののご内意か」

「それがしの一存《いちぞん》でござる。されど和議に応じて下さるなら、一命を賭《と》して請け合い申す」

それが秀長の恩情にむくいる道だと、高虎は独断でここまで来たのだった。

「ならばそれがしも、一存で話をさせていただこう」

隼人が兜をぬいで大手門の前まで出てきた。

月明かりのもとでは壮年のように見えたが、四十半ばの白髪まじりの武者だった。

二人は胸襟《きょうきん》を開いて語り合い、双方の主《あるじ》に働きかけて和議をはかることを誓いあった。

互いに条件を決める権限はないが、槍を交えた者同士の信義がある。この会談をきっかけとして話は急速に進み、八月初めには秀長と元親の講和にいたったのだった。

八月六日、秀長からの報告を受けた秀吉は、元親との講和を正式にみとめた。

和議の条件は元親の所領を土佐一国にかぎることと、三男の親忠《ちかただ》を人質として差し出すことである。他の三国のうち阿波は蜂須賀家政に、讃岐は仙石秀久に、伊予は小早川隆景に与えられることになった。

阿波での高虎の働きは抜群で、秀吉から直々に人質の親忠を預かるように命じられた。これは元親の取り次ぎ役に任じるに等しい大抜擢《ばってき》だった。

秀長からは白銀《しろがね》色の南蛮鎧をたまわった。その上に猩々緋《しょうじょうひ》の陣羽織をまとうと、人目をひかずにはおかない堂々たる武将ぶりだった。

「与右衛門、この鎧をまとうたびに、抜け駆けをして撃たれたことを思い出せ」

秀長は新たに五千四百石を加増し、大名なみの一万石の身代《しんだい》とした。

それ以上に嬉しかったのは、

「白庵が調合《ちょうごう》したやけどの薬だ。大事な所にあざが残っては、女子《おなご》に嫌われるぞ」

秀長がからかいながら薬をくれたことだ。

こうした思いやりに高虎は弱い。有難く拝領しながら、かならず秀長に評価される働きをしようと決意を新たにしたのだった。

有能な武将ほど忙しいのは、乱世の常《つね》である。

留守にした紀州で惣国一揆《そうこくいっき》の残党が蜂起《ほうき》したために、高虎は急きょ帰国して討伐にあたるように命じられた。

高虎は熊野水軍の船百艘《そう》をつらねて土佐泊を出港し、紀伊水道を突っ切って和歌山にむかった。

潮《しお》の間《ま》をはかって出港しているので、海はおだやかに凪《な》いでいる。風は西からの真《ま》艫《とも》で、船は快調にすべっていく。

正面には紀伊半島がどっしりと横たわり、北には淡路島の諭鶴羽《ゆづるは》山地がつらなっていた。

「海はいい。心が広々とする」

高虎は舳《へ》先《さき》に立ってひとりごちた。

陸では何かと窮屈《きゅうくつ》な思いをすることが多いが、この海でなら巨体も邪魔《じゃま》にならない。もっともっと自由にはばたくことができそうだった。

「紀州の沖には鯨《くじら》というもんがおりましてな」

潮をはかっていた水夫《かこ》頭が親しげに声をかけた。

「聞いたことがある。船ほどの大きさがあるそうだな」

「大将はその鯨によう似ちょる。強《つよ》おて怖《こお》おて愛らしゅうて」

水夫頭は高虎にぞっこんほれ込んだらしく、用がある時にはいつでも声をかけてくれと言った。

「それならいつか船のあつかい方を教えてくれ。自由に海をわたれたら、さぞ心地良かろうな」

「そりゃあもう、陸におるんが邪魔くそなってあきまへん」

船は刻々と紀州に近づいていく。あの陸地には築城中の和歌山城がある。鉄砲傷がいえた照葉が待っている。そう思うと帰心《きしん》がつのり、急に船足がおそくなった気がしたほどだった。

紀ノ川の河口の港に船をつけ、虎伏山に急いだ。まず築城の進行具合をたしかめ、その後で照葉を見舞うと決めていた。

虎伏山は若山ともいい、後に和歌山と表記されるようになる。高さ五十メートルほどの火山岩質の山で、大門川と紀ノ川の中間に位置している。行政的な機能をもつ平山城をきずくには打ってつけの場所だった。

高虎はこの山の頂《いただき》をけずって本丸とし、三層の天守閣をたててまわりを多聞櫓で取り囲もうと、近江の穴太《あのう》衆をやとって石垣の普請にあたらせていた。

だが岩場の多い山の整地に手間がかかり、本丸にはようやく石垣の基底部《きていぶ》が一メートルほど積み上げられたばかりだった。

「遅いな」

高虎は普請頭に不満をもらした。

着工してすでに五カ月になる。予定ではすでに石積みが終わっていなければならない頃だった。

「山を整地して均《なら》すのに、思いのほか手間がかかりました。ここまでくれば後は楽でございます」

穴太衆の頭である市松が、岩盤の固さに難渋して普請が遅れたとわびを入れた。

「あと一月で仕上げてもらいたい。石工や人夫が足りぬようなら遠慮なく言ってくれ」

「承知いたしました。穴太衆の名にかけて仕上げてごらんにいれます」

穴太衆は諸国の城を手がけた普請の専門家たちである。高虎はこの城をきずくために、伝《つて》を頼って市松らを近江から呼び寄せたのだった。

石垣は本丸を長方形に取りまくようにきずかれている。ここに自分が設計した城が建つと思うと、高虎はしばし強い酒に酔ったようにうっとりとしていた。

本丸、二の丸、三の丸を同心的につらねた城は、銃撃戦に強く見た目も美しい斬新《ざんしん》な形式《スタイル》である。後に多くの城で採用されるが、さきがけとなったのは高虎がきずいた和歌山城だった。

ふもとの陣屋に着くと、さっそく富永権兵衛を呼んだ。

「照葉どのの様子はどうじゃ。傷はいえたか」

「お陰さまでご本復《ほんぷく》なされました。お帰りと聞き、お礼を申し上げたいとおおせでございます」

権兵衛は照葉の父水野信元の家臣だった老武者《おいむしゃ》である。富永一門に乞《こ》われて勝成の襲撃に加わったものの、照葉の身を案じてこの地に残ったのだった。

「そうか。ならばお目にかかろう」

高虎は旅の垢《あか》をおとし、装束を着替えて広間で待った。

照葉はかすかな衣《きぬ》ずれの音とともにやってきた。純白の小袖《こそで》の上に秋の七草を描いた打ちかけをまとっている。長く伸びた髪を背中にたらし、元結《もとゆい》で形良く結んでいた。

「こ、これは」

高虎はうろたえた。

女房装束の照葉はあまりに美しく、近付くことのできない高貴な存在に思えた。

「ご無事のお帰り、おめでとうございます」

照葉はみやびやかに指をつき、戦の苦労を知り抜いている心のこもった挨拶《あいさつ》をした。

「ご本復なって何よりじゃ。す、少しやせられたかな」

高虎はどぎまぎしている。女武者なら気楽だが、これでは勝手がちがってどうしていいか分らなかった。

「長く伏していたので筋肉が落ちました。しばらくは槍《やり》や刀を持つこともできません」

「たおやかになられた。萩《はぎ》の花のように清楚《せいそ》で……」

牡丹《ぼたん》のようにあでやかだと思ったが、口にはしなかった。

「与右衛門さまこそ、貫録《かんろく》がお付きになられました。おひげをたくわえられたせいでしょうか」

照葉は遠慮のないことを言った。

高虎の無骨さが妙に可愛《かわい》らしくて、打ちとけた気分になれるのである。

「いや、これはたくわえたのではござらん。戦場に出ていて、剃《そ》るひまがなかったのじゃ」

「お似合いですよ。威厳と風格があって」

「さようか。そう言っていただけるなら、このままにしておこうと存ずる」

高虎は無性ひげをなで回して大いに照れた。

「長い間お世話になりましたが、お陰さまで元気になりました。そろそろ刈谷にもどろうと思っております」

「さ、さようでござるか」

再会の喜びにふくらんでいた高虎の胸が、急にしぼんだ。ずっとここにいてくれとは言えないし、引き止める口実もとっさには思いつかなかった。

照葉が立ち去るのを見届けて、権兵衛を呼びつけた。

「久松平蔵どのは、どうなされた」

すこぶる不機嫌な口調になった。

「姫さまのことをご報告に、岡崎の徳川どののもとに参られました」

「刈谷には、もどらねばならぬ用があるのか」

「用はござらぬが、姫さまは水野家の方でござるゆえ」

「わしはもどってもらいたくない」

勝成を討とうとするような薄情な叔父のもとにもどってどうすると、高虎は喧嘩腰《けんかごし》で言いつのった。

「しからば、姫さまを娶《めと》っていただけようか」

権兵衛が真顔でたずねた。

「わしには妻がおる」

「存じております」

「ひとたび娶ったからには、離別するような薄情なまねはしたくない。だが、もし……」

高虎は言いよどんだあげく、照葉が側室になって世継ぎをもうけてくれるなら、これほど有難いことはないと打ち明けた。

「世継ぎでござるか」

「そうだ。妻には子を望めぬのでな」

「そのお覚悟なら異存はござらぬ。それがしもおよばずながらご助勢させていただきまする」

「勝算があるか」

「分りませぬが、お引き止めする手立てはござる」

照葉を預けたのは勝成なのだから、勝成がもどるまではどこにもやれぬ。そう言えばいいと、権兵衛は世慣れた知恵をさずけた。

「なるほど、そうか」

高虎は光明《こうみよう》を見出《みいだ》した気がしたが、すぐにそれでは駄目だと思い直した。

「敵をあざむいて和議を結ぶような卑怯《ひきよう》なことはできぬ。それでは照葉どのにすまぬではないか」

「では、どうなさいますか」

「わしの男を見せる。明朝日の出の頃に、照葉どのを虎伏山に案内してくれ」

翌朝、照葉は権兵衛につれられてやってきた。歩きやすいように小袖に裁着袴《たつけばかま》という身軽な姿をして、髪をたばね上げていた。

「早くにご足労いただきかたじけない」

迷惑とは思ったが、工事が始まってからではゆっくり話せない。それに午後には、蜂起した一揆勢を討つために出陣しなければならなかった。

「それがしの城を見ていただきたい。ついて参られよ」

先に立って本丸につづく大手道をのぼった。照葉は楽々とついてくる。権兵衛は気をきかして登城口で待っていた。

城の虎口《こぐち》を入り、四方を石垣に囲まれた本丸に入った。面《つら》をそろえて積みあげた青石（緑泥片岩）が、朝のほの白い光の中で宝石のようにつややかに輝いていた。

「ここにこのような天守と櫓《やぐら》が建つのでござる」

高虎は自分で描いた城の見取り図をひろげた。

大男のわりには手先が器用で、同心的に曲輪《くるわ》を配した城を見事に描き上げていた。

照葉は息をのんだ。これまで見たこともない構えである。

天守閣と多聞《たもん》櫓が折り重なってそびえる姿は、勇壮《ゆうそう》で美しく気品に満ちていた。

「これからは鉄砲と大砲を用いた戦いになりまする。こうした構えでなければ、籠城《ろうじょう》戦に耐えることはでき申さぬ」

「これをご自身でお考えになったのですか」

城の斬新さもさることながら、照葉は彩色した絵の美しさに魅了されていた。

「さよう。多くの城を参考に、工夫をこらしたのでござる」

実は設計のヒントは、白庵先生から見せられたヨーロッパの城の図である。銃器の発達したかの地では、それを防御するための城の構造も精緻《せいち》をきわめている。

高虎はその長所をふんだんに取り入れ、日本で初めての形式を確立したのだった。

「どうぞ、こちらに」

石垣をあがって天守台の上に案内した。

眼下に豊かな平野が広がっている。西側に満々と水をたたえた紀ノ川が流れ、大海原へそそいでいた。

「ここにこのような町を作るのでござる」

高虎は城の外構えと城下町の様子を描いた、もうひとつの図面をひろげた。

大門川から紀ノ川へ水路を掘って外堀とし、荷船が行き交うようにする。城のまわりには碁盤《ごばん》の目のように道路をとおし、整然と区画《くかく》した利便性にすぐれた町をきずこうとしていた。

「これからは城と町が一体とならなければ、戦うことはできませぬ。城が町を守り、町が城を守る。そのためには町の暮らしを豊かにし、住む者一人一人が幸せにならなければなりませぬ。城主はその幸せを守る番人なのでござる」

「幸せの番人ですか」

「さよう。領国も領民も天からの預かりものでござる。人の上に立つ者は私欲をすてて公平をたもち、領民の幸せのために命をなげ出して尽くさなければなりませぬ」

照葉を引き止めようと熱弁をふるっているうちに、自分でも思いがけない言葉が口をついたが、これこそが秀長の教えの真髄《しんずい》だと、高虎は口にした瞬間に気付いていた。

「美しい所ですね」

照葉は紀ノ川の河口から和歌浦へとつづく景色を見渡した。

朝日がさし始めた海がひときわ輝いて見えるのは、高虎の純粋な人柄といちずな情熱に心を揺り動かされたからだった。

「この城が建ち、この町ができるのでござる」

高虎は両手に高々と図面をかかげ、完成するまでここにいてほしいと頼み込んだ。

「わたくしは何のお役に立つこともできませぬ。これ以上お世話になるのは、心苦しく存じますゆえ」

照葉はますます高虎を可愛いと思い始めている。ひと回りも年上の巨漢にこんな感情を持つとは、自分でも意外だった。

「役に立っており申す。これを見て下され」

高虎は胸をひらいて鉄砲弾があたったところを見せた。

「ここを撃たれた時、それがしは真っ先に照葉どのの痛みを思い申した。それだけで勇気がわき上がり、敵に立ち向かうことができたのでござる」

「それではわたくしは、守り神のようなものですか」

「そうよ、守り神じゃ。それゆえここにいていただきたい」

「しかし、他の方々の手前もございましょう」

「ならば権兵衛を三百石、いや五百石で召し抱えよう。あの者の世話になるのなら気がねはござるまい」

「そのような勝手をなされては、さっきのお言葉にもとるのではございませぬか」

照葉はいつになく心が浮き立って、わざと意地悪なことを言った。

「権兵衛は五百石の値打ちのある男でござる。わしはこのたびご加増をいただき、一万石を食《は》む身となった。あのように心ある男なら、十人でも二十人でも召し抱えたいのじゃ」

「権兵衛、かようにおおせですが、お前は承知ですか」

虎口のかげで権兵衛が聞き耳を立てていることに、照葉は気付いていた。

「むろんでござる」

権兵衛が姿をかくしたまま喜びの声を上げた。

「それでは今しばらくお世話になります。よろしくお願い申します」

待望の返事である。

高虎は嬉《うれ》しさのあまり拳《こぶし》を天につき上げ、「よっしゃ」と一声大きく叫んだ。

第四章　九州征伐

1

京の都には秋の気配がただよっていた。

空は高くすんでひんやりとした風が吹き抜けていく。東の比叡《ひえい》山でも西の愛宕《あたご》山でも紅葉がはじまり、ふもとに向かって日に日に錦繍《きんしゅう》をひろげていた。

藤堂高虎は羽柴秀長に命じられ、聚楽第《じゅらくだい》の新築工事にあたっていた。関白となった秀吉が、居城とするために内野《うちの》（旧大内裏《だいだいり》の跡地）にきずきはじめたものである。

東は大宮《おおみや》通り、西は朱雀《すざく》（千本）通りに面し、その幅四百メートル。北は一条通りから南の春日《かすが》（丸太町）通りまで、およそ七百六十メートル。

壮麗《そうれい》な城だった。

この広大な敷地のまわりに総石垣をめぐらし、幅三十六メートルもの堀で囲んだ、働いているのは高虎ばかりではない。畿内《きない》、中国、四国の多くの大名が出役《しゅつやく》を命じられ、持ち場を決めて工事にあたっている。

その数は十数万人にもおよんでいて、天正十四年（一五八六）二月の着工からわずか六カ月で石垣や堀の普請《ふしん》（土木工事）を終え、五重の天守閣や櫓《やぐら》、門、御殿の作事《さくじ》（建築）にかかっていた。

高虎は西の丸の作事を担当していた。

ここは秀長の屋敷だと部外者には触れてあるが、秀吉の本心はちがう。徳川家康が上洛《じょうらく》に応じたならこの屋敷を与えようと考えていたが、和平交渉がまとまるまでは公表をひかえていたのだった。

高虎は秀長からそのことを聞いている。作りに手落ちがあっては秀長の面目をつぶすことになるので、現場に毎日足をはこび、一分《いちぶ》の狂いもないように目を光らせていた。

高虎が生まれた藤堂村（滋賀県甲良《こうら》町）は、甲良大工を輩出《はいしゅつ》したことで知られている。

湖東《ことう》三山や多賀大社の建設にかかわった大工が住みついたために、奈良時代から一流の技術が伝えられてきた土地だった。

また秀長が居城としている大和郡山《やまとこおりやま》は、数々の寺院建築を手がけた大和大工の本場である。

彼らの中には安土城の建築にあたった中井家のように、城作りにたずさわる者たちが数多くいた。

高虎はこの二つの大工集団を配下に抱えているので、仕事では負けないという自信がある。しかも機会があるごとに大工たちから教えを受け、屋根の設計や強度の計算までできるようになっていた。

西の丸の屋敷のまわりには築地塀《ついじべい》をめぐらし、表門と裏門、台所門をあけている。表門と裏門はいかめしく頑丈な四足門《しそくもん》だが、台所門は塀を切って屋根と門扉《もんぴ》をつけただけの簡素な作りだった。

高虎は設計図の段階からそのことが気になっていたが、工事が進むにつれて貧弱《ひんじゃく》さが目についで落ち着けなくなってきた。

台所門は勝手口だから、それほど厳重に作る必要はないと言う者もいる。だがこの貧弱さが屋敷全体のバランスをくずしているし、目立たぬ所に手をかけるのが築城家の心意気というものである。

それに敵から攻められた時に、これでは突き棒ひとつで打ち破られかねなかった。

高虎は二の丸にいる秀長をたずね、台所門を作り替えたいと訴えた。

「ほう、何ゆえじゃ」

秀長は秀吉から家康との上洛交渉を命じられている。それがうまく進まないせいか、疲れきって血の気の失《う》せた顔をしていた。

「あの屋敷は、徳川どのに下されると聞きました。それゆえ落ち度のないように作り上げたいのでございます」

屋敷に入った家康は、ここをきずいたのは美濃守秀長だと聞かされるにちがいない。奉行は高虎がつとめたことも知るだろう。

その時に、さすがに見事な仕事をするとうならせるだけのものを完成させておきたかった。

「与右衛門、徳川どのと聞くとひときわ力が入るようじゃな」

「姉川の合戦で戦ぶりを拝見して以来、尋常《じんじょう》のお方ではないと拝察いたしております」

それゆえなおさら、秀長が家康に低く見られることがあってはならないと気を張り詰めていたのだった。

「その気持ちはありがたい。だがな」

家康は今、秀吉の最大の敵になっている。和睦《わぼく》がなっても決して油断のならない相手だけに、台所門は貧弱に作ったほうが良い。秀長はそう打ち明けた。

「恐れながら、それは殿のご発案ではございますまい」

「うむ。治部《じぶ》の進言を兄者がお取り上げになった」

治部とは秀吉の側近としてめきめき頭角をあらわしている石田三成のことだった。

「油断ならぬ相手ゆえ、戦えぬ屋敷を与えようとのお考えですか」

「戦えぬと知ってこの屋敷を拝領するなら、徳川どのに二心《ふたごころ》はない。そのことを試そうというのだ」

「愚かな」

それでは真に和をむすんだとは言えまい。相手を信じ万全のはからいをするのが、心から打ちとける唯一《ゆいいつ》の方法ではないか。高虎はそう主張した。

「そのような姑息《こそく》な手段を用いては、関白殿下のお名に傷がつきましょう。それに万一このことが徳川どのに聞こえたなら、上洛の交渉にも良からぬ影響を与えるものと存じます」

「そのことよ。徳川どのも慎重なお方ゆえ、なかなかひと筋縄ではいかぬ」

秀長はこの二年間、家康との和議の交渉を担当してきた。ところが小牧、長久手の戦い以来の両者のわだかまりは大きく、話は容易に進まなかった。

このままでは関白の威信《いしん》にかかわると案じた秀吉は、強引な策に打って出た。妹の旭姫《あさひひめ》を離縁させ、築山御前《つきやまごぜん》をうしなって以来正室をもたない家康に嫁がせたのである。

これで二人は義理の兄弟になったのだから、上洛して弟としての礼を尽くすように求めたが、家康は石橋を叩《たた》いている。

秀吉ごときの思惑《おもわく》どおりになってたまるかという重臣たちの反対もあって、交渉は暗礁《あんしょう》に乗り上げていた。

「与右衛門、わしはな」

秀長がおだやかな表情にもの哀《がな》しさをただよわせ、家康を説き伏せるには大政所《おおまんどころ》を人質として三河に送るしかないと考えていると打ち明けた。

「お袋さまを……」

「そうじゃ。徳川どのが上洛なされている間だけでよい。旭の見舞いという形で岡崎をたずねれば、兄者の体面に傷がつくこともあるまい」

「このことを、お袋さまは？」

「承知しておられる。旭に辛《つら》い思いをさせたままでは申し訳ないとおおせられてな。ところが兄者が認めようとなさらぬのだ」

秀吉は継父《けいふ》との折り合いが悪く、幼い頃に家を飛び出している。そのせいか母親に寄せる思いはひときわ深く、溺愛《できあい》と言っても過言ではないほどの孝行ぶりだった。

秀長がこのことを提案すると、

「そんなことをするくらいなら、家康ともう一度戦った方がましだ」

顔を真っ赤にして激怒し、いきなり席を立ったという。

「だがな、与右衛門。人の上に立つ者は、時には己を犠牲にして天下のために謀《はか》らねばならぬ。家康どのはそれをなされた。徳川家の結束があれほど固いのはそのためなのだ」

七年前、家康は信長に命じられて正室の築山御前と嫡男信康《ちゃくなんのぶやす》を犠牲にした。家臣と領民を守るために、断腸《だんちょう》の思いを耐えて命に服したのである。

それを臆病《おくびょう》と言う者は、家康の領内には一人もいない。誰もが家康の辛さを我が事として受け止め、このご恩は命をかけて返さねばならぬと決意したのである。

「だが、兄者にはそうした実《じつ》がない」

秀吉はあまりにも飛び抜けた才覚を持っているので、何事もやすやすとなし遂げてしまう。人はそのことに敬服しても、心の底からの好意は持たないというのである。

「だが、今ここで実を示して和議を成しとげ、徳川家を臣従させることができれば、兄者は家康どのの評判まで我がものとすることができる。それが天下の安泰のために必要なのだ」

「ならばなおさら、屋敷には万全の計らいをなさるべきと存じます」

「しかし、兄者はすでに石田治部の献策《けんさく》を容《い》れられた。今さらくつがえすことはできぬ」

秀長は三成らに主導権をにぎられ、政権の中で孤立を深めている。それだけに心労も並大抵《なみたいてい》ではなかったのである。

「殿、台所門はそれがしが自費で作り上げまする。それゆえお許しいただけるよう、関白さまにお取り次ぎいただきたい」

高虎はそう申し出た。

自分の責任で作ったことにすれば、たとえ何があっても秀長に迷惑がおよぶことはないと思ったのだった。

許可は二日後におりた。

高虎はさっそく設計図を書き上げ、小ぶりの長屋門をきずくことにした。

本来なら堂々たる四足門を作って、家康への敬意をあらわしたい。だが表門や裏門とのかね合いもあるので、門の両側に小部屋をそなえた長屋門にしたのだった。

窓に連子格子《れんじこうし》を用いた長屋門は、一見したところ商家の門のようにおだやかである。だが内側の柱や梁《はり》には太い角材をもちいているので、合戦のさいには多聞櫓《たもんやぐら》に匹敵するほどの防御能力を発揮するはずだった。

2

完成まぢかとなった頃、石田三成が数人の家臣をつれて視察に来た。

「さすがは藤堂与右衛門どのですな」

長屋門をとみこうみしてにやりと笑った。

身長百五十センチばかりの細身の男で、面長で細眉《ほそまゆ》の公家のような面立ちである。まだ二十七歳だが、天下の行政をつかさどる五奉行の一人に抜擢《ばってき》されていた。

「機を見るに敏《びん》というか、取り入ることにたけていると申そうか」

三成は白木の門柱をなでながら聞こえよがしに嫌味を言った。

「これは治部どの、よい所にまいられた。門の作りに手落ちがないか改めていただきたい」

高虎はあくまで下手に出て、つけ入る隙《すき》を与えなかった。

「立派なものですよ。これではたとえ二の丸から攻めても、容易には落とせまい。屋敷を拝領される方も、さぞ喜ばれることでしょうな」

三成も凡庸《ぼんよう》な男ではないので、長屋門の構造の確かさをひと目で見抜いている。これだけのものを作ったのは家康に取り入るためではないかと、あらぬ勘ぐりをしているのだった。

「喜んでいただければ幸いじゃ。精魂《せいこん》込めて主人の客をもてなすのは、家臣のつとめでござるよ」

「関白殿下の御前には、招かざる客も、刃を呑《の》んで害をなそうとする者も伺候《しこう》する。そのような者から主人を守ることこそ、家臣の心得というものでござるよ」

三成が言い負けまいとして理屈をならべた。

高虎と三成は不思議な縁《えにし》でむすばれていた。年は高虎が四歳上だが、どちらも北近江《おうみ》の生まれで、浅井家の家臣だった父親に育てられた。

浅井家が滅亡した後、高虎は郷里に引きこもっていたところを秀長に見出《みいだ》された。

三成は小僧として寺に入れられたが、秀吉に才覚を買われて近習となった。

仕えた時期もほぼ同じである。それだけに身近なゆえの反発や競争心を覚えることも多かった。

「なるほど、良いことを教えていただいた」

高虎は三成の理屈を軽くいなした。

理屈を返せば、さらなる理屈が返ってくる。しかも三成の悪感情は高まるばかりだから厄介《やっかい》だった。

「この門は自費できずかれたそうですな」

「さようでござる」

「ご内証《ないしょう》が豊かでけっこうなことだ。関白殿下もおほめになっておられました」

三成がさりげなく秀吉の信任の厚さを匂《にお》わせ、立場のちがいを思い知らせようとした。

「それはかたじけない。殿下によろしくお伝えいただきたい」

「その前に、ひとつやっていただきたいことがあるのだが」

「何かな」

「北の丸の櫓の作事がおくれております。殿下はことのほかご不快で、与右衛門どのに手伝わせよとおおせになりました」

北の丸は三成ら五奉行の持ち場である。それを自費で手伝えという手前勝手な命令だった。

三成は自分の献策が高虎にくつがえされたことを根《ね》にもっている。それゆえこうした形で釘《くぎ》をさして、二度と出過ぎた真似《まね》をしないようにしておこうと思ったようだった。

秀長と千利休らの尽力によって、秀吉はようやく大政所を岡崎に下すことに同意した。

このために和平交渉は順調にすすみ、天正十四年（一五八六）十月二十四日には家康が上洛し、二十六日には大坂にいたって秀長邸に泊まった。

この夜秀吉はひそかに家康と会い、数々の贈り物をして臣下の礼を取るように頼み込んだ。

「いやなに、形ばかりのことでござる。我らは義理の兄弟となったゆえ、手をたずさえて天くだを治めてゆこうではござらぬか」

さんざんへりくだって説得し、翌日家康が大坂城に登城した時には、

「徳川三河守、上洛大儀である」

諸大名の前で拝謁《はいえつ》させて威勢を示した。

これでようやく小牧、長久手の戦い以来の対立を解消し、秀吉政権が本格的に発足したのである。

十月三十日には、秀吉、家康、秀長がそろって上洛し、新築なった聚楽第に入った。そうして予定通り、西の丸の屋敷が家康に与えられたのである。

3

高虎が家康の招きをうけたのは十一月四日のことだった。

十五歳の頃からあこがれてきた海道一の弓取りに、初めて対面できるのである。

「新七郎、鏡じゃ。鏡をもて」

大声で多賀新七郎をわずらわせ、髷《まげ》をととのえひげを切りそろえようとした。

小さな鏡には大きな顔はうつりにくい。緊張に手が強張《こわば》っているせいか、はさみを使うのに往生《おうじょう》していると、

「大将、それがしが」

新七郎がはさみを取って用を足した。

「めずらしや。これほど平常心を失っておられるのは、奥方さまをめとられた時以来でござるな」

そう言われて高虎ははっとした。

あの時は気持ちが上ずったまま事におよび、取り返しのつかない失敗をした。これでは同じ過《あやま》ちをくり返しかねなかった。

高虎は座禅をくんで呼吸をととのえ、

（寝屋《ねや》を出る時より、その日を死に番と心得るべし。かように覚悟を極《きわ》むるゆえに物に動ずることなし）

信条としている言葉を心の中で三べんくり返した。すると気持ちの重心が下がり、波立った胸がしずまっていった。

家康は西の丸の対面所で待っていた。

四十五歳になる。あごの張った太った顔をして、ゆるぎのない大きな目をしていた。

「そちの名はかねがね聞き及んでいる。屋敷をきずくにあたって、力を尽くしてくれたそうだな」

「主《あるじ》の申し付けに従っただけでございます」

「台所門に不備があると、私費をもって作りなおしてくれたそうではないか。お陰で枕《まくら》を高くして眠ることができる」

「関白殿下のお名にかかわることがあってはと存じ、進言申し上げただけでございます」

高虎はあくまで辞《じ》を低くした。自分の手柄だと言えば、秀吉や秀長に落ち度があったと認めることになるからである。

「美濃守どのは、すぐにそちの申し出を認められたという。わしが上洛《じょうらく》に応じる気になったのは、それを聞いたからなのだ」

家康は涼しい顔をして手の内を明かした。

台所門をきずき直したいきさつをこれほど克明に知っているのは、工事現場に忍びを入れて様子をさぐらせていたからなのである。

「さようでございましたか」

高虎は何も気付かないふりをした。

「姉川の合戦に出ていたそうだな」

家康もさりげなく話題をかえた。

「十五の歳《とし》に。初陣《ういじん》でございました」

「浅井どのはよう戦われた。朝倉勢さえ持ちこたえておれば、我らは敗走していたであろう」

「朝倉勢がくずれたのは、三河守さまのお働きのゆえでございました。あの時のご采《さい》配《はい》の見事さは、今もこの目に焼き付いております」

「そちがわしを慕《した》うて困ると、美濃守どのが苦笑しながら告げて下された。与右衛門、そう呼んでよいか」

「ははっ。恐悦に存じまする」

「そちはよい主《あるじ》を持った。わしも美濃守どのを頼みにしておるゆえ、この先も奉公にはげんでくれ」

家康は手ずから備前長光の刀を与えた。

高虎の身長にあうように、わざわざ三尺あまりの大太刀を用意していた。

「ところで、水野家の照葉が世話になっていると聞いたが」

「富永権兵衛を召し抱えました。世話をしているのは、かの者でございます」

照葉はこの一年ちかく、大和郡山の奉行となった権兵衛の屋敷に住んでいた。

「あれはわしの従妹《いとこ》にあたる。この機会に会うてみたいものじゃ」

「承知いたしました。すぐに郡山に使いをいたしまする」

高虎はかすかな不安を覚えたが、そう答えざるを得なかった。

大和郡山から京都にのぼるには、いったん奈良へ出て奈良街道を北へむかう。木津の渡し、宇治《うじ》の渡しをこえていく山伝いの道である。

現在は国道二十四号線が京都と奈良をほぼ真《ま》っ直《す》ぐに結んでいるが、当時は伏見《ふしみ》の南に巨椋池《おぐらいけ》があり、道は東へ大きく迂回《うかい》していた。

水野照葉が富永権兵衛をしたがえて都へむかったのは、天正十四年（一五八六）十一月のことである。

広々とした池の面は鏡のようにしずまり、紅葉に色づく山々を映していた。

山科川《やましな》ぞいの六地蔵から桃山丘陵《ももやまきゆうりよう》を横切って伏見の藤の森に出れば、都まではもうひと息だった。

「ここは名水の出るところと聞きました。ひと休みしてまいりましょう」

男装束の照葉は、藤の森神社のわき水を竹筒にくんできた。

武辺者として鳴らした権兵衛も、よる年波には勝てないらしい。早朝から歩きつづけて、息があがり足取りも乱れがちになっていた。

「恐れ多いことじゃ。姫さまにこんなことをしていただいては、亡《な》き殿に申しわけがございませぬ」

権兵衛は大いに恐縮しながら、竹筒の水を音をたてて飲み干した。

「それにしても、家康公はなぜ急に会いたいと望まれたのでござろうか」

「従妹にあたるゆえこの機会に会ってみたいと、与右衛門さまにおおせられたそうでございます」

高虎の文を受け取ったのは昨日のことである。至急というので、身支度をするいとまもなく出てきたのだった。

「そのようなお姿で、ご対面なされますか」

「都には美しい着物がたくさんあるゆえ、商家の者に申し付けてあつらえておくと記しておられました」

この一年の間に、照葉と高虎はそうした用事をたのみあえるほど親しい間柄になっていた。

「いかがでござろう。家康公に忠重どのとの仲介をしていただくことはできませぬか」

「今は関白さまとの交渉で気を張りつめておられましょう。そのようなことで煩《わずら》わせるわけにはまいりません」

こじれきった叔父との仲を家康が修復してくれるなら、これほど嬉《うれ》しいことはない。

照葉もそう期待していたが、うかつなことを頼んでは高虎に迷惑がおよびかねないと案じていたのだった。

側室になってほしいという高虎の申し出を、照葉は嬉しく受け止めた。

この人の子をなし、共に育てていけるなら、こんなに名誉なことはないと自然に思えた。

だが、照葉は水野家の娘である。本家をついだ忠重の養女という立場になっているので、忠重の許しを得て正式に縁組みをしなければ、両家の面目にかかわることになりかねない。

そこで半年ほど前、権兵衛を使いに立てて許しを乞《こ》うたが、結果はさんざんだった。

「そんなことを認めては、武士の一分が立たぬ」

忠重は激怒し、権兵衛を手討ちにすると息まいたのである。

そもそも水野勝成が富永半兵衛を斬《き》った原因は、照葉が縁組みを拒みとおしたことにある。

そのために忠重は妻の甥《おい》である半兵衛を失ったばかりか、跡継ぎと決めていた勝成を勘当《かんどう》せざるを得なくなった。

「それもこれもあの女子《おなご》のせいじゃ。今さらぬけぬけとそのようなことを頼むとは、あきれ果てて物も言えぬわ」

何度来ても未来永劫《えいごう》絶対に許さぬ。忠重はそう言い放ち、権兵衛を杖《つえ》で打って追い出したのだった。

あの叔父のことだ。何と言われても仕方がないと覚悟していたが、

「あやつは勝成に惚《ほ》れておったのではないのか」

忠重が心外そうに吐きすてたと聞いた時には胸が痛んだ。

照葉も身勝手だとは承知しているが、鉄砲で撃たれて床に伏していた間に勝成への想《おも》いは不思議と覚《さ》めていた。

あれは若いあこがれだったのである。勝成に想いを寄せることで、両親を失った辛《つら》さや悲しさをまぎらわしていたのだろう。

切腹した父や兄と、勝成を重ね合わせていたのかもしれない。

そうした思いから解き放たれて自由になった心に、高虎への好意が芽ばえ、すくすくと育っていった。

なぜだかひたすらいとおしい。側にいるだけで心が浮き立ってくる。勝成への想いにはあこがれの果ての死しかなかったが、高虎とは共に生きたいと思うのである。

何人も子を産んで高虎とともに育てていけたら、どんなに幸せだろう。まるで子虎

のように丈夫で愛嬌《あいきよう》のある子供たちに囲まれている自分の姿を想像すると、自然と笑みがこぼれてくる。

このおだやかで慈愛に満ちた心こそ、聖観音さまがさずけて下された菩提心《ぼだいしん》ではないか……。

近頃そんなふうに感じるようになっていたが、人には身勝手な心変わりとしか見えないだろう。そのことは自分でも承知しているだけに、家康に仲介を頼む決心がつかないのだった。

4

やがて聚楽第のきらびやかな天守閣が見えてきた。楽を聚《あつ》めるという名前のとおり、贅《ぜい》のかぎりをつくした壮麗な城だった。

照葉は着物に着替えるべきかどうか迷ったが、めかしこんでいると思われたくないので、男装束のまま対面することにした。

西の丸の表門で取り次ぎを頼むと、久松平蔵がむかえに出てきた。紀州で別れて以来の再会だった。

「姫さま、お元気になられて何よりでございます。殿も案じておられました」

「あの折には世話になりました。おかげで本復《ほんぷく》いたしました」

照葉は平蔵に従って御殿へむかいながら、家康はどんな用があって呼び出したのかとたずねた。

後ろめたい気持ちがあるせいか、敷居《しきい》が高く感じられた。

「何もうかがっておりませんが、和泉守さまが同席なされるようでございます」

忠重と照葉の関係がこじれていることは、平蔵も知っている。心づもりをしておくようにと、そっと知らせてくれた。

照葉は緊張に体を固くして対面所に入った。

権兵衛も切所《せっしょ》にでも斬《き》り込むような悲壮《ひそう》な顔付きをして次の間にひかえた。

金箔《きんぱく》を張ったふすまには、竹林で憩《いこ》うつがいの虎《とら》が描かれていた。雄の虎はいかにも心地良《ここちよ》げに地にうつ伏し、雌は夫の安楽をさまたげる者がないようにあたりに気を配っている。

照葉はこんな未来が二人に来るようにと願い、負けるわけにはいかないと気を引きしめた。

しばらくして家康が忠重を従えて入ってきた。

家康は少し太ったようだが、あたりを払う貫禄《かんろく》がそなわっている。

忠重は相変わらず偏屈《へんくつ》で頑固そうで、きれ上がった目で照葉をじろりとにらんだ。

「照姫、よう来てくれたな」

家康は窮屈そうに座り、もっと近くに寄るように手招きした。

「郡山で養生していると聞いて、久々に会いとうなった。無事で何よりじゃ」

「大納言《だいなごん》さまにおなりになったとうかがいました。おめでとうございます」

「あれは関白どのの引き出物じゃ。わしもついにあのお方の家来になった」

「天下の安泰をお謀《はか》りになったのでございましょう。ご心中、お察し申し上げます」

「それを分っているのなら、話が早い」

折入って頼みたいことがあると、照葉の顔をのぞき込んだ。

「実はな。わしの養女になって嫁いでもらいたいのじゃ」

「それは願ってもないお話でござる」

忠重がわけも聞かずに飛びついた。

忠重は小牧、長久手の戦いの後、家康のもとを離れて秀吉の家臣になっている。照葉が家康の養女として有力大名と結婚すれば、豊臣家での自分の境遇《きょうぐう》もかわるし、新参者として肩身の狭い思いをすることもない。

そう考えているようで、

「して、縁組みの相手はどなたでござろうか」

身を乗り出してたずねた。

「まだ決めておるわけではござらぬ。照葉や叔父上のご意向をうかがってからと存じまして」

「否応《いやおう》などござらん。どうぞ相手のお名を明かして下され」

「どうかな照葉。決して悪いようにはせぬつもりだが」

「ありがたいお言葉ではございますが」

応じるわけにはいかないと表情で伝えた。

家康の養女として高虎に嫁げるなら、これほど有難いことはない。だが相手は秀吉方の有力大名だということは、家康の口ぶりから分った。

「この不心得者が。家康どののご厚情を無にするつもりか」

忠重が血相を変えて叱《しか》りつけた。

「わたくしなどには、もったいない話でございます。どうか他のお方に」

照葉は家康だけを見つめて返答した。

「そなただからこそ申しておるのじゃ。どこに出しても恥ずかしくない女子は、身内にもそうはおらぬ」

「あの男のせいだな」

忠重が決めつけた。

「ほう、意中の相手がおるのか」

照葉が何と答えようかと思いあぐねていると、忠重が横から藤堂高虎だと名指しした。

「自ら側室になりたいなどと申しましてな。あきれ返って開いた口がふさがり申さぬ」

「藤堂は見所のある武士《もののふ》でござるよ。あんな頼もしい息子ができたなら、戦場でさぞ心強いことでござろう」

「お言葉ではござるが、それがしの目の黒いうちは絶対に許しませぬ。そもそも照葉は、倅《せがれ》に惚《ほ》れて女武者になったのでござる。それを掌《てのひら》を返したように」

「和泉守《いずみのかみ》どの」

家康が他人行儀な呼び方をして、鋭く話をさえぎった。

「ご心中はお察し申し上げるが、照姫は体を張って勝成を守ったのでござる。そのことはお聞きおよびでござろうな」

「むろん、むろん聞いておりまする」

忠重は家康の剣幕にたじたじとなった。

「おそれながら、お庭先を拝借つかまつりとう存じます」

次の間に控えていた権兵衛が、遠くから悲痛な声で訴えた。

「照姫さまと与右衛門どのの仲を取り持ったのは、それがしでござる。それが和泉守さまのご不興を買ったのなら、このしわ腹をかっさばいておわび申し上げまする。それゆえ、どうか姫さまの願いをかなえていただきたい。与右衛門どのは、それだけの値打ちのあるお方でござる」

「黙れ、そちごときの命と引き替えにできる話か」

忠重が怒りの矛先《ほこさき》を権兵衛に向けた。

「一年も郡山にいると聞いたが、深い間柄になったのか」

家康が思いやり深いたずね方をした。

「いいえ。決してそのような」

照葉はもみじのように真っ赤になった。

高虎はそうしたことを求めるそぶりさえ見せたことがない。忠重の許しを得て両家の縁組みがととのうまではと、行儀のいい犬のように辛抱強く待っていた。

「そうであろうな。あれはそういう律義者《りちぎ》よ」

自分も律義者と評されているだけに、家康はひときわ嬉しそうだった。

「どうやら今は無理のようじゃな。皆の気持ちがこれほどちがっていては、話のすすめようがない」

家康は養女の件は取り下げ、照葉にしばらく刈谷にもどってはどうかと言った。

「さすれば叔父上の許しも得られよう。そなたはまだ若い。遠回りをして心の足場を踏みかためるのも、悪いことではあるまい」

照葉はしばらく返答ができなかった。

刈谷に引きこもることで忠重の許しが得られるなら、一年や二年耐えてもかまわない。だが高虎との仲を裂くための計略ではないかという疑いも捨てきれなかった。

「叔父上、いかがでござろうか」

家康が忠重に同意を求めた。

「照葉が身を慎むなら、結構なことでござる」

ただし権兵衛も一緒にもどらなければ、構いを入れて藤堂家にいられないようにすると、忠重はどこまでも底意地が悪かった。

照葉はやむなく承諾し、暇乞《いとまご》いのために高虎の屋敷をたずねた。

「さようでござるか」

高虎は案外冷静だった。

家康が照葉に会いたいと言った時から、こんなことになるかもしれぬと察していたのである。

「それがしも暇を頂戴《ちょうだい》いたしまするが、かならず姫さまとともにもどって参ります」

その日まで照葉を守り抜くと、権兵衛は武士の名誉にかけて誓った。

「わしも待っておる。そちが側《そば》にいてくれれば安心じゃ。今日はこのまま郡山にもどりか」

「いいえ、徳川さまの屋敷に泊めていただき、明朝発《た》つつもりでございます」

「ならば案内したいところがある。ついて参られよ」

高虎は聚楽第の屋敷を出て大文字山へ向かった。

千本通りを北へ上がり、北大路通りを西に折れると、金閣寺の裏手に高さ二百三十メートルほどの山がある。

お盆の送り火の夜には左大文字が焚《た》かれるので、大文字山と呼ばれていた。

山頂にのぼると京の都を眼下に見渡すことができた。東には鴨《かも》川、西には桂《かつら》川が流れ、鳥羽《とば》のあたりで合流して大坂へ向かっている。

都のまん中には金箔瓦《きんぱくがわら》をふんだんに使った聚楽第が燦然《さんぜん》と輝き、東側には諸大名の屋敷が軒をつらねていた。

「これが都なのですね」

照葉は初めて見る景色に目を奪われた。

思っていたより狭いが、整然《せいぜん》と区画《くかく》された街路ぞいに、趣向《しゆこう》をこらした清楚《せいそ》な家が建ち並んでいる。遷都《せんと》以来八百年の歴史の重みが、町に重厚な風格を与えていた。

「送り火が焚かれる山には、かつて城があったと聞いたことがござる」

ところが応仁の乱で城も京都の町も荒れ果てた。そこで人々は城山に送り火を焚いて犠牲者の冥福《めいふく》を祈るとともに、山を聖地とすることで戦のための城を二度ときずかせまいと誓い合った。

送り火はその誓いを思い出すための行事でもあると、高虎は古老から教えられたことがあった。

「それでは与右衛門さまの願いと通じるところがありますね」

「領民の幸せのために生きよと教えてくれたのは、主《あるじ》の美濃守さまでござる。それがしは一命をなげうって殿に仕え、そのような世の中を作るために働く覚悟でござる」

それゆえ照葉をつれて出奔《しゅっぽん》するわけにはいかないのだと、高虎は苦しい胸の内を明かした。

「あのようなことを申し出ていながら不甲斐《ふがい》ない男だと、さぞ歯がゆい思いをなされているであろう。お許し下され」

「そのようなことは思うておりません。ともに生きるということは、互いの夢をひとつにすることですから」

照葉は高虎とともに夢をはたしたいのである。夢を捨てて一緒に生きたいなどとは、一瞬たりとも望んだことはなかった。

「和泉守どのの許しを得られたなら、かならず迎えに参ります。それまで待っていて下されようか」

「待っております。五年でも十年でも」

「かたじけない。その日には再びここで都の景色をながめたいものだ」

高虎は腰の脇差《わきざ》しを鞘《さや》ごと抜いて差し出した。鯰尾《なまずお》藤四郎がきたえた名刀だった。

「これは姉川で初陣の手柄を立てた時に、浅井長政公から拝領したものでござる。誓いのしるしに受け取っていただきたい」

「そのように大切なお品を……」

「そなたは守り神じゃ。万が一にも心変わりしたなら、この刀でわしの命をとってくれても構わぬ」

「承知いたしました。しかとお預かりいたします」

照葉は高虎の目を真《ま》っ直《す》ぐに見つめ、脇差しを両手でおしいただいた。

高虎はその手を握りしめ、「かならず」ともう一度つぶやいた。

6

照葉を見送った後、高虎はしばらく気が抜けた状態におちいった。気持ちの張りと支えを失って、手足を動かすことさえおっくうになった。

この活力に満ちた巨漢が、ぼんやりと空をながめて涙ぐんだりしている。

事情を知らない家臣たちは、狐《きつね》がついたか腑《ふ》抜《ぬ》けになったかと案じながら、息をひそめてなりゆきを見守っていた。

だが激動の乱世は、いつまでも感傷のぬるま湯にひたっていることを許さない。

十二月中旬になって、豊後(大分県)の戸次川《べっき》(大野川)で秀吉軍が島津勢に大敗し、長宗我部《ちようそかべ》信親《のぶちか》や十河存保《そごうまさやす》ら千人ちかくが討死《うちじに》したという急報がとどいた。

天下統一をめざす秀吉と、九州制圧をめざす島津義久《よしひさ》の争いは、すでに一年前から始まっていた。

義久は秀吉の力が九州におよぶ前に九州を制圧する決意をかため、諸将に出陣の仕度にかかるように命じた。

こうした動きに危機感をいだいた大友宗麟《そうりん》は、天正十四年三月にみずから大坂城をたずねて救援を求めた。

秀吉はこの要請に応じることにし、四月に中国の毛利輝元に九州征伐の仕度にかかるように命じた。

九州にいたる道路を整備し、秀吉が宿泊する場所は厳重な城構えにし、赤間関《あかまがせき》(下関)には兵糧《ひようろう》、弾薬を保管するための蔵を建てるように、という周到《しゆうとう》な指示である。

これに対して島津義久は、六月に肥後の八代《やつしろ》まで出陣し、二万の軍勢を筑後の高良《こうら》山まですすめた。

七月には筑紫《ちくし》広門《ひろかど》がたてこもる勝尾《かつのお》城(佐賀県鳥栖《とす》市)を降伏させ、高橋紹運《たかはしじよううん》の岩《いわ》屋《や》城（福岡県太宰府市《だざいふ》）に攻めかかった。

紹運は実子の立花宗茂《むねしげ》（当時は統虎《むねとら》）に立花城（福岡県新宮町）を守らせ、自身は五百余の兵をひきいて岩屋城にたてこもり、半月あまりの激戦のすえに玉砕《ぎょくさい》した。

こうした劣勢の中にあって、宗茂は立花城を死守し、島津勢を城下に釘付《くぎづ》けにした。その間に毛利勢が筑前に進攻し、四国の長宗我部元親、十河存保、仙石秀久も総勢六千をひきいて豊後の中津《なかつ》に到着した。

利あらずとみた島津義久は軍勢を八代まで退却させ、九月十一日に鹿児島に引き上げたが、十月二日には再び大友攻めの兵を起こした。

弟の義弘に三万三千余の兵をさずけて肥後路を、同家久に一万余をさずけて日向路《ひゅうが》を北上し、豊後の府内（大分市）に攻め込むように命じたのである。

家久は日向の佐土原《さどわら》を発し、十二月に豊後の武山城《たけやま》（臼杵市武山《うすき》）を攻め落とし、戸次川東岸の鶴賀城《つるが》（大分市上戸次）に迫った。

この城を攻略すれば、府内までは約二十キロ、わずか一日の行程である。

そこで大友氏の救援にかけつけた四国勢は、戸次川西岸の鏡城（大分市竹中）に入り、島津勢を食い止めようとした。

長宗我部元親や十河存保は「戸次川を楯《たて》に取って島津勢と対峙《たいじ》し、毛利勢が加勢にくるのを待つべきだ」と主張した。

ところが四国勢の軍監に任じられて血気にはやる仙石秀久は、「鶴賀城を見捨てるわけにはいかぬ」と川を渡って島津勢に攻めかかるように命じた。

これを見た家久はいったん城の包囲をといて退却し、四国勢が追撃してくるのを待って野に伏せた兵を起こした。島津家のお家芸といわれた「吊り野伏《つのぶし》」である。ふいをつかれた四国勢は大混乱におちいり、千人ちかくを死なせて敗走したのだった。

思わぬ敗報に激怒した秀吉は、翌年の元旦早々に島津征伐の軍令を発した。

長駆の遠征だけに、まず兵糧を確保する必要がある。

そこで小西隆佐《りゆうさ》（行長の父）らに兵三十万、馬二万頭を一年間やしなえるだけの兵糧と馬草《まぐさ》を、兵庫と尼崎の港に集めさせた。

これを石田三成、大谷吉継《よしつぐ》、長束正家《なつかまさいえ》に管理させ、赤間関の倉まで輸送して軍勢に支給する態勢をととのえた。

また弾薬も、不足している軍勢には豊臣家から支給することにした。

これは自前が原則の戦国大名にとって画期的なことである。秀吉は朝鮮出兵を念頭におき、大名家の軍勢を国家の軍隊として編成しなおそうとしていたのである。

こうした準備をととのえた上で、越中、尾張以西の三十七カ国、総勢およそ二十五万人に出陣命令を下した。

一月二十五日、備前岡山城主の宇喜多秀家が一万五千の軍勢をひきいて九州にむかった。

二月一日には、鳥取城主の宮部継潤《けいじゅん》が三千の手勢と、南条元続《もとつぐ》、亀井茲矩《これのり》ら山陰勢をひきつれて出発した。

百万石の大大名となった羽柴秀長は、一万五千をひきいて二月十日に大和郡山を発し、大坂城で秀吉と入念な打ち合わせをしてから海路豊後へむかった。

船団の手配をしたのは、藤堂高虎である。

四国遠征の時の経験と人脈がいきて、今や高虎は秀長水軍の総大将を任じられるほどになっていた。

三月初めに長門（山口県）に到着し、豊後の湯ノ岳城（由布市湯布院町）に在陣していた毛利輝元、小早川隆景、黒田孝高《よしたか》ら先遣《せんけん》隊と合流した。

府内に駐留している島津勢とは、わずか二十キロほどしか離れていない。兵力も装備も圧倒していたが、秀吉の本隊が着くまでは合戦におよんではならぬと命令されているので、九州屈指の温泉地で所在《しょざい》なく日を送ることになった。

湯ノ岳城に着いた翌日、めずらしい来客があった。

「与右衛門、久しいの」

僧形の頭をして紫裾濃《むらさきすそご》の鎧《よろい》を着た宮部継潤である。

浅井家に仕えていた頃からの先輩で、高虎が郷里に引きこもっていた時に、羽柴秀長に仕えるように勧めてくれた恩人だった。

「おなつかしゅうござる。こちらには、いつ？」

「半月前じゃ。鳥取から船を仕立ててきたが、波があらくて往生《おうじょう》した」

継潤は五十二歳。鳥取城主として五万石を領する身となったのだから、そろそろ隠居してもいい頃である。

だが相変わらず若々しく精力的で、裾になるほど紫の色が濃くなる粋な鎧を華やかに着こなしていた。

「紀州でも四国攻めでも、ずいぶんよい働きをしたそうではないか。時々美濃守どのから礼状をいただいてな。わしも鼻が高い」

「善祥坊《ぜんしょうぼう》どののお陰で、よい主《あるじ》を持つことができました。殿のお教えがなければ、一番槍《やり》の手柄ばかりを追い求める男で終わっていたかもしれませせぬ」

「水軍の総大将になったと聞いて、そちの成長ぶりに驚いたものだ。それはともかく」

継潤は坊主頭をすり寄せ、妾《そばめ》はまだ持たぬのかとささやいた。

「持ちませぬ。それどころではござらぬゆえ」

「なぜじゃ。一万石の大身となれば、妾の二人や三人いてもおかしくはない。奥方どのに世継ぎが望めぬとあればなおさらではないか」

「それは、そうですが……」

照葉のことが頭をよぎったが、色好みの継潤に話したくはなかった。

「奥方とはもうできぬのであろう。あっちの方も不自由しているのではないのか」

先輩らしい押しの強さで、継潤が無遠慮なことをたずねた。

実は高虎と妻の芳姫《よしひめ》との間には、悪夢のような初夜の出来事があった。物慣れない高虎はあまりに性急に事におよび、妻に深刻な裂傷をおわせてしまった。

何しろ二メートルちかい巨漢だけに、陽根も桁《けた》はずれに大きい。小柄な妻はそれを受け止めることができず、体にも心にも生涯消えることのない傷を負ったのである。

薄暗い閨《ねや》のことだけに、高虎はしばらくそのことに気付かなかった。妙にぬめって血の匂《にお》いがするとは思ったものの、初夜のしるしであろうと気に留めなかった。

その夜のことを思うと、高虎は自分の愚かさがうらめしくなる。相手は十六の可憐《かれん》な乙女ではないか。なぜもっと優しくしてやれなかったのかと後悔に身をもんだが、もはや取り返しはつかなかった。

妻はその日以来、閨に入る時刻が近付くだけでおびえた顔をする。悪夢を何とか克服しようと努めているものの、高虎が手を触れただけで貝のように体を固く閉ざしてしまう。

これではあまりに気の毒なので、高虎も閨をともにすることは諦《あきら》めた。そして自分の欲望も厳しく封印してきたのである。

「与右衛門、そちは律義《りちぎ》すぎるのだ」

継潤は高僧のように悟りすました顔をして、女の何たるかを分らぬ者に天下のことを論じる資格はないと説教した。

「家を守るのも女、子をなすのも女じゃ。我らは女から生まれ、女に種を植えつけて死んでいく。その役目に徹すればよいだけの話じゃよ」

それが分りたければ我が陣屋へ来い。目の覚める物を見せてやると、継潤は得意気に謎《なぞ》をかけた。

7

三月下旬になって、秀吉から出陣命令がとどいた。退却をはじめた島津勢を追撃せよというのである。

由布の秀長軍が十万にふくれ上がり、十五万の秀吉本隊も三月一日に都を発《た》ったと聞いた島津義久は、少ない兵力を分散していては勝ち目がないと見て全軍に撤退を命じた。

府内まで侵攻していた義弘、家久兄弟は、三月十八日に梓峠《あずさ》をこえて日向に入り、三月二十日に都於郡城《とのこおり》（宮崎県西都市《さいと》）にもどって義久と会見した。

これを知った秀吉は、日向まで追撃して島津勢を叩《たた》きつぶせと命じたのだった。

秀長はさっそく十万の軍勢に下知をして日向に進攻した。四月初めには延岡城《のべおか》を降伏させ、四月六日に高城《たか》の東にある松尾砦《とりで》に入って軍議を開いた。

「敵の布陣はこうでござる」

今度の遠征で秀長の副将に任じられた高虎は、絵図を広げて状況を説明した。

島津勢は小丸川《おまる》の北にある高城に千三百人ほどの兵をこめ、一ツ瀬川の南岸の佐土原城に家久勢一万、都於郡城に義久、義弘の本隊二万を配していた。

「ご覧のとおり、高城は高さ二十丈（約六十メートル）ばかりの山にきずいた小城にすぎませぬ」

高虎は立ち上がって敵の城を指さした。

松尾砦から高城までは五百メートルほどしかはなれていない。山頂に白地に十文字の島津の旗が林立するのがくっきりと見えた。

「されど北、東、南の三方は切り立った壁となり、西側ばかりがなだらかな坂となっております。ここには七重の空堀をもうけているので、攻め落とすのは容易ではございませぬ」

高虎は案内者から城の様子を聞きとり、詳細な見取り図を描き上げていた。

高城は九年前に大友勢五万に包囲されたことがある。ところが城主の山田有信《ありのぶ》はわずか五百の兵でもちこたえ、島津義久の救援を得て大友勢を撃退した。

勝ちに乗った島津勢は日向市の南の耳川まで追撃し、大友方の武将の大半を討ち取る大戦果をあげた。これを耳川の戦いと呼ぶが、戦勝のきっかけとなったのは高城と小丸川での戦いに勝ったことだった。

戦い方を間違えれば、秀長軍も大友勢の二の舞いになりかねない。そこで秀長は高城のまわりに付城《つけじろ》をきずいて厳重な包囲作戦をとることにした。

高虎はその指示に従い、絵図の上に駒《こま》をのせて諸将の持ち場を指示していった。

松尾砦に秀長の本隊と筒井定次《さだつぐ》、大友義統《よしむね》の軍勢三万をおき、城北には毛利輝元、小早川隆景の二万五千、城西には吉川元長《きっかわもとなが》の一万、城南には宇喜多秀家の一万五千。

また都於郡城、佐土原城から駆けつける救援の兵を遮断するために、小丸川の南岸の根白坂《ねじろざか》（目白坂）に宮部継潤らの四千を配し、それを補佐するために東方に黒田孝《よし》高《たか》の二千、西方に尾藤甚右衛門の三千を、丘の尾根伝いに一直線にならべた。

「方々にお願い申す」

すべての手配をおえ、秀長がいつもどおりの温和な表情で諸将を見渡した。

「この戦は領土を争うものではない。関白となられた兄者が、天下の静謐《せいひつ》をなしとげるために島津家を従わせようとなされているのでござる。我らは公儀の軍勢ゆえ、軍律を守り、乱取りや乱暴狼藉《ろうぜき》はきびしく禁じていただきたい。敵が敗走しても、下知があるまで追撃してはなりませぬ」

これは吊り野伏を警戒《けいかい》してのことだが、薩摩《さつま》の領民に迷惑がおよぶのをさけようという配慮もある。為政者としての資質にすぐれた秀長の、面目躍如《めんもくやくじょ》たる指示だった。

8

異変は四月十八日の未明におこった。

深夜午前二時頃、島津義弘、家久にひきいられた二万余の軍勢が、根白坂の宮部継潤の砦を急襲した。

根白坂は小丸川ぞいに東西に延びる丘で、北は崖《がけ》、南は平原につらなるなだらかな坂になっている。継潤は丘の上に本丸をもうけ、南側に二重の堀と柵《さく》をめぐらし、四千の兵を込めて守備についていた。

島津勢は高城の窮地をすくうために、この砦を奪い取って秀長軍の動きを牽制《けんせい》しようとしたのである。

攻撃は熾烈《しれつ》をきわめた。

夜が明けるまでに砦を攻め落とせと命じられた島津の将兵は、幅十メートル、深さ五メートルもある空堀に飛び込み、柵に取りついて引き倒そうとする。

宮部勢は柵の内側から銃撃を加え、柵に取りついた者は槍で突き落として防戦する。

島津勢も身方を援護しようと鉄砲を撃ちつづけるので、闇《やみ》を切り裂く激しい銃撃戦となった。

古武者《ふるつわもの》の継潤はあわてない。敵が充分に取りついた頃を見すまして一の柵を切り落とし、二の柵の内側まで退却した。

島津の将兵は生きては帰らぬ覚悟で、氏名、年齢、領主の名を記した木札を腰にぶら下げて出陣している。それだけに死人《しびと》となって第二の柵に突撃し、午前四時頃には宮部勢を本丸にまで追い詰めた。

本丸の広さは東西五百メートル、南北四百メートルばかりである。

継潤はこのまわりに高さ三メートルの土塁をきずき、鉄砲狭間《はざま》をあけた塀をめぐらしている。しかも弾薬は潤沢《じゅんたく》で、鉄砲の装備率も高かった。

対する島津勢は弾薬の供給が間にあわず、数にものを言わせた肉弾戦を展開するばかりである。義弘や家久は焦《あせ》りに焦って波状《はじょう》攻撃をくり返したが、ついに夜明けまでに本丸を落とすことができなかった。

異変に気付いた秀長は、一万五千の兵を小丸川の河原まで進めて夜が明けるのを待っていた。

夜中に川を渡れば、伏兵に襲撃される危険がある。継潤頑張れと祈るような気持ちで朝を待ち、薄闇の中に宮部勢の旗がひるがえっているのをみとめた。

「殿、宮部の旗でござる。継潤どのは持ちこたえておられまするぞ」

目のいい高虎が真っ先に声を上げた。

「でかした。急ぎ川を渡って後詰めをせよ」

秀長が采配をふったが、尾藤甚右衛門が反対した。

「お待ち下されい。戦巧者《いくさこうしゃ》の島津のことゆえ、思わぬ策をめぐらしておるやも知れません。ここは小勢を出して、手の内をうかがうべきと存じます」

秀長は一瞬迷って高虎を見た。

時を移せば手遅れになる。だが高城での大友勢の惨敗《ざんぱい》や戸次川での長宗我部らの大敗を知っているだけに、二の足を踏んだようだった。

「お任せ下され。それがしが」

高虎は一千ばかりの手勢をひきいて川を渡ることにして、多賀新七郎と服部竹助に伝令を命じた。

「与右衛門、待て」

秀長は新しく編成した銃隊をつれていけと言った。

わずか百人だが、全員スペインから購入したマスケット銃を装備していた。

「有難い。これさえあれば鬼に金棒でござる」

高虎は愛馬賀古黒にうちまたがり、マスケット銃隊を先頭に渡河にかかった。

対岸の丘の下の雑木林に、島津の旗が三百ばかりひるがえっている。渡河にそなえて三千ばかりを配しているかと見ていると、二百ばかりの鉄砲隊が走り出て川岸にならび、片膝《かたひざ》立ちになって高虎らの接近を待ち受けた。

「あの鉄砲は旧式じゃ。おそるるに足りぬ」

射程はせいぜい百メートルだと冷静に見切り、百五十メートルの地点まで接近してマスケット銃隊に射撃のかまえを取らせた。

屈強の男たち百人が川に槊杖《さくじょう》を立て、長い銃身を乗せて敵にねらいをつけた。

こちらの射程は六百メートル。二百メートル先の鎧を撃ち抜く威力がある。

「総員、撃て」

轟音《ごうおん》がとどろき、敵の半数がなぎ倒された。

銃隊が二発目の弾を込めるのを見ると、島津の鉄砲足軽たちはあわてて退却していった。

林の中の旗は動かない。秀長軍を威嚇《いかく》するために、旗だけを立てて軍勢がいるように見せかけていたのだった。

高虎らは北側の搦手《からめて》口から根白坂の砦に入った。

城兵たちは土塁と塀を楯《たて》にして死物狂いで戦っている。発砲時の煙で顔をすすだらけにし、敵の返り血で鎧を赤くそめながら、目を吊《つ》り上げ鬼の形相で敵に立ち向かっていた。

高虎は敵の攻撃正面を受け持つように新七郎に命じ、にわか作りの本丸御殿をたずねた。

「与右衛門、よう来てくれた」

継潤は兜《かぶと》をぬぎ、朝粥《あさがゆ》をたべていた。

側では墨染《すみぞ》めの頭巾《ずきん》をかぶった尼僧《にそう》が給仕《きゅうじ》をしている。丸くふくよかな顔をした年若い女だった。

「これは安寿《あんじゅ》という。そちに見せたいと言ったのは、この女子《おなご》じゃ」

色好みの継潤は、妾を尼僧に仕立てて陣中に帯同していたのである。

「戦はすでに山場をこえておる。そちもゆるりと粥など食べていけ」

継潤に命じられて、安寿が茶碗に粥をよそった。

色白で肉付きがよく、黒目がちの大きな瞳《ひとみ》が美しい。墨染めの衣をまとっていても、ふくらんだ胸から濃密な色気がただよっている。

それが粥の甘い匂《にお》いととけ合って、高虎は思わず喉《のど》を鳴らした。

「どうした。早く食べよ」

継潤は高虎の反応を満足気にながめていた。

「敵どもを追い払ってからいただきまする。御免」

高虎はいささか腹を立てて足早に立ち去り、前線に出て指揮をとった。

島津勢は本丸まで迫ったものの、銃撃にはばまれて攻め手を欠いている。そこに尾藤甚右衛門と黒田孝高の軍勢が東西から迫り、退路を断つ動きを見せたために、義弘、家久は合図の太鼓を打ち鳴らして退去をはじめた。

「今じゃ。追え追え」

高虎は一の柵、二の柵まで敵を追わせ、三百ばかりを討ち取ったが、それ以上追撃することを許さなかった。

「なぜです。今追えば敵を全滅させることができましょう」

一人前の武将に成長した新七郎が、はやり立って言いつのった。

「これは島津を従わせる戦だ。亡《ほろ》ぼす戦ではない」

島津を追い詰めれば、領民を苦しめることになる。秀長がそれをうれえていることを、高虎は充分に理解していた。

「追撃はここまでじゃ。陣地をきずいて敵の反撃にそなえよ」

馬を乗りつけて手勢の行手をさえぎり、柵と門を立てて道を封じるように命じた。

後から駆けつけた尾藤甚右衛門と黒田孝高は、これは秀吉の命令に背く行為だと抗議したが、高虎は秀長の命令だと言って門を開けようとしなかった。

後にこれが問題となった。

孝高らの訴えを聞いた秀吉は、次のような書状を送って秀長を叱責《しっせき》している。

〈今度高城の儀は御意を請けぬ儀、分別ちがいに候《そうら》えども、ゆるし候儀は其方ために は外聞迷惑なさるべく候間、その旨《むね》諸事に存出ししかるべく候〉

秀吉の命令に反したのは分別ちがいだが、秀長の面目をつぶすわけにはいかないので、今度だけは許してやるというのである。

この措置に秀吉と秀長の方針のちがいがはっきりと表われているが、この場合においては秀長の判断のほうが正しかった。

豊臣勢が追撃しなかったことに恩義を感じた島津義久は、根白坂の戦いの三日後に秀長に人質をさし出して和を乞《こ》い、佐土原城を明け渡したのである。

9

この城の受け取りを命じられた高虎は、秀長と島津義弘、家久兄弟の連絡役をつとめ、和議の成立に大きな役割をはたした。

そのいきさつについて『九州御動座記』は次のように記している。

秀吉は五月三日に鹿児島から四十キロほどのところまで迫り、太平寺を宿所とした。ここから薩摩に攻め入るつもりでいたところ、日向の秀長が「島津家が降伏すると伝えてきたので、義久らの命を助けてやってほしい」と申し入れてきた。

そこで秀吉は進軍を中止して義久らの投降《とうこう》を待つことにしたのである。

〈中納言《ちゆうなごん》殿（秀長）より嶋津命《いのち》の御《ご》懇望《こんもう》について、鹿児嶋への御動座は止められ候〉

御懇望という表現が、島津のために親身になって訴えた秀長の姿をとらえている。名門島津家の首の皮は、秀長と高虎のおかげでつながったと言っても過言ではないのである。

五月八日に義久は剃髪《ていはつ》して太平寺をたずね、秀吉に降伏を申し入れた。十六歳になる娘を人質に差し出し、所領の大半を今までどおり知行することを認められたのである。

秀吉はこの地に十四日間滞在し、六月七日に筑前箱崎（福岡市）にもどって九州国《くに》分《わけ》をおこなった。

その主なものは次のとおりである。
一、筑前一国と筑後二郡は小早川隆景。
一、豊後一国は大友義統《よしむね》（宗麟の嫡男《ちやくなん》）。
一、薩摩、大隅両国は島津義久、義弘。
一、肥後一国は佐々成政。
一、肥前一国は龍造寺政家。
一、豊前の三分の二は黒田孝高、三分の一は毛利勝信。
などなど、秀吉の征伐によって九州の勢力地図はいっきょに塗りかえられたのである。

六月十三日、高虎は秀長の御座船である大和丸をあやつって箱崎の港に入った。

この港は平安時代の後期から日宋《につそう》貿易の拠点としてさかえ、朝鮮との交易もさかんにおこなわれてきた。筥崎宮《はこざきぐう》の門前町としてもにぎわった所である。

建造して間もない大和丸を、高虎は九州出陣の間に使いこなせるようになっている。雑賀《さいか》や熊野の水夫《かこ》たちの働きぶりもあざやかで、二百人乗りの大安宅船《あたけぶね》をやすやすと岸につけた。

「与右衛門、苦労であった」

秀長がねぎらいの言葉をかけた。

「水夫たちの働きあってのことでござる。それがしは何もしておりません」

「そちがおるから、皆が存分に働けるのだ。側で見ていると、そのことがよく分る」

秀長は高虎の成長に目を細め、大安宅船をもう三艘《そう》建造するので、立派な水軍に鍛え上げてくれと言った。

「やはり唐入りをなされるのでござるか」

「兄者はその決意を固めておられるようじゃ。できることなら……」

やめてもらいたいという言葉を呑《の》み込み、秀長は明るい夏の空をまぶしげに見上げた。

二人は秀吉の本陣に出向いて帰陣の挨拶《あいさつ》をした。

「遅かったではないか」

秀吉は不機嫌そうに吐きすてた。

「島津家久どのが急にみまかられました。その対応に追われておりましたので」

家久は高虎に佐土原城を明け渡した後も、城にとどまって秀長との交渉にあたっていたが、年来の持病と心労がたたって四十一歳で他界した。

急報に接した家久の家臣たちは、秀長が毒殺したのだとさわぎ立て、それぞれの館《やかた》にこもって弔《とむらい》合戦をする構えをみせた。

秀長と高虎は彼らの館をたずね、毒殺という風説が事実無根であることを説いて回った。

その甲斐《かい》あって家臣たちの暴発を止めることができたが、箱崎への到着が予定より三日もおくれたのだった。

「そのようなことをせずとも、主立った者を二、三人攻め殺しにすれば良かったのじゃ。さすれば他の者は労せずともなびく。のう佐吉」

秀吉が側にひかえている石田三成に話を向けた。

「さようでございます。九州の大名どもが、戦わずして関白殿下の威にひれふしたのがよき手本と存じます」

「そうよ。小一郎は何事も手ぬるくていかん。やさし過ぎるのも考えものじゃ」

「申し訳ございませぬ」

秀長は我を張らずに受け流したが、秀吉にはその態度が気に入らないようだった。

「高城の戦とてそうではないか。敗走する島津勢をもう少し叩《たた》いておけば、薩摩か大隅を取り上げることができたのじゃ」

「恐れながら、申し上げます」

高虎は黙っていることができなくなった。

「島津の領民を苦しめぬために、殿は追撃をひかえられたのでございます。島津どのはそのことに恩義を感じられたゆえ、すみやかに軍門に下られたものと存じます」

「藤堂どの、ひかえられよ」

三成が横から口を出し、義久が降伏したのは関白殿下の威におそれをなしたからだとくり返した。

「確かにおおせの通りでござる。されどあの時島津を追撃していたなら、義久どのは武門の意地と面目をかけて立ち向かってこられたものと存じまする」

「与右衛門、根白坂ではたいそうな働きをしたそうではないか」

手柄のほどは聞いていると、秀吉が相好《そうごう》をくずして誉《ほ》めあげた。

「しかしな。せっかくの手柄も、ものの言いようひとつでふいになる。以後気をつけるがよい」

秀吉は蠅《はえ》でも追うようにひらひらと手を振った。

早々に下がれという意味だった。

10

高虎は秀長の本陣の側に陣所をかまえて宿営したが、夕方になってめずらしい客がたずねてきた。

「おなつかしや。与右衛門どの」

加藤清正が取り次ぎも待たずに入ってきた。

高虎以上の長身で、一斗《いっと》樽《だる》を軽々と下げている。肩幅もがっしりとして腕も太くなり、堂々たる偉丈夫に成長していた。

「虎之助か。陽に焼けたのう」

高虎はさっそく酒を出し、膝《ひざ》をまじえてくみ交わす構えをとった。

「日向での手柄のほどは聞きおよんでおります。さすがは与右衛門どのじゃ。かないませぬ」

「そちも見事に宇土城の城代をつとめたそうではないか。敵方の城を預かるのは、案外骨が折れるものじゃ」

「我らの方ではたいした戦もなく、張り子の虎《とら》の気分でございました。それにしても、こうして与右衛門どのに会えるとは有難い」

二人は一斗樽からじかに酒をくんで飲みはじめた。大ぶりの茶碗を使っているが、二人が持つと小さな盃のように見える。

四方山《よもやま》の話をしているうちに、石田三成の名前が出た。

昼間の三成の横柄《おうへい》な態度が、高虎は腹にすえかねている。それ以上に、秀吉が秀長を粗略《そりやく》に扱いはじめたことが気になっていた。

「たとえば高城のことじゃ。あれほどの手柄を立てられた殿を関白殿下が叱責《しつせき》されるとは、どう考えても納得できぬ。あの治部めが良からぬことを吹き込んだとしか思えぬ」

「秀吉さまは、そのような讒言《ざんげん》にまどわされるお方ではございませぬ」

秀吉を実の父のように敬《うやま》っている清正は異をとなえたが、近頃三成が他の誰よりも重く用いられていることは確かだとしぶしぶ認めた。

「何ゆえじゃ。殿下のお側には浅野弾正《だんじよう》どのや利休どのもおられるではないか」

「ここだけの話でござるぞ」

少し酔ってきた清正は、誰にも口外なさるなと念を押して、茶々さまのせいだと打ち明けた。

「茶々さまが、どうかなされたか」

浅井家の家臣だった高虎にとって、茶々は特別な存在である。幼い姿を何度か拝したこともあった。

「昨年末に大坂城の奥御殿に入られました。秀吉さまは時々足をお運びになり、むつまじくしておられるのでござる」

「関白殿下が、茶々どのと……」

高虎は口にした酒を吐き出しそうになった。

茶々は十八か九の花の盛りをむかえているはずである。それを五十一歳になった秀吉が摘むとは、哀れとも醜悪とも何とも言いようがなかった。

「しかし、そのことが何ゆえ治部とつながるのだ」

「お二人の仲を取りもったのは、あの佐吉でござる。それゆえ佐吉だけは、奥御殿に自由に出入りすることが許されております」

三成は秀吉と茶々の連絡役をつとめ、ひときわ覚えがめでたいという。常に秀吉の側にいるので、取り次ぎ役としても絶大な力を持つようになったのである。

「あやつめ。そこまでして」

秀吉に取り入っているのかと、高虎は汚物を顔に押しつけられたような気がした。

三成には目的のためには手段を選ばぬ非情なところがある。

高野山の木食上人《もくじきしょうにん》でさえ、

〈少もそむけ候《そうら》へば、たちまち身のさはりをなす仁に候〉

と批判しているほどだが、女衒《ぜげん》のような真似《まね》までするとは思ってもいなかった。

「与右衛門どの、それはちがいまするぞ」

三成は秀吉に頼まれて仲をとりもったのではない。茶々に頼まれたのだから女衒というのは間違っている。清正は気色ばんで秀吉を弁護した。

「茶々どのが、それを望まれたのか」

「さよう。そうして佐吉を引き立て、大坂城内に着々と勢力をきずいておられる。お姿はたおやかだが、気性は伯父の信長公にそっくりでござる。しかも頭が抜群に切れる」

それゆえ秀吉が手玉に取られるかもしれぬと、本気で心配しているのだった。

「ところで照葉どののことでござるが」

清正は急に話を変え、刈谷に帰ったと聞いたがまことかとたずねた。

「まことじゃ。いろいろあってな」

高虎は急に酔いがさめた気がした。

かならず迎えに行くと言って手を握った時の感触が、まざまざとよみがえった。

「実はそのことでござるが……」

清正は目をしばたたいて何かを打ち明けようとしたが、言い出しかねて茶碗の酒をひと息にあおった。

「与右衛門どの、実はそれがしが」

身をちぢめるようにして言いかけた時、

「蛇の目の胴丸か。さてはおぬしら、加藤どのの家中の者だな」

陣所の入口に立つ清正の兵に、無遠慮に声をかける者がいた。

何事かと思っていると、水野勝成《かつなり》と池田輝政が仲良く肩を組んで入ってきた。すでにかなり酔っているようで、二人とも上機嫌だった。

「お許し下され。こやつがどうしても与右衛門どのに会いたいと言い張るゆえ」

輝政はくずれるように上がり框《がまち》に腰を下ろした。

「何を言うか。そちが高虎どのに礼を言わねばならぬと言うから」

勝成は輝政を引き起こし、二人ならんで紀州の陣中ではまことにかたじけないことであったと礼を言った。

「三左衛門と知り合ったおかげで、懸命に生きることの大切さを学びました。親から勘当されたことなど、こいつの苦しみに比べれば小さなことです」

「それがしこそ、藤十郎と親しくなって長久手の戦を広い目で見られるようになりました。高虎どののおかげでござる」

男とは不思議な生き物で、命をかけて戦ってみて初めて相手の値打ちが分る。二人は同い年で気性も力量もよく似ているだけに、あの決闘以来互いに名前で呼び合うほど親しくなっていた。

「よう来てくれた。虎之助も来ておるゆえ、共に飲もうではないか」

高虎は二人をつまみ上げるようにして奥につれていった。

輝政が秀吉に従って出陣し、羽柴の姓を与えられるほどの手柄を立てたとは聞いている。だが勝成はどうしていたのか見当もつかなかった。

「私は、これです」

勝成が鎧直垂《よろいひたたれ》のふところから花クロスの袖印《そでじるし》を取り出した。

緋《ひ》色の地に白い飾り十字を描いた小西行長の紋章である。

「ほう。小西どのに仕えられたか」

「太田城攻めでの戦ぶりを見て、もっとも進んだ装備をしておられると存じましたので」

伝《つて》を頼って対面したところ、千石で召し抱えられたという。勝成は水野水軍にもまれて育ったので、船のあつかいにも長じていたのである。

「おぬし、キリシタンになりおったか」

清正がいきなり突っかかった。熱心な日蓮宗の信者なので、行長とは馬が合わないのである。

「そうではありません。小西どのに仕えれば、西洋の武器や戦術を学ぶ機会も多いと思ったのです」

「ならばよい。さあ飲め」

清正が茶碗で酒をすくって差し出した。

「これはすごい。雨漏堅手《あまもりかたて》ではありませんか」

茶道の心得のある勝成は、すぐに茶碗の値打ちに気付いた。

「酒じゃ。雨漏などではない」

「この茶碗のことですよ。高麗《こうらい》茶碗の中で、もっとも侘茶《わびちゃ》に似合うと言われているものです。利休どののお茶席で見たのとよく似ています」

「出陣祝いに利休さまからいただいたのじゃ。なかなか茶を呑《の》む暇もないので、こうして使っておる」

高虎は利休から茶の湯の手ほどきを受け、かなりの域にたっしていた。

「これほどの名物を、無雑作に使われるところがすごい。清正どの、腹立ちまぎれに嚙《か》み割ったりしてはなりませぬぞ」

勝成がひと息に酒を飲み干して清正に返した。

「何を偉そうに。物置小屋の片隅にでもころがっていそうな代物《しろもの》ではないか」

「清正どの、その茶碗の値《あたい》はいかほどかご存知か」

色白の輝政が顔を赤くしてたずねた。

「知らぬわ。知らぬが悪いか」

「安く見積っても五百両。数寄者《すきしや》なら千両の値をつけるかもしれません」

輝政は茶道を学び始めたばかりだが、点前《てまえ》より先に道具の値段を覚えてしまったのである。

「せ、千両だと」

清正は茶席に入ったように姿勢をあらため、大きな掌《てのひら》で茶碗をつつんでまじまじと見つめた。

11

翌日から三日間、高虎には休暇が与えられた。九州出陣以来の労にむくいようと、秀長が粋《いき》なはからいをしたのである。

高虎は多賀新七郎や服部竹助をつれて博多の町に見物に出たり、立花宗茂が島津勢を撃退した立花城を視察に行ったりして、久々にくつろいだ日々を過ごしていた。

その間も、秀吉の本陣はあわただしかった。使者がひっきりなしに出入りし、秀吉の指示を受けては四方へ飛んでいく。

キリシタン大名や宣教師が呼びつけられ、何事かを詰問《きつもん》されたという噂《うわさ》も飛び交っていた。

「どうやら伴天連《バテレン》たちが小西行長どのの陣屋に連行され、訊問《じんもん》を受けているようでございます」

新七郎がそんな話を聞きつけてきた。

バテレンとは司祭《パードレ》のことだが、宣教師全体をさして使われることが多かった。

「いったい何が起こったのだ」

「バテレンたちに落ち度があり、殿下が激怒されているとの噂でございます」

「水野どのの陣屋に行き、ご足労願いたいと伝えてくれ」

勝成はすぐにやって来た。麻の着物一枚を着流した牢人《ろうにん》のような姿だった。

「蒸し暑くてかないませぬ。このような形《なり》でご無礼いたします」

「構いませぬ。ちと教えていただきたいことがあって、お呼び立てをいたした」

「バテレンへの訊問のことでございましょう」

勝成は高虎の意中をさっし、イエズス会の副管区長であるコエリュとルイス・フロイスが行長の陣屋に来たのは確かだが、何が話し合われているのか分らないと言った。

「厳重な人払いをしての対面ゆえ、我らも近付くことができませぬ」

「何か落ち度があったと聞きましたが」

「この九州ではキリシタンの勢力が強く、豊後の大友領や肥前の大村領では神社仏閣の破壊がすすんでおります。また、戦で捕らえられた者たちを南蛮人らが買い取り、海外に売り飛ばすという非道も行っております。殿下はそれを知ってお怒りになり、両名に真偽をただしておられるのでしょう」

「布教を禁じることも、お考えなのでござろうか」

「それも分りません。殿下は昨日高山右近どのを呼び、キリシタンの教えを棄《す》てよと命じられたという噂もあります。あるいはそのようなことになるかもしれません」

すべてが極秘《ごくひ》のうちに行われ、厳しい箝口《かんこう》令がしかれている。部外者にははっきりとしたことが分らず、切れ切れの噂が伝わってくるばかりだった。

六月二十日の昼過ぎ、高虎は秀長の本陣に呼ばれた。

「さきほど諸大名をあつめて評定が開かれた。兄者はバテレンたちに二十日以内に国外に退去するよう命じられたそうだ」

「布教を許さぬということでござろうか」

「そうだ。高山右近どのにも棄教《ききょう》を迫られたが、応じられぬゆえ追放処分になされたという」

「では、南蛮との交易は」

「それは変わらぬ。布教の意志を持たぬ者の出入りはさし許すとおおせだ」

すべては十八日と十九日の二日間に電撃的にとられた措置《そち》だった。

秀吉は十八日に十一カ条からなる朱印状を発し、キリシタン宗門についての掟《おきて》を定めた。

第一条ではキリシタンになるのは「その者の心次第たるべき事」と、信仰の自由を認めている。

しかし第二条では、諸大名や諸侍が自分の領民にキリシタンになるよう強要《きょうよう》してはならぬと規定し、第四条では二百町、二、三千貫文以上の所領をもつ大名や侍がキリシタンになる場合には、公儀（豊臣政権）の許可を受けるように求めている。

また第十条では、日本人を明や朝鮮、南蛮に売りわたすことを禁じ、第十一条では牛馬を殺して食べることを禁じている。

翌十九日には態度をいっそう硬化させ、有無を言わさず五カ条からなるバテレン追放令を発した。

その第一条には「日本は神国たるところ、キリシタン国より邪法を授《さず》け候儀、はなはだもって然《しか》るべからず候こと」と、キリスト教の布教を明確に禁じている。

第二条ではバテレンたちが入信したキリシタンに神社仏閣を破壊させていることをきびしく糾弾《きゅうだん》し、第三条ではバテレンの滞在を禁じることにしたので二十日以内に国外に退去せよと命じたのだった。

「関白殿下は、何ゆえ急にそのようなことをお命じになったのでござろうか」

高虎は日蓮宗の信徒なので、キリシタンの信仰に対してあまり好意を持っていない。

だがこれまで宣教師やキリシタン大名をあれほど重用してきた秀吉が、なぜ急に追放令を出したのか解《げ》せなかった。

「バテレンたちはこの国の征服を企《くわだ》てていると、兄者はおおせられた。その証拠が明らかになったゆえ、容赦《ようしゃ》せぬことになされたそうだ。兄者が評定の席で語られたことを復唱するゆえ、この場で書き留めよ」

秀長はそう命じた。

「そのような機密をおもらしになられて、よろしいのでござるか」

「そちには知っておいてもらわねばならぬ。黙って書け」

秀長は矢立てと紙を用意させ、書き写す速さにあわせてゆっくりと語った。

「日本の祖、イザナギ、イザナミの子孫たる我らは、長年神仏をうやまってきた。もしバテレンどものなすがままに任せるなら、我らの教えは失われてしまうであろう。奴《やつ》らは大いなる知識と計略の持ち主で、キリシタンの教えを権威づけようとして、今まで余の好意と庇護《ひご》を利用してきた。余は奴らの欺瞞《ぎまん》や虚偽にやすやすと乗ぜられることはないが、余の甥《おい》たちと二人の譜代の者が取り込まれるのではないかと案じている。奴らの教えや活動は一向宗に似ているが、余は奴らのほうがより危険で有害だと考える。なぜならその方らも知るように、一向宗が広まったのは百姓や下々の者たちの間にかぎられていたが、バテレンどもは西洋の高度な知識を根拠とし、日本の大身、貴族、名士を獲得しようとして活動している。彼ら相互の団結力は一向宗よりはるかに強固である。このように巧妙《こうみよう》な方法を用いているのは、地方の国々を占領し、やがては日本全体を征服せんとするためであることは明らかである。キリシタンとなった大名や信徒は、バテレンどもに徹底的に服従しているのだから、余に対して反逆するように命じられたならことごとく従うであろう。それゆえ余は、バテレンどもを追放しなければならぬと決意したのだ」

高虎が書き終えると、秀長は間違いがないかどうか念を入れて確かめた。

「これでよい。兄者の意は尽くされておる」

秀長は書き付けの後に署名《しよめい》と花押《かおう》をし、これを持って大和丸で長崎に行くように命じた。

「長崎は今やイエズス会の領地となっている。兄者はバテレンを追放し、長崎を直轄《ちよつかつ》地になされることにした。その執行《しつこう》を当家に命じられたのだ」

「それは高城でのことがあるからでござろうか」

上意にそむいた報復ではないか。だとすれば石田三成が進言したからにちがいないと、高虎は気色《けしき》ばんだ。

「嫌なつとめだが、誰かが果たさねばならぬ。私にやらせるのが一番だと、兄者は思われたのであろう」

「承知いたしました。明朝出港いたします」

「白庵《はくあん》を同行させるゆえ、通訳をつとめさせるがよい。イエズス会の背後にはイスパニア（スペイン）がおる。対応をあやまれば、かの国との通商にも支障《ししょう》をきたすことになろう。そのあたりのことも考慮に入れ、慎重《しんちょう》に事を進めてくれ」

秀吉はキリスト教を禁じバテレンを追放すると決めたものの、南蛮との交易はいままで通りつづけたいと願っている。

硝石や生糸などを輸入に頼っているので、交易が途絶《とだ》えたなら豊臣政権の屋台骨がぐらつくことになりかねないからである。

だがスペインやイエズス会が、キリスト教の布教と通商を一体と考えているのは周《しゅう》知《ち》のことなので、秀吉の思惑どおりに事が進むかどうか予断《よだん》をゆるさない。

このきわめて困難で国運を左右しかねない交渉を、秀長は高虎にたくしたのだった。

12

翌日の午前六時、高虎は白庵とともに大和丸に乗り込んだ。同行するのは多賀新七郎や服部竹助ら二百人ばかりである。

出港間近になって、筥崎宮のほうから十人ばかりの武士が土ぼこりをあげて駆けてきた。

先頭を走る大男は加藤清正である。

「与右衛門どの、お待ち下され」

我らも長崎に同行させてくれと、船着場に立って大声を張り上げた。

「そちは殿下の近習であろう。勝手なことは許されまい」

「お許しを得てまいりました。これが朱印状でござる」

清正が折ったままの書状をさし上げた。

「分った。ならばそち一人で船に乗れ。供の者まで乗せる余裕はない」

場所はあるが、水や食料が足りなかった。

「承知いたした。すぐにまいりまする」

清正は供の者たちに留守を守るように言いふくめ、船側につるした縄梯子《なわばしご》をするするとのぼってきた。

「さすがに新造船でござるな。木の香りが清々《すがすが》しゅうござる」

「何ゆえ同行したいと思い立った」

「藤十郎のせいでござる。あやつが西洋西洋と言いくさるゆえ、それがしも長崎というものをこの目で見とうなり申した」

小西行長につかえた水野勝成は、西洋の事情を貪欲《どんよく》に学んでいる。先日の酒宴のときにもその話が出たので、清正も影響されたようだった。

「それなら白庵先生に学ぶがよい。ポルトガルの生まれだが、今は殿に侍医として仕えておられる」

高虎は清正を船尾の屋形に案内し、白庵と引き合わせた。

白庵は四十半ばの医師で、鉄砲に撃たれた照葉の命を救った恩人である。すみきった青い目をして、金色の髪を総髪にむすんでいた。

「加藤清正と申しまする。よろしくお願い申し上げる」

清正が緊張に固くなって挨拶《あいさつ》をした。

清正も高虎も二メートルちかい巨漢である。二人ならぶと一対《いっつい》の仁王像のようだった。

「あなたたちは兄弟のようですね。古代ローマの格闘家《グラディエーター》のようだ」

白庵は二人の体格の良さを絶賛し、清正の手をおそるおそる握りしめた。

大和丸は錨《いかり》を上げ、おだやかにないだ博多港を西に向かっていく。前方には能古島《のこのしま》が浮かび、北には松並木がつづく海の中道が横たわっていた。

しばらく進むと、姪《めい》の浜《はま》あたりから見慣れぬ形の船がこぎ出してきた。二本の帆柱に三角帆をそなえ、船首には二門の大砲をすえている。かけ声にあわせて櫓《ろ》をこぐさまは、まるで百足《むかで》のようだった。

「あれはフスタ船です。イエズス会のバテレンが長崎にむかっているのでしょう」

白庵が教えてくれた。

フスタ船は地中海で用いられた櫓漕《ろそう》の船だが、ポルトガルはマカオでフスタ船を建造し、帆柱をつけて東アジア貿易に用いているという。

「船の容積はどれくらいありますか」

高虎はフスタ船の長さにおどろいた。大和丸の一・五倍ほどもある。しかも船体が細いのでいかにも速そうだった。

「百五十トンか二百トンでしょう。日本風に言えば、千五百石から二千石積みというところでしょうか」

「どうしてあんなに長い船が作れるのでござろうか」

「船底に竜骨《りゅうこつ》を用いているからです。日本の船とは構造がまったくちがいます」

竜骨とは何かとたずねようとしている間に、フスタ船は沖に出てするすると帆を上げた。操帆《そうはん》の技はあざやかで、二本の帆に風を受けてあっという間に遠ざかっていく。

「あれは何です。どうしてあれほど自在に帆をあやつれるのでござろうか」

高虎は技術者の目をもっている。安宅船《あたけぶね》の苫帆《とまほ》とはまったくちがうことを鋭く感じ取っていた。

「あれは木綿の帆を使っているのです。木綿は軽く、雨にぬれても乾きやすい。風にも強く操作《そうさ》もかんたんなのです」

「なるほど。木綿でござるか」

日本でも木綿が普及しはじめているが、まだまだ高価なので船の帆に使うことはなかったのである。

「悔《くや》しゅうござるな。これではとても追いつけませぬ」

清正が遠ざかっていく船影《せんえい》を追いながら船縁《ふなべり》をたたいた。

「あれでも旧式の船です。長崎に行けば、もっと驚くものを目にしますよ」

白庵はポルトガル人である。自国の進んだ文明が、いささか得意そうだった。

大和丸は平戸と崎戸に寄港し、三日目の午後に長崎港に入った。

長崎港は外海から北東にふかく湾入した港である。

港口の神崎鼻のあたりは四百メートルほどの幅しかないが、湾内に入ると広くなり、幅一キロにたっするところもある。

港口から港まで四キロもの距離があり、水深もふかく風の影響も受けにくい。まさに天然の良港で、早くからポルトガル船の寄港地になっていた。

天正八年（一五八〇）以来、この港は日本の領土ではなくなっている。この地方を領有していた大村純忠《すみただ》が、イエズス会に寄進したからである。

ドン・バルトロメウという洗礼名を持つ純忠は、貿易の利益とイエズス会の軍事援助を確保するために、長崎港と天草灘《なだ》に面する茂木《もぎ》港を永久に譲り渡した。

その際の譲り状には、長崎の奉行の任免権や支配権、裁判権をイエズス会が持つことや、入港するポルトガル船の停泊料はイエズス会の所得とし、同船を含むすべての船の貿易関税は大村氏の取り分とすることが定められている。

大村家ではその徴収《ちようしゆう》のために役人を派遣するが、長崎の司法や行政には干渉しないと保障しているのだから、香港《ホンコン》やマカオのような租借《そしやく》地にされていたのである。

高虎らを乗せた大和丸は、湾の奥深くへと進んでいく。両側には緑におおわれた山の尾根がつらなり、空はからりと晴れて海は青い輝きを放っていた。

前方の港には、二日前に見たフスタ船が停泊していた。それより百メートルほど沖に、得体の知れない黒いかたまりがあった。

「あんな所に岩場があるのか」

高虎は案内の水夫《かこ》にそうたずねたが、これは岩場ではなかった。ポルトガルとスペインが、世界中の植民地をむすぶために就航《しゅうこう》させているガレオン船だった。

全長はおよそ五十メートル、幅は十二メートルほどもあり、船体はコールタールと鯨油で黒くぬられていた。

「あれが黒船か」

高虎は大きさに圧倒された。

大和丸の優に三倍はある。しかも三本の帆柱を高々と立て、帆をかかげるための横木を十字状に組み合わせていた。

「船側を見て下さい。いくつもの窓があるでしょう」

白庵が船を指さし、あれは大砲を撃ち出すための窓だと教えてくれた。

片側に八つ、両側に十六門もの大砲を搭載《とうさい》している。その射程は一キロちかいというから驚きだった。

「櫓はどうやってこぐのでござる。櫓棚《ろだな》もないようだが」

「ガレオン船に櫓はありません。帆船《はんせん》ですから風の力だけで航海《こうかい》します」

「しかし白庵どの、逆風のときにはどうするのでござる」

清正もど胆《ぎも》をぬかれ、呆《ほう》けたような顔で船を見上げていた。

「いくつもの帆を巧みにあやつり、向かい風でも前に進めるように作られているのです」

この帆走の技術と、船底に竜骨をもちいて巨大な船を建造する技術によって、スペインとポルトガルは大航海時代のさきがけとなり、世界中を植民地化していった。

スペインはコロンブスのアメリカ大陸の発見を契機《けいき》として西へ向かい、ポルトガルはバスコ・ダ・ガマのインド航路の発見を機に東へ向かった。

両者は東アジアにおいて再び出会い、激しい勢力争いをくりひろげたが、一五八〇年にスペインがポルトガルを併合し、「太陽の沈まぬ帝国」と称される超大国になったのである。

「イエズス会を追放すれば、スペインとも敵対関係になりかねません。殿がおおせられたように、きわめて慎重に交渉する必要があります」

白庵が改めて注意をうながした。

高虎もガレオン船の威容《いよう》を目の当たりにして、そのことを痛感していた。

こんな船で沖合いから砲撃されたら、海ぞいの城はひとたまりもないにちがいなかった。

13

一行は秀吉の使者であることを示す旗をかかげて上陸し、大浦にある教会をたずねた。

レンガ造りのひんやりとした教会の中で、黒い長衣を着た宣教師たちが出迎えた。

「それがしは羽柴中納言《ちゅうなごん》どのの家臣、藤堂高虎と申す。本日は関白殿下のご命令により参上いたした」

高虎は白庵に通訳をさせ、秀吉が発したバテレン追放令を承知しているかとたずねた。

「博多のガスパル・コエリュ師より連絡がありました。すべて承知しております」

上長らしい青い目の司祭が日本語で答えた。

「白庵先生は貴殿らの同朋《どうぼう》である。日本語で答えるにはおよばぬ」

「我らの同朋はイエズス会の者ばかりでございます。日本語は充分に分りますので、通訳の必要はありません」

イエズス会を脱会し、敵である秀長（フロイスは『日本史』にそう記している）の侍医になった白庵に対して、上長は強い反感を抱いていた。

「殿から白庵先生に通訳をたのむように命じられておる。行きちがいがないようにとの配慮ゆえ、ご承知いただきたい」

高虎は自分たちの任務について白庵に説明させ、イエズス会の協力を求めた。
一、長崎、茂木、浦上の教会領を没収して秀吉の直轄地とすること。
一、長崎のまわりにめぐらした城壁と砦《とりで》を破壊すること。
一、このたびの執行に対する科料《かりょう》(罰金)として関白に銀五百枚、執行吏である高虎らに銀五十枚ずつを渡すこと。
その上、長崎の宣教師たちはすみやかに平戸に移るようにという、きわめて厳しい命令だった。

「たしかにうけたまわりました」

上長は日本人の修道士《イルマン》に命令を書き写させ、我らからも二つの申し入れがあるので記録してもらいたいと言った。

「ひとつ。この命令は、昨年関白殿下が我々に約束された教会保護状に反しています。この保護状はインドのポルトガル政庁にも通達されていますので、深刻な外交問題を引き起こすでしょう」

上長が言う保護状とは、昨年三月十六日に秀吉が大坂城でコエリュと会見した際に与えたものだった。

その保護状で、秀吉はイエズス会に三つの特権を与えている。
一、日本国内における布教と居住の自由。
一、教会や修道院への軍勢の立ち入り禁止。
一、宣教師に対する課税や課役の免除。
上長が言うように、秀吉は二通の保護状を作製してイエズス会とポルトガルに与えている。これを一方的に破棄《はき》したのだから、両国の関係が悪化することはさけられなかった。

「もうひとつ。日本とポルトガルの関係が悪化すれば、西洋の商人たちが来航することはむずかしくなります。関白殿下は貿易だけを望んでおられるようですが、硝石や生糸を積んだ商船が殿下の港に来ることはなくなるものと思われます」

上長はおだやかな言い回しを用いたが、内容はおどしだった。

硝石の輸入を止められたら、どうやって戦うのかね。生糸を買い付けることができなければ、莫大《ばくだい》な損失になるだろうよ。

本音はそういうことである。

しかも殿下の港という表現が曲者《くせもの》だった。イエズス会を敵に回すなら、我々は秀吉の敵対者と取り引きをするという意味が込められているからである。

「申し入れは確かに記録いたした」

それを秀長に伝えると、高虎は約束した。

露骨なおどしだとは分っていたが、友好的な姿勢をくずさなかった。

「それではこれに署名をして下さい。コエリュ師からそのように命じられていますので」

上長が申し入れを記した日本語の書状を差し出した。

これをどう使うつもりか分らない。思いがけぬ罠《わな》に落とされる危険もあったが、高虎は署名をして花押を捺《お》した。

「我らの役目は関白殿下の命令をはたすことです。貴殿らに危害を加えるつもりはありません。それゆえ無用の血を流さずにすむように協力していただきたい」

「我々は迫害など恐れませぬ。たとえ命を絶たれようと、神のご意志に従います」

「私はあなたの求めに応じて署名しました。今度はあなたが私の求めに応じる番です」

「何ですか。その要求とは」

「我々がこれから長崎で行なうことを了解し協力する。そう記した書状に署名していただきたい」

「おお神よ。そんなことはできません」

上長が激しくかぶりをふり、胸の前で十字を切った。

「その書状がなければ、あなたの信徒たちは我々に抵抗しようとするでしょう」

そんな事態になったなら、老若男女を問わずなで斬《ぎ》りにせよという命令を受けている。そうした惨劇を防ぐためには、あなたの協力が絶対に必要なのだ。

高虎は淡々と事情を説明し、白庵に日本語とポルトガル語の書状を用意させた。

もし断わったなら、高虎は言った通りのことを容赦なくやりとげるだろう。上長はそう察したらしく、他の宣教師たちと相談した上でしぶしぶ求めに応じた。

「与右衛門どの、さすがです。見事な交渉ぶりでした」

教会を出ると、白庵が感激の声を上げた。

「バテレンが署名するのは、神に誓うことと同じです。これで今度の仕事はうまくいきますよ」

こんな交渉術をどこで学んだのだと誉《ほ》めあげたが、高虎は相手から署名を求められたので、同じ手で切り返しただけだった。

「あれほどすんなりと応じさせたのは、天性の才能ですよ。与右衛門どのの弁舌《べんぜつ》と気迫に、あの司祭はたじたじとなっていましたから」

「白庵先生はあの者たちがお嫌いなようでござるな」

「一人一人は好きです。信仰心に燃えた求道者《ぐどうしゃ》ばかりですから」

だがイエズス会のやり方にはついていけずに脱会し、かつての仲間から裏切者よばわりされるようになったのである。

白庵は教会の見える木陰に腰をおろし、その時の苦しみやかつての同僚への思いを語った。

「キリスト教徒には十字軍の歴史があります。聖地エルサレムをイスラム教徒の手から取りもどすための戦いでした。イエズス会の宣教師たちもこの歴史に影響を受け、自らをイエス・キリストの軍隊《コンパニャ》と考え、世界中へ布教に乗り出していきました」

それゆえイエズス会は軍隊とまったく同じ組織をとっている。上から下への命令は絶対で、下の者はひたすら服従しなければならないのである。

東アジアにおける最高司令官は巡察使のヴァリニャーノであり、日本国内の指揮をとっているのは副管区長のコエリュだった。

しかも彼らはキリスト教の布教のためという大義名分をかかげ、ポルトガルやスペインの植民地獲得に手を貸し、両国から支援を受けてきた。

その活動の中には、聖職者の名に値しない謀略も多かったのである。

「西洋ではイエズス会のことをジェズイットと呼びます。この言葉は詭弁《きべん》家や偽善者、隠謀家、二枚舌などという意味にも使われます」

そのような批判を受ける行動を、彼らは西洋ばかりでなく世界中で行ってきたのだと、白庵は目にうっすらと悔し涙を浮かべて言いつのった。

「与右衛門どの、ご覧下され。黒船が出て行きまするぞ」

清正が港をさして声を張り上げた。

港の沖に停泊していたガレオン船が、主帆を上げてゆっくりと動き出していた。動きながら前後の帆柱にも帆を上げていく。木綿で作った真っ白な帆が風を受けてふくらむさまは、まるで蓮《はす》の花が開いたようである。

それにつれて速度も上がり、港の口をめざして細い水路を真っすぐに進んでいった。

「何と、見事な」

高虎はガレオン船の帆走の技術の高さを、立場を忘れてほれぼれとながめた。あの船で世界中を駆け回っている者たちがいると思うと、こうして陸に立っている自分が置き去りにされているような気がしたほどだった。

「平戸へ向かっているのでしょう。長崎の教会が没収される前に、大事な書類や財宝を回収しに来たのです」

白庵が苦々しげにつぶやいた。

ガレオン船はイエズス会のものではない。ポルトガル海軍の司令官《カピタン》ドミンゴス・モンテイロの指揮下にあった。通称《つうしょう》カピタン・モールと呼ばれた男である。

モンテイロはガレオン船を平戸に停泊させ、秀吉と対面するために箱崎へ行っている。その間に船に残っていた部下たちが、イエズス会の求めに応じて書類や財宝を運ぶことにしたのである。

「あの黒船は、世界中の植民地を飛びまわる悪魔の翼です。関白殿下がバテレン追放令を出されたのも、あの船をめぐる交渉が決裂したためなのです」

昨年三月、大坂城でコエリュと対面した時、秀吉は朝鮮に出兵し明国まで征服するつもりだとはっきり表明した。

フロイスの記録によれば、その発言は次の通りである。

〈この日本国を弟の美濃殿（羽柴秀長）に譲り、予自らは専心して朝鮮とシナを征服することに従事したい。それゆえその準備として大軍を渡海させるために目下二千隻《せき》の船舶を建造するために木材を伐採《ばっさい》せしめている。なお予としては、伴天連《バテレン》らに対して、十分に艤装《ぎそう》した二隻の大型船《ナウ》を斡旋《あっせん》してもらいたいと願う外、援助を求めるつもりはない。そしてそれらのナウは無償で貰《もら》う考えは毛頭なく、代価は言うまでもなく、それらの船に必要なものは一切支払うであろう。（提供されるポルトガルの）航海士たちは練達の人々であるべきで、彼らには封禄《ほうろく》および銀をとらせるであろう〉（『日本史』）

この大型船こそ、高虎らが目撃したガレオン船だった。

実は秀吉がコエリュに教会保護状を出したのも、会談のさいに〈シナを征服した暁《あかつき》には、その地のいたるところにキリシタンの教会を建てさせ、シナ人はことごとくキリシタンになるように命ずるであろう〉と約束したのも、ガレオン船を手に入れたい一心からだった。

ジェズイットであるフロイスは明記していないが、コエリュは斡旋《あっせん》の求めに応じたにちがいない。そうでなければ、秀吉があれほど手厚い保護状を出すはずがないからである。

ところがドミンゴス・モンテイロはこの要求を拒否した。

天正十五年六月十九日に秀吉と対面し、ガレオン船を箱崎に回航《かいこう》するように求められたモンテイロは、今の季節に平戸から船を動かすのは危険だという理由で要求を拒否したのである。
この交渉の過程で、ポルトガル（この頃はスペインに併合されて従属国になってい
る）にはガレオン船を秀吉に渡す意志がないことが明確になったものと思われる。
スペインは秀吉を軍事的に支援し、マスケット銃を提供していたが、さすがに世界
最新鋭のガレオン船まで提供することには難色を示した。
そんなことをすれば、いつ日本が敵国となって襲いかかってくるか分からないからで
ある。
期待を裏切られた秀吉は、コエリュやフロイスを詰問《きつもん》して彼らが見込みのない約束
をしていたことに気付いたのである。
「そのために殿下はバテレン追放令を発し、イエズス会と手を切る決断をなされたの
です」
白庵はポルトガルの海軍士官たちとも付き合っているので、交渉の内情にも通じて
いた。
長崎での仕事は順調に進んだ。
高虎は前面に出ることを慎重にさけ、長崎六町の年寄り（有力町人）たちに、秀吉
の内意を記して秀長が署名した書状と任務に協力するという上長の司祭の書状を示し、

町民と交渉をしてくれるように頼んだ。

そのために目立った抵抗を受けることもなく、七月中頃にはすべての仕事を終えたのだった。

14

明日は博多に向けて出港するという日の夕方、加藤清正が小さな箱を持ってたずねてきた。

「与右衛門どの、今夜は降人《こうにん》になり申す」

清正は髷《まげ》をといてざんばら髪にしている。ようやく生えそろったひげまで剃《そ》り落として神妙な顔をしていた。

「そうか。まあ上がれ」

高虎は何も聞かず、多賀新七郎に酒の仕度を命じた。

「これは高麗の井戸《いど》茶碗というものだそうでござる。博多の道具屋で買ったものでござるが、お納めいただきたい」

清正が朝顔の花のような小ぶりの茶碗をさし出した。釉《うわぐすり》がほんのりと青みをおびて、いかにも涼しげだった。

「これは見事じゃ。さっそく使わせてもらおう」

「実は……、実は照葉どののことでござるが」

自分が嫁にもらいたいと秀吉に話したのだと、清正は額に大粒の汗を浮かべて告白した。

「すると秀吉さまは大いに喜ばれ、家康公の養女にして縁組みするように話を進められ申した。その話がこじれたために照葉どのが刈谷に蟄居《ちっきょ》されることになり、与右衛門どのにまで迷惑をかけることになったのでござる」

高虎が照葉を庇護《ひご》していることは知っていたが、気恥ずかしくて相談できなかったという。

わびているのは高虎に無断で話を進めたことばかりで、二人が心を通わせた仲だとは夢にも思っていないようだった。

「照葉どのに、惚《ほ》れたか」

高虎は井戸茶碗に酒をくみ、わしもそうだという言葉とともに腹に流し込んだ。

「惚れ申した。長久手《ながくて》の戦場で一目見たときから、忘れられぬのでござる」

清正はうらやましいほど正直だった。

「ならば嫁にしたいと思うのは当たり前じゃ。わしに気兼ねすることはない」

高虎は雨漏堅手を取り出し、今夜の思い出に受け取ってくれと言った。

「もったいない。このような高価なものを」

「値打ちは心が決めるものじゃ。虎之助のまっ直《す》ぐな心は、この茶碗の何倍もの価値がある」

二人は大きな顔を見合わせ、照れたように笑いあった。

空には月が出て、長崎港を金色に照らしている。高虎と清正はそれぞれの思いを胸におさめ、なおしばらく酒をくみ交わしていた。

第五章 消えた百万石

I

天正十九年(一五九一)の年が明けた。

三十六歳になった藤堂高虎は、大和郡山の屋敷で家族とともに新年をむかえた。

正室の芳姫や父の白雲斎虎高と暮らすようになって四年目である。九州征伐の功によって粉河《こかわ》城主に任じられたのを機に、但馬国《たじまのくに》大屋村の屋敷にいた妻と父を呼びよせたのだった。

父虎高は七十七の喜寿をむかえたが、ひと戦《いくさ》できそうなほど元気である。七十四歳で側室との間に子をなした時には、超人的な体力に驚いたものだ。

ところが当人は、

「お前がぐずぐずしておるゆえ、わしが代わりを務《つと》めたのじゃ」

と、平然たるものだった。

その子（後の正高《まさたか》）が四歳になる。高虎の子と言ってもいいほど年の離れた弟だった。

高虎にも子ができた。といっても実子ではない。主君の羽柴秀長が養子としていた仙丸を、養子としてもらい受けたのだった。

これにはいささか複雑な事情がある。

本能寺の変の後に、秀吉は丹羽《にわ》長秀《ながひで》と同盟して天下取りに乗り出した。その関係を強化するために、長秀の三男仙丸を秀長の養子とした。

ところが長秀が天正十三年に他界した上に、秀吉が九州征伐を終えて天下人としての地位を固めると、仙丸の存在意義（利用価値）はきわめて低くなった。

（このままでは、大和郡山百万石は他家の子供にくれてやることになる）

秀吉はそう思ったらしく、秀長に甥《おい》の秀保《ひでやす》を養子にして家を継がせるように求めた。秀保は姉の日秀《にっしゅう》の子で、秀吉が世継ぎにしようとしていた秀次の弟にあたる。秀保に大和郡山をつがせて秀次を補佐《ほさ》させれば、自分と秀長のように磐石《ばんじゃく》の体制をきずくことができると考えたのだった。

ところが秀長は反対した。

家をつがせる約束で仙丸をもらい受けたのに、今さら掌《てのひら》を返すようなことはできない。身内の信義を守れないで、どうして天下万民を信服させることができようかと、頑として拒否しつづけた。

困り果てた秀吉は、話の尻《しり》を高虎に持ち込んだ。

「このまま対立をつづけては、わしの体面にもかかわるでな。秀長を処罰せざるを得なくなるかもしれぬ」

幸いお前には子がないのだから養子にもらえと、秀吉は秀長の転封までにおわせて強引に縁組みを迫った。

高虎はこれに応じた。秀吉のおどしに屈したわけではない。秀長が兄への情と仙丸への信義の板ばさみになって苦しんでいるのを見かねたからだ。

この養子縁組みは思わぬ幸せをもたらした。子のない淋《さび》しさをかこっていた芳姫が、

「人の親になれるとは、夢にも思っておりませんでした。心にあかりが灯《とも》ったように幸せでございます」

そう言って九歳になる仙丸を実の子のように可愛《かわい》がったからである。

仙丸は無口で我の強い子だが、芳姫にはよくなついた。淋しさをこらえて生きてき

た芳姫の思いやり深い計らいが、早くから他家に養子に出されて孤独に耐えてきた仙丸の心をいやしたらしい。

丹羽長秀の血を引くだけあって、武芸の才質には充分すぎるほど恵まれていた。高虎が大人なみに手厳しく仕込んでも、歯をくいしばって立ち向かってくる。

二人は仙丸のおかげで父と母となる歓《よろこ》びを知り、夫婦としての絆《きずな》を取りもどすことができたのだった。

その仙丸も十三歳となり、元服をすませて藤堂高吉と名乗っている。正月の祝いの席にもつらなり、お屠蘇《とそ》を飲んで初々《ういうい》しく顔を赤らめていた。

「わしはもう思い残すことはない」

虎高が白いひげをさすりながらつぶやいた。

「お前が元服した時、わが藤堂家の名をあげてくれると信じて高虎と名付けた。その期待以上のことを、お前はなしとげてくれたよ」

「気弱なことをおおせられるな。父上にはまだまだ当家の留守役をつとめていただかねばなりませぬ」

「その役なら、この高吉が立派にはたしてくれよう。いつまでも永らえては、奥方の手をわずらわせるばかりじゃ」

「お世話になっているのはこちらでございます。いつまでもお元気であられますように」

芳姫が前に回って酌《しゃく》をした。

娶《めと》って十年になる。少し太ってあごが二重になっているが、その分性格にも余裕と丸みが出てきたようだった。

「ところで、宰相《さいしょう》さまのご様子はどうじゃ」

虎高が秀長の容体を気づかった。

秀長は二年前から胸の病《やまい》をわずらっていて、昨年の小田原征伐にも出陣できなかった。

年末にはさらに病状が悪化し、寝たきりの日々がつづいていた。

「白庵先生は肺の病だと言っておられます。春になれば体も楽になるそうですが」

今年の厳しい冬を越せるかどうか危うい状態だという。

「今のお前があるのも宰相さまのおかげじゃ。替われるものならこの命を取ってもらいたい」

虎高は声を詰まらせ、老いの目に涙をうかべた。

翌日、秀長の小姓をつとめる小堀政一《こぼりまさかず》（後の遠州《えんしゅう》）がたずねてきた。

高虎と親しい正次《まさつぐ》の嫡男《ちゃくなん》で、一度会っただけで客の顔と名前を覚え込むほど記憶力がすぐれている。高虎はその才能を見込み、小姓に取り立てるように秀長に推挙《すいきょ》したのだった。

「松の内ではありますが、早々に登城せよとの御意にございます」

「ご容体が悪化したか」

「いえ、今朝は粥《かゆ》を食され、お健《すこ》やかなご様子でございます。内々に頼みたいことがあるとおおせでございます」

2

高虎は客との対面の予定をすべて取り消し、大和郡山城に駆けつけた。

高虎が手がけた平城で、本丸、二の丸、三の丸を同心的に配している。特長的なのは、三の丸の中に城下町を取り込み、周囲に外堀をめぐらしていることだ。

城と城下町、為政者と住民とが一体となった城塞《じょうさい》都市で、大坂、堺《さかい》、奈良からの道が城下町と効率よくつながっている。

秀長の意向で本丸や二の丸の石垣を低くしていかめしさをさけているが、その分内堀と中堀を広々ととって敵の侵入を防いでいた。

秀長は本丸の奥御殿に伏していた。

二年あまりも闘病生活がつづき、哀れなほどにやせている。顔は青ざめ、あごのひげが脱色したように半透明になっていた。

「与右衛門、おめでとう」

か細い声で新年の祝儀をのべる秀長を見ると、高虎は胸が一杯になって何も言えなくなった。

枕辺《まくらべ》には白庵が神妙にひかえている。西洋医学の知識を駆使《くし》した治療をほどこしたにもかかわらず、小康《しようこう》状態をたもつのが精一杯なのである。

今日なら肺結核《はいけつかく》、あるいは肺ガンと診断される病のようだった。

秀長は手を弱々しくふり、白庵に席をはずすように伝えた。

「文机《ふづくえ》の引き出しに……」

書状があるので読めと言った。

高虎は物音をたてるのもはばかって、引き出しから書状を取り出した。唐入り（朝鮮出兵）の中止を求める嘆願書だった。

秀吉はイエズス会の宣教師ガスパル・コエリュに豪語したように、来年にも朝鮮に大軍を進攻させようとしている。

天下統一も検地も刀狩りも、唐入りを念頭においた総動員態勢作りだったが、いよいよ具体的な出兵準備にかかろうとしていたのである。

秀長は早くからこれに反対していた。

第一に両国に攻め込む大義がない。第二に緒戦に勝っても、兵員と兵糧《ひようろう》、弾薬の補給がつづかなければ敗北する。第三に民百姓に大きな負担を強い、国土は疲弊《ひへい》するばかりである。第四に豊臣家は信望を失い、諸大名からも見離される。

まるで未来を予見したかのように的確な指摘をして諫《いさ》めたが、秀吉は聞く耳を持たなかった。

そこで書状にしたため、大坂城を訪ねて最後の諫言《かんげん》をしようとしていたのである。

「だが、わしだけでは如何《いかん》ともしがたい。そこで宗易《そうえき》どのの力を借りたいのだ」

この書状を千利休(宗易)に見せて、賛同の署名を集めてもらいたい。関白の威光《いこう》を恐れて口を閉ざしている諸大名が、内心では唐入りに反対していることを知れば、兄者の考えも変わるかもしれないというのである。

「もはや長くは生きられぬ。この身に代えて唐入りを止めることができるなら、打ち首にされても本望だ」

秀長は力をふり絞って体を起こし、力を貸してくれと手を合わせた。

意識がもうろうとして、目の前に利休がいると錯覚《さっかく》したようだった。

「承知いたしました。かならず」

身命を賭《と》して利休を説得すると、高虎は覚悟を定めて都へ向かった。

利休は聚楽第《じゅらくだい》に住んでいた。

彼の仕事は茶頭《さどう》として秀吉に仕えるだけではない。茶席での交遊や人脈をいかして諸大名の取り次ぎ役をつとめ、政権の方針を左右するほど大きな力を持っていた。

そのことを伝える格好の史料がある。

先に記した九州征伐の直前、豊後（大分県）の大友宗麟《そうりん》は大坂城をたずねて秀吉に救援を乞《こ》うた。

その時美濃守秀長が次のように言って見送ったと、国許《くにもと》の家臣に書き送っている。

〈手をとられ候《そうらい》て、何事も何事も、美濃守此《かく》の如《ごと》く候間、心安かるべく候。内々の儀は宗易、公事《くじ》の儀は宰相（秀長）存じ候。御為《おため》に悪しき事は、これ有るべからず候〉

秀長は宗麟の手を取って、何事も自分が承知しているので、不利になることは決してしないと確約したのである。「内々の儀は宗易、公事の儀は宰相」という表現は、この二人が豊臣政権を支える両輪であったことを示している。

秀長が利休に協力を求めたのは、こうした親密な関係があったからだった。

聚楽第の屋敷につくと、待合いに通された。正月のこととて来客も多いだろうと覚悟していたが、利休はすぐに応対に出た。

七十歳になるが目の鋭さを失っていない。禅の高僧のような恬淡《てんたん》さと、天下を牛耳る凄《すご》みをあわせ持っていた。

「そちと小間《こま》にいると息苦しいのでな」

めずらしく八畳の茶室に案内した。

中央に釜《かま》を吊《つ》った広々とした部屋で、四方に障子戸が立ててある。和紙を通したやわらかな光が茶室を満たし、かすかに松籟《しょうらい》が鳴っていた。

「たまにはそちが点《た》ててくれ。茶などつまらぬものじゃ」

そう言うなりごろりと横になった。

体はくつろいでも目は光っている。高虎は相変わらずだと苦笑いしながら点前《てまえ》畳についた。

すでに道具一式組んである。茶碗は楽《らく》の黒だった。

黒くつややかな表に、赤っぽい地肌の色がかすかに浮いている。それが障子を通った光に照らされ、深い味わいをかもしだしていた。

「殿からの書状でございます」

点前の間に目を通してもらいたかったが、利休はじろりと書状をにらんだだけだった。

巨漢の高虎には、楽の茶碗は少々窮屈である。いつもは茶筅《ちゃせん》の先に力がこもらない感じがするが、この日は不思議なほどうまく点てることができた。

「皆伝《かいでん》じゃ。自服《じふく》してみるがよい」

利休は点前の姿と茶の香りだけで味が分るようだが、高虎は不満だった。

「喫《きっ》してはいただけませぬか」

「腹具合がわるくてな。近頃嫌なことばかりつづく」

だからその書状も見たくないのだと、利休は寝そべったまま腹をさすった。

「殿は明日をも知れぬご容体でございます。ぜひともお願い申し上げます」

「早く飲め。茶がくさる」

利休は怒った。点てた茶は刻々と味と香りを変えるのである。

高虎はひと息にすすった。我ながら、にんまりするほどのできだった。

「唐入りをやめよと、記されておろう」

利休は書状を見なくても内容を察していた。

「さようでござる。関白殿下に直訴なされるゆえ、ご同意なされる方々をつのっていただきたい」

「宰相どのは死神じゃな。わしをあの世の道連れにしようとしておられる」

「殿はこの国を生かそうとしておられるのでござる」

「殿下が聞く耳を持たれると思うか。たとえばその茶碗がよい例じゃ」

秀吉は楽の黒を嫌っている。それを知りながら茶席に出したなら、即座に茶頭の地位を奪われるだろう。

「今の殿下は、それほど頑《かたく》なになっておられる。こんなことに手を貸したなら、わしの首は明日にも小便担桶《しょんべんたご》に蹴込《けこ》まれるだろうよ」

利休がそう危惧《きぐ》するほど、豊臣政権内での二人の立場は弱まっていた。

秀長が病に倒れ、利休が年老いたこともその傾向に拍車をかけたが、最大の原因は秀吉が石田三成ら淀殿派の近臣たちを重用し、彼らの意見を優先するようになったことだ。

この頃、秀吉は明らかに変質している。

天下統一をなしとげた頃の戦略の冴《さ》え、家臣ばかりか庶民まで魅了《みりょう》したおおらかで人情味のある人柄は影をひそめ、晩節《ばんせつ》を汚す行いばかりが目立つようになっていた。

原因は淀殿である。

いつぞや加藤清正は淀殿の力量と野心を恐れ、秀吉が手玉に取られるのではないかと危惧していたが、彼女はそれ以上のことをやってのけた。

絶世の美女とうたわれたお市の方ゆずりの美貌《びぼう》を武器にして秀吉の側室におさまると、石田三成、長束正家《なつかまさいえ》ら浅井家ゆかりの秀才たちに目をかけ、豊臣家の中に官僚派と呼ばれる一派を形成して勢力を拡大していった。

淀殿は経済面でも卓越《たくえつ》した手腕を発揮した。浅井家に出入りしていた近江商人たちを大坂に呼び集め、彼らの力を借りながら大胆な経済政策を実行していった。

すでに手元には秀吉が集めた何百万両という金がある。これを大坂や堺、博多などの商人に貸しつけ、きっちりと利息をとった。

また、配下の武士や商人を東南アジアに派遣し、生糸や硝石《しょうせき》などの買いつけをおこなわせた。

この時期に東南アジアに多くの日本人町ができたのは、淀殿や秀吉のこうした政策に後押しされてのことである。

その上、慶長金銀とよばれる貨幣の鋳造《ちゅうぞう》までおこなった。

この権利をにぎれば、正味八両しかない金《きん》を十両大判として流通させることも可能だから、金《かね》はいくらでも捻出《ねんしゅつ》することができる。今日にたとえるなら、銀行と商社をいとなむかたわら、日本銀行の総裁までつとめるようなものである。

豊臣家はこうした政策によって前よりいっそう強大な権力と経済力を持つようになったが、淀殿には大きな不安があった。

年老いた秀吉が他界したなら、自分は即座に権力を失い、元側室の地位に叩《たた》き落とされる。せっかく手に入れた天下を、みすみす他の者に引き渡さざるを得なくなるのである。

（今さら、そんなことができるものですか）

淀殿は戦国の修羅場《しゅらば》を生き抜いてきたしたたかさを発揮し、秀吉の世継ぎを生み、豊臣家の後継者の生母の地位を手に入れることで、この問題を乗り切ろうとした。

ところが秀吉は、子をなす能力に欠けている。そこで淀殿は他人の種をやどして出産し、この子を世継ぎにすることを秀吉に了解させた。

今日では考えられないようなことだが、貴種の閨《ねや》に娘を上げて種をいただくことが普通におこなわれていた時代である。それゆえ秀吉も淀殿の願いを聞き入れ、これぞと見込んだ男を奥御殿に送り込んだものと思われる。

秀吉にとって淀殿はただの側室ではない。主君信長の姪《めい》であり、あこがれのお市の方の娘である。この女が生んだ子にならば、自分が一代できずき上げた天下をくれてやっても惜しくはない。そう考えたのも、あるいは無理からぬことだったのかもしれない。

しかも秀吉は何の屈託もなく生まれた子を我が子として受け容《い》れた。そのことは鶴松の死を深々と悲しみ、秀頼を溺愛《できあい》したことからもうかがえる。

だがこうした決断に、世論はそれほど好意的ではなかった。

鶴松が生まれた時から、あれは秀吉の子ではないという噂《うわさ》が飛び交い、実の子でもない者に家を継がせようとする秀吉への批判が高まったと、宣教師や大名家の記録は伝えている。

このことに精神的に追い詰められた秀吉と淀殿は、富と権力をいっそう集中し、誰にも指一本ささせない強力な独裁体制をきずき上げようとした。

こうした政策をとる二人にとって、朝鮮出兵はリスクをおかす価値のある賭《か》けだった。

戦時体制の構築を理由にいっそう中央集権化をおし進めることができるし、出兵する大名や兵站《へいたん》をまかなう商人たちに金を貸しつけることで、あらたな利息を手に入れることができるからである。

「わしにも一服《いっぷく》点ててくれ」

利休がしぶしぶ秀長の書状に目を通し、主客の席についた。高虎は雑念をふり払い、心を込めて茶を点てた。こうして師匠のために茶を点てるのは、これが最後になるような気がした。

「やはり体力の差やな。わしの茶よりうまい」

体が弱ると昔のように茶筅がふれぬと、利休はひとしきり愚痴《ぐち》をこぼした。

「宗匠は唐入りに賛成でござるか」

高虎は強引に話をもどした。

「阿呆《あほ》ぬかせ。誰があんなもんに賛成するか」

「ならば殿に力を貸して下され。明日をも知れぬご容体なのでござる」

「わしとて命が惜しい。欲もある。死神とは仲良うしとうないんや」

「それがしは毎朝寝床を出る時、その日に死に番がまわってくるものと覚悟しております。詳しくは存じませぬが、禅でも祖仏《そぶつ》共に殺すという言葉があると聞きました」

「あるで。だから何や」

「生死を離れて事をなしてこそ、禅の教えにも茶の道にもかなうのではございませぬか」

祖仏共に殺すとは、仏に逢《あ》っては仏を殺し、祖に逢っては祖を殺す、何物にもとらわれぬ大自在の境地を表す言葉だった。

「よう知らんくせに、きついこと言いよるな」

利休はしばらく茶の残り香を楽しんでから、今度秀吉の茶会でこの黒茶碗を使うと言った。

「それでは大名衆にも」

「茶会に招いて同意を求める。殿下も死神も共に殺したろやないか」

ただし唐入り反対と言えば皆が後難を恐れて尻込《しりご》みするので、別の名目を立てて賛同を求める。秀長にもそう心得てもらいたいと言った。

「別の名目とは何でござろうか」

高虎はうるさがられることを承知でたずねた。

「関白いうもんは、この国の柱石や。在任中は都から離れんのが、昔からの仕来りになっとる」

それゆえ秀吉にも、天下の安泰のために京都から離れないように願い出るのである。これなら秀吉の方針に真っ向から反対することにはならないし、後で責任を追及されても申し開きができる。

だが、秀吉は陣頭に立って唐入りの指揮をとると言っているのだから、実質的には唐入りに反対するのと同じだった。

3

翌日から利休は、唐入りに内心反対している大名たちを茶会に招き、秀長の内意を伝えて協力を求めた。

大名の中には、いち早く秀吉に注進《ちゅうしん》におよんで点数をかせごうとする者もいる。不審をもった秀吉は、一月十三日に前田利家《としいえ》と施《せ》薬院全宗《やくいんぜんそう》をつれてふいに利休の屋敷をたずねた。

「茶など飲ませてもらおうか」

有無を言わさず小間《こま》の茶室に上がり込んだ。

利休はいつもの通りもてなしたが、楽《らく》の黒茶碗を使っている。高虎に言ったとおり、命を賭して諫言するという決意を示したのだった。

「何やら大名どもに賛同を求めていると聞いたが」

この茶碗にも意趣《いしゅ》をふくめたかと、秀吉は手に取ろうともしなかった。

「今日の雪景色に、この黒はよく映えまする。よいと信じる道具でもてなすのは、茶の道の基本でございます」

「客が好かぬと分っていてもか」

「好き嫌いは変わるものでございます。いつの日か殿下にも、この趣向《しゅこう》が気に入っていただけるものと信じております」

「さようか。さすがは天下一の目利《めき》きよな」

秀吉は茶碗を手にとって温《ぬく》みと香りを味わったが、口をつけようとはしなかった。

「朝鮮には千という姓があるそうだな」

茶碗をおいて急に話をかえた。

「そのように聞いております」

「そちの先祖はその一門だと聞いたが、まことか」

「当家の姓は田中でございます。千家を名乗るようになったのは、数代前の千阿弥《せんあみ》からだと聞いております」

「さようか。ならばよい」

秀吉は赤の楽茶碗でもう一杯所望した。

「近頃はあらぬ噂を告げに来るハエのような連中がおる。そちが朝鮮の茶碗ばかりを重んじるのは、先祖が向こうの出だからと言うのじゃ」

だがそれは中傷にすぎなかったようだと、秀吉は唇を引きつらせて薄く笑った。

用件はそれだけである。赤楽の茶を機嫌よく喫して帰っていったが、余計なことをするなと警告に来たのは明らかだった。

利休は屈しない。

一月十五日の朝には毛利輝元と安国寺恵瓊《あんこくじえけい》、昼には大友義統《よしむね》、十六日の昼には佐竹義宣《よしのぶ》、十七日の朝には小西行長の父隆佐《りゅうさ》らを茶会に招き、秀長への協力を求めた。

利休の『茶会記』には、その様子がつぶさに記されている。

十七日の昼過ぎ、高虎は利休の屋敷をたずねた。

「明日、殿は関白殿下と対面なされます」

そのために夕方には上洛《じょうらく》する。根回しが足りないことは分っていたが、病状が悪化するのでこれ以上待てなくなったのだった。

「さようか。これが連署状じゃ」

利休がきつく封をした書状を差し出し、自分も同行すると言った。

「わしと宰相どのを信じ、家運《かうん》を賭《と》して名を記していただいたのじゃ。この目で見届けねば相済《あいす》むまい」

翌日の午後二時、高虎は衰弱《すいじやく》した秀長を抱きかかえるようにして聚楽第にのぼった。利休も連署状をふところに入れ、愛弟子《まなでし》の山上宗二《やまのうえそうじ》の遺髪をにぎりしめて従っていた。

宗二は秀吉に無礼な諫言《かんげん》をした科《とが》で、小田原攻めの陣中で殺された。耳鼻をそいだ上で殺すという残忍きわまりない刑である。

これを止めることができなかった慚愧《ざんき》が、利休に秀長への協力を決意させたのかもしれなかった。

大広間でしばらく待つと、石田三成が上座の障子口から入ってきた。

「ご上意にござる。用件をうけたまわりたい」

「対面の許しは得てある。兄者に会って直《じか》に申し上げる」

秀長は高虎に支えられてかろうじて座っている。声もあわれなほどか細かった。

「何とおおせられましたかな。よく聞こえませぬが」

「殿下のお許しは得てあるとおおせじゃ。早々に案内していただきたい」

高虎は悔しさのあまり大声を張りあげた。

「ご用件をうけたまわるようにとの、ご上意でござる」

三成は落ち着き払ってくり返した。

「兄者に唐入りをやめていただくよう進言に来たのじゃ」

秀長が懸命に声をふりしぼり、同意する大名たちの連署状もあると言った。

利休の苦心《くしん》も台無しだが、命が旦夕《たんせき》に迫っていて、もはやそんなことに構っていられなかったのである。

「それでは連署状を見せていただきたい」

「兄者に直に渡す。他の者には見せられぬ」

「拝見するつもりは毛頭ござらぬ。渡していただかねば、殿下にお伝えすることができぬゆえ申しております」

三成は少しの動揺もみせずに言い放った。

「用件は伝えた。対面の許しも得てある。それでも取り次がぬまま、このわしを死なせるつもりか」

秀長が鋭い気迫をこめて一喝した。

三成はしばらく思案してから取り次ぎに立ったが、秀吉との対面はかなわなかった。

「今朝からお加減《かげん》が悪く、床に伏しておられます。治り次第対面するゆえ、知らせを待てとのご上意でございます」

上意と言われれば反論のしようがない。それが本当かどうか確かめる術《すべ》もないまま引き下がらざるを得なかった。

大広間を出て長廊下を歩いていると、中庭の向こうの離れ座敷から秀吉のはしゃぐ声が聞こえてきた。

「どうどう、はいどう。待て待て待て」

四つんばいになって馬になり、鶴松を背中に乗せて淀殿を追っていた。

あでやかな絹の着物をきた淀殿は、手を打ち鳴らし裾《すそ》を乱して逃げている。それを追って広い座敷を走り回っていた。

まるでわざとのように障子を開け放っているので、三人の様子は丸見えである。

淀殿も見られていることに気付いたようで、足を止めて軽く会釈《えしやく》したが、その顔には勝ち誇った冷ややかな笑みを浮かべていた。

秀長と利休は哀《かな》しげに顔を見合わせ、無言のまま先を急いだ。

「宗易どの、こたびはまことに」

玄関先で秀長はそう言いかけ、喉《のど》をつまらせて激しくせき込んだ。

袖《そで》で口を押さえてこらえたが、そこには血が赤黒いしみを作っていた。

「殿……」

高虎は秀長を抱きかかえ、二の丸の屋敷に運び込んだ。

医師の白庵が、万一にそなえて屋敷に詰めていたが、秀長の容体をみて悄然《しょうぜん》と首をふった。もはや手のほどこしようがない。できるのは神に祈ることだけだという。

「与右衛門、大和郡山へ……」

連れて帰ってくれと、秀長が目で訴えた。最期《さいご》は自分の城で迎えたいというのである。

4

輿《こし》と川船を乗りついで、夕方には大和郡山城にたどりついた。

聚楽第のような派手さはないが、静かな気品に満ちた城である。芽吹きはじめた木々とすみきった水が、哀しみに沈んだ一行をやさしく迎えた。

秀長はすでに意識を失い、昏睡《こんすい》状態におちいっている。奥の寝所に横たえると、高虎は数日の間一睡もせずに容体を見守った。

天がこの殿の命を召すのなら、自分も黄泉《よみ》の国まで供をする。馬の口取りをして、地獄の鬼どもを追い散らしてくれよう。何かに復讐《ふくしゅう》でもするようにひたすらそう思いつづけていた。

一月二十二日の明け方、

「閻魔《えんま》どのかと思うたが、与右衛門のようじゃな」

意識を取りもどした秀長が、そう言って笑いかけた。不思議なくらいしっかりした声だった。

「喉がかわいた。水をくれ」

白庵が吸い口のついた筒を横から差し出した。

側には利休もいて、秀長が好きな香をたやさず焚《た》きつづけていた。

「宗易どの。こたびはかたじけのうござった」

「お気にかけられるな。正しいと信じたことをしただけでござる」

「この先までは、お引き受け下さるまいな」

「お約束はできかねるが、我が道をゆくばかりでござる」

二人は禅問答のようなやり取りをして涼やかに笑った。

「与右衛門、そちは秀保を一人前に育て上げてくれ」

秀長の養子となった秀保は、まだ十三歳である。その後見役として、大和郡山百万石が立ちゆくように梶《かじ》をとれというのである。

「困ったことがあれば、家康どのに相談するがよい。あのお方もそちを見込んでおられるゆえ、決して悪いようにはなさらぬはずじゃ」

「そのような大役、とてもそれがしには」

「そちならできる。そち以外に頼める者がおらぬのじゃ」

そこまで見込んでの頼みだが、高虎は応じる気にはなれなかった。

「お許し下され。それがしはどこまでも殿のお供をさせていただきとうござる」

「追い腹を切ると申すか」

秀長がじろりとにらんだ。

戦場に出ていた頃のように今にも鉄拳《てっけん》が飛んできそうな鋭さだが、秀長はしばらく高虎を見つめてから深いため息をついた。

「変わらぬな。そういうところは」

仕方なげに言ったものの、殉死を許そうとはしなかった。領民の幸せのために生きるのが、上に立つ者の務めだというのである。

「この十五年、そのことばかりを教えてきたつもりであった。分ってくれたと思うていたが」

「分っており申す。分ってはおりまするが……」

「ならば、なぜ領民のために生きようとせぬ。そちが跡を引き受けてくれれば、わしは何の気がかりもなく旅立つことができるのだ」

秀長はやせ細った手をさし伸べ、我ままを言うなとなだめるようにひざ頭《がしら》をなでた。

高虎はその手をおしいただき、声を押し殺して泣いた。

やがて夜が明け、秀保、高吉、小堀政一や重臣たちが駆けつけた。秀長は一人一人に言葉をかけ、皆で力を合わせて家を守るように遺言した。

次の間には妻（智雲院）や娘のおきく（秀保の妻）、重臣の正室たちが控えていた。

秀長は妻と娘に長のいとまを告げた後、芳姫を枕許《まくらもと》に呼び寄せた。

芳姫はどうしたものかと高虎をうかがってから召しに応じた。

「顔が見えぬ。もう少し近う」

秀長は間近まで招き寄せて小さな声でささやきかけた。

芳姫は恐れ入って深々と頭を下げたが、何を言ったかは他の誰にも分らなかった。

その日の午前十時頃、秀長は黄泉《よみ》の客となった。

行年五十一歳。秀吉を陰でささえつづけた誠実きわまりない男の、早すぎる死だった。

それから数日の間、高虎は葬儀や弔問客の対応に追われ、秀長の死を受け容《い》れるいとまもないほど多忙をきわめた。

幼主秀保の後見役としてすべてを落ち度なく取り仕切らねばならぬと気を張り詰め、食事をとることさえ忘れていた。

ようやく手が空いたのは、翌月の閏《うるう》一月になってからである。だが頭にも胸にもぽっかりと穴があいて、何をする気にもなれなかった。

秀長と初めて会ったのは二十一歳の時である。故郷の藤堂村に引きこもり、この先どう生きるべきかと考えていた頃、宮部継潤《けいじゅん》が秀長と引き合わせてくれた。三百石という破格《はかく》の待遇で召しかかえた上に、新設したばかりの馬廻り衆の頭に抜擢《ばってき》した。

それ以後、播磨《はりま》の三木城攻めや但馬国の平定戦、伯耆《ほうき》の鳥取城攻め、備中高松城攻めなど、秀長とともに休む間もなく戦場を駆け回り、二十七歳のときに本能寺の変に遭遇《そうぐう》した。

明智光秀との山崎の戦い、柴田勝家との賤《しず》ヶ岳《たけ》の戦い、徳川家康、織田信雄との小牧、長久手の戦い、紀州攻め、四国征伐、九州征伐……。

秀吉の天下平定のための戦いがつづき、昨年の小田原征伐と奥州平定によってようやく決着がついた。

秀吉は北条氏の封地だった関東六カ国を家康に与えて中央から遠ざけ、信雄を改易して織田家の影響力を排除し、小牧、長久手の戦い以来の懸案《けんあん》を解決した。そうしてようやく人心地がついたというのに、秀長はその果実を味わうことなく世を去ったのである。

その早すぎる死が、無性に悔しかった。

秀長がいたから、高虎は天下に名を知られる武辺者《ぶへんしゃ》になることができた。秀長のみちびきがあったから、人の上に立つ者としての生き方を身につけることができた。秀長の引き合わせによって利休や白庵、大和大工の中井正清《まさきよ》らと知り合うことができた。

(あの殿を失って、これからどう生きていけばいいのか)

高虎の喪失感《そうしつかん》はあまりに大きく、内臓を抜き取られたように腹に力が入らなかった。

その間にも季節は移り変わっていく。中庭の雪はいつの間にか消え、梅が咲き、うぐいすが舌たらずの声をあげるようになっていた。

「落雁《らくがん》をいただきましたので、どうぞ」

芳姫が抹茶とともに差し出した。

芳姫は近頃点前《てまえ》の腕を上げている。奈良の茶屋がひいた抹茶は、ほどよい苦味とまろやかさがあった。

茶の味は、心を伝えるものである。高虎は芳姫のいたわりを感じ、ふと最期の日に秀長が妻に何かをささやきかけたことを思い出した。

「あの時、殿は何とおおせられたのだ」

「もったいないお言葉でした。申し上げてもよろしいでしょうか」

芳姫が色白の顔を恥ずかしげに伏せた。

「聞かせてくれ。殿のお言葉を」

「自分が与右衛門を使いすぎた。それゆえお前に淋《さび》しい思いをさせたと、そうおおせでございました」

不本意なことも多かろうが、これからも与右衛門を支えてやってくれ。あれは案外淋しがり屋なのだ。そう頼んだという。

「殿が、そのような……」

気づかいをしてくれたのかと、高虎の胸に熱いものがこみ上げてきた。

「こうしてお側《そば》にいられるだけで、わたくしは幸せでございます。殿さまにそう申し上げました」

「すまぬ。わしはこのように愚かな男じゃ」

高虎は拳《こぶし》をにぎりしめてすすり泣いた。

これまでこらえていた悔しさや淋しさが一度にせり上がり、感情を押さえきれなくなった。

吹きくる風はまだ冷たい。長々と泣きつづけて冷えきった体を、温かいものがふわりと包んだ。芳姫が肩から小袖をかけ、背中にそっと寄りそったのだった。

5

高虎のもとには、秀長の死をいたむ弔辞《ちょうじ》がいくつもとどいた。

中でも徳川家康の正月晦日《みそか》付の書状は、秀長に対する家康の敬意ばかりか、高虎への思いやりにあふれた丁重なものだ。

その内容は、およそ次のとおりである。

「たびたび飛脚をもって便りをしましたが、今まで帰って参りませんでした。御煩《おんわずら》いはどうか承《うけたまわ》りたく存じます。私も早く上洛《じょうらく》するつもりでおりましたが、伊達政宗上洛の儀《ぎ》について重ね重ね仰せ付けられたことがあって遅れてしまいました。政宗もすぐに上洛するとのことですから、私も来月三日にこの地を発《た》ち、上洛するつもりでおります」

秀長を失った後、高虎が病みつくほどに落ち込んでいたことを、家康は知っていた。

そうして上洛が遅れ、弔問におとずれることができなかったことを言外にわびている。

家康は秀長亡《な》き後の大和郡山家の行く末を案じ、高虎が一日も早く回復することを願っていたのである。

秀長の死は、高虎にもうひとつの不幸をもたらした。

茶道の師である利休が、淀殿や三成らの標的にされて切腹に追い込まれたのである。

問題が起こったのは、秀長の死からわずか一カ月後の閏一月二十二日だった。

大徳寺の山門の楼上に利休の木像が安置してあるが、これは身の程をわきまえぬ所行であるという非難が巻きおこった。

時を同じくして、利休は新儀の茶道具を高値で売りさばき、暴利《ぼうり》をむさぼっているという批判の声もあがった。

これは利休を追い落とすためのデッチ上げである。

山門に木像を安置したのは利休ではなく、大徳寺が山門の造営に尽力した利休に感謝するためにしたことだ。しかも安置したのは二年も前なのである。

また、利休が新儀の茶道具を高値で売ったという批判も、正当なものではない。

茶道具の大半は他の道具を転用することから始まっていて、たとえば高麗茶碗などは生活雑器として用いられていたものを茶道具としたケースが多い。

こうした何でもない品々に芸術性を見出《みいだ》し、茶道具として新たな命を吹き込むことが目利《めき》きとか目明きと呼ばれた茶人たちの力なのである。

その価値に賛同した者だけが道具を買い求め、伝来と呼ばれる履歴《りれき》を重ねていく。それゆえ道具をいくらで売買するかは、まったく売り手と買い手の問題で、公的に批判される筋合いはない。

だが三成らはこの二点をスキャンダルとして告発し、利休批判の大々的なキャンペーンをくりひろげた。思い上がった所行、暴利をむさぼる売僧《まいす》と言えば、部外者や庶民の耳にも届きやすいからである。

しかも秀吉のもとで絶大な権力をふるう利休に対して嫉妬《しっと》や反感を抱《いだ》いていた者も多かったらしく、三成らの工作に応じて内部告発をする者が次々とあらわれた。

秀吉はこれを正そうとするどころか、例によって淀殿の言いなりである。

かくて利休は、どうあがいても逃げられない状況に追い詰められたのだった。

二月十三日、利休は堺に下って蟄居《ちっきょ》するよう命じられた。

二月二十五日、利休の刑は確定し、大徳寺の山門に安置していた木像が、一条もどり橋で磔《はりつけ》にかけられた。

〈木像の八付《はりつけ》、誠に前代未聞《みもん》の由《よし》、京中に申す事に候《そうろう》。見物の貴《き》賤《せん》際限《さいげん》無く候〉

上洛中だった伊達家の家臣は、国許《くにもと》にそう書き送っている。

木像のかたわらには、利休の罪状を記した高札をかかげていたが、その文章は〈おもしろき御文言、あげて計《かぞ》ふべからず候〉というから、面白おかしく扇情《せんじょう》的なことを書きつらねていたのだろう。

翌二十六日、利休は上洛を命じられ、京都葭屋《よしや》町の屋敷に入った。まわりを上杉景勝の軍勢三千が取り巻くほどの物々しさだった。

二月二十八日、利休は弟子の蒔田《まきた》淡路守《あわじのかみ》の介錯《かいしゃく》によって切腹した。行年七十歳。この日は洛中に大雨がふり、雷鳴もとどろき、直径一・五センチものひょうがふった。

辞世の偈《げ》は、「人世七十《じんせいしちじゅう》　力𡇈《りきい》希《き》咄《とつ》　吾這宝剣《わがこのほうけん》　祖仏共殺《そぶつともにころす》」である。

七十年の人生を終えんとする今、気合はみなぎっている。生涯の修行によって、迷いも欲もない解脱《げだつ》の境地に達したのだから悔いはない。およそそんな意味だと思われる。

利休処刑の真の原因は、淀殿や三成ら中央集権派、唐入り推進派との権力闘争に敗れたことだ。三成らは秀長の死を好機とみていっきょに反対派をつぶしにかかったが、利休はその生け贄《いにえ》にされたのである。

6

秀長が病没する間際《まぎわ》まで唐入りを止めようとしていたことは、『武功夜話』（偽書《ぎしょ》という説もあるが、今は触れないでおく）にも記されている。

秀長は唐入りを中止する手立てはないかと前野但馬守長康《ながやす》に相談し、次のように語ったという。

〈それがし直々に兄者にも申し上げ奉《たてまつ》り、いま天下治《おさま》りはたまた諸国の百姓、諸職《しょしき》只管《ひたすら》平穏なるを乞《こ》い願い、殿下の威徳《いとく》に感服致すなり。当今一時の怒りに任せ不徳の御仕置き等《など》これあり候いては、天下人の所為には非《あら》ずなり。剰《あまつさ》え武張り外国まで切り従え大軍を相催《あいもよお》す愚事《おろかごと》、もっとも多大なる費《つい》えは諸将は労し、百姓の窮乏は明らかなり〉

この一文は秀長の見識の高さを見事にとらえている。出兵を「愚事」と指弾《しだん》できる賢者が、秀吉のすぐ身近にいたのである。

しかも秀長は次のようにも述べている。

〈軍忠功をもって禄《ろく》を求むる者あらば、我の給地を与えられよと死力を尽《つく》して異見《いけん》（意見）あり〉

秀吉は諸大名に与える封地を得ることを唐入りの理由のひとつにしていたが、秀長は禄を求める者があるなら自分の領地を与えよと言って諫止《かんし》しようとした。

だが他の大名には秀長ほどの胆力はない。自分の立場を守ろうと汲々《きゅうきゅう》とし、内心唐入りに反対しているくせに、秀吉の前に出るとご機嫌取りに終始《しゅうし》する。

そのことについて別の史書は次のように伝えている。

〈秀吉悲《ひ》歎之《たんの》切故狂乎《せつゆえくるうか》。（中略）衆心陰《かげ》で皆な此如《かくのごと》し〉

唐入りと聞いた諸将は、秀吉は鶴松（天正十九年八月五日没）を失った悲しみのあまり気が狂ったのではないかと噂《うわさ》した。

ところが秀吉の前では神功皇后《じんぐうこうごう》以来の壮挙だとほめちぎったのである。

〈陽《おもて》に対して曰《いわ》く、太可也耶《はなはだかなりや》（非常に素晴らしい）、此実《これじつに》神功皇后以降の大事なり、武将の兵威を輝《かがやか》すに外邦《がいほう》（外国）に於《お》て也、君にあらずば、則《すなわ》ち能成《よくな》らず矣《や》。秀吉大いに悦《よろこ》ぶ〉

ここに行きすぎた中央集権体制がもたらした弊害《へいがい》が、無残なばかりにあらわれている。

群臣たちが保身のために絶対権力者にへつらえば、国家は悪霊にとりつかれた豚の群れのように破滅に向かって突っ走りかねないのである。
ところが庶民はしっかりと見ている。
しかも都で育った人々の批評眼は鋭く、利休切腹の二日前には秀吉政権を強烈に批判する十首の落首が張り出された。

石普請城《いしふしん》こしらへもいらぬもの
　安土小田原《あつちおだわら》見るにつけても
村々に乞食《こじき》の種《たね》も尽きすまし
　搾《しぼ》りとらるゝ公状の米

公状とは検地によって確定した年貢《ねんぐ》高を記した通達状で、今日の納税通知書のようなものである。太閤《たいこう》検地によって田畑《たはた》の税率はいっきょに二十パーセントも引き上げられたために、落首のような惨状をていしていたのだった。

おしつけて言《ゆ》へハ言《ゆ》わるゝ十楽《らく》の

都《みやこ》の内ハ一楽もなし
末世《まつせ》とは別にハあらじ木の下《へち》の
猿《さる》関白を見るに付《つけ》ても
十分《ふん》になれハこぼるゝ世の中を
御存知なきハ運《うん》の末哉《すへかな》

この三首は、もはや説明の必要はないだろう。庶民の押し込めた怒りは、早々と秀吉政権の崩壊を予測するほど激しくなっていたのである。

しかし、秀吉の暴走は止まらない。

天正十九年十二月二十七日に養子とした秀次に関白職をゆずると、翌年一月に唐入りの軍令を発した。

一番隊は小西行長、宗義智《そうよしとし》らの一万八千七百人、二番隊は加藤清正、鍋島直茂らの二万二千八百人。

三番隊は黒田長政、大友義統の一万一千人。四番隊は島津義弘らの一万四千人。以下九番隊まで、あわせて十五万八千七百人の大軍勢である。

小西行長らの一番隊が釜山《プサン》に上陸したのは四月十二日、清正らの二番隊は四月十七日である。

それ以後猛烈なスピードで北進をつづけ、五月三日にはソウルを、六月十六日にはピョンヤンを占領している。

戦国乱世を生き抜いた日本の将兵は戦《いくさ》なれしていた上に、最新型の鉄砲を装備していた。防衛の態勢がととのっていなかった朝鮮側は、なす術《すべ》もなく敗走をつづけたのである。

この二カ月ばかりの「快進撃」に秀吉は狂喜したというが、内実はそれほど誉《ほ》められたものではなかった。

上陸早々に釜山城を攻め落とした時の様子を、毛利家の家臣であった吉野甚五左衛門は次のように記している。

〈鉄砲数をそろへつゝ、二時計《ふたときばかり》は世の中も、くらや（暗夜）にこそなりにけれ。天地もひゞけと射かくれば、楯《たて》も槍《やり》も射くづされ、かしらを出す敵もなし〉（『吉野甚五左衛門覚書』）

火力にまさる秀吉軍は、城塞《じようさい》都市である釜山を取り囲み、四時間ばかりにわたって猛烈な銃撃をくわえた。

こうして三尋《ひろ》（約五・四メートル）の城壁を乗りこえて市中になだれ込んだ軍勢は、

無抵抗の市民を虐殺《ぎやくさつ》しはじめたのである。

〈家のはざまや床の下、かくれかたなき者ともは、束の間《つかま》にせきたゝみ、皆手を合わせてひざまづき、聞くもならはぬから（唐）言《ことば》。まのら〳〵ということは、助けよとこそ聞へけれ。それをも味方き、つけず、きりつうち捨て踏みころし、これを軍神の血祭り、女男も犬猫もみなきり捨て、、きりくびは三萬ほど、ぞ見えにける〉

これが実際の戦場の姿である。

甚五左衛門はこの場に立ち合っていたわけではなく、一番隊の将兵から話を聞いて記したものと思われるが、〈今現在に見ることは我こそ鬼よおそろしや〉という思いは、戦場に立った誰の胸にも去来《きよらい》したにちがいない。

有史以来初めての大規模な外征が、秀吉軍の将兵を鬼に変えたのである。

7

秀吉軍の勝利は長くはつづかなかった。

七月になって朝鮮が防衛の態勢をととのえ、救援に駆けつけた明国の軍勢とともに反撃に出たために、たちまち窮地におちいった。

中でも李舜臣《イスンシン》ひきいる水軍が、亀甲船《きっこうせん》を用いて日本の水軍を次々と打ち破ったために、九州からの兵糧《ひょうろう》、弾薬の補給がままならなくなった。

窮状のほどは出兵時の軍勢の数と、一年後の五月に晋州城を攻めた時の数をくらべてみればはっきりと分る。

小西行長らの一番隊一万八千七百人は七千四百十五人となり、約六十パーセントの兵員を失っている。

加藤清正らの二番隊は二万二千八百人から一万四千四百三十二人へ。約三十七％減。

三番隊の大友義統の六千人は三月にソウルに駐留していた時点で二千五十二人になり、ソウルから無断で退却した責任を問われて改易されている。

島津義弘らの四番隊は、一万四千人が六千九十六人となり、約五十六％減。

碧蹄館《へきていかん》の戦いで活躍した立花宗茂の軍勢は、二千五百人が千百三十三人となり、約五十五％の将兵を失っている。

この原因はたび重なる戦いで戦死したり、負傷して帰国したためだが、仲間と語り合って逃亡したり、朝鮮側に投降する者も少なくなかった。

こんな絶望的な戦を、「悲歎之切故狂乎《ひたんのせつゆえくるうか》」と噂される秀吉のために、なぜつづけなければならないのか？

まだ日本国という観念を持ちあわせていなかった将兵たちがそう考えたのは、当時としては当然だったのかもしれない。

朝鮮側でも投降者を「降倭《こうわ》」と呼び、傭兵《ようへい》部隊として優遇《ゆうぐう》したので、投降する者はますます多くなった。

藤堂高虎も水軍の船奉行として二千の兵をひきいて出陣した。

天正二十年（一五九二）の四月に肥前の名護屋城に入り、兵糧、弾薬の輸送の任務にあたっていたが、七月に脇坂安治《わきさかやすはる》らの水軍が李舜臣らに大敗したとの急報が入り、救援のためにあわただしく渡海した。

七月十六日付で秀吉が高虎に与えた朱印状には、同じ水軍の九鬼嘉隆《くきよしたか》、脇坂安治、加藤嘉明《よしあき》らを指揮するように記してあり、高虎が水軍の総大将と目されていたことが分る。

その中に次の一条がある。

〈一、大筒《おおづつ》三百丁遣《つかわ》され候間《あいだ》、大船に割符《わりつけ》られ、玉薬《たまぐすり》同前に相渡すべきこと〉

大筒三百挺《ちょう》を支給するので、大船に装備せよというのである。

ここにも火力で敵を圧倒しようという秀吉の姿勢がうかがえるが、日本では火薬の原料である硝石は産出しない。すべて輸入にたよらざるを得ない弱点は、戦争が長引くにつれて秀吉軍の首をじわじわとしめていった。

一年五カ月にわたる朝鮮出兵の間、高虎はいつものごとく抜群の戦功をあげているが、そのことを自分から語ろうとはしなかった。

藤堂藩が編《あ》んだ『宗国史』に次の一文がある。

〈親筆劄記《さつき》に曰《いわ》く。韓《から》に在りしばしば力戦す。しかれどもその詳《つまびらか》を載《の》せず。考うべからざる已《のみ》〉

高虎自身が記した劄記（随想録）に、「韓ではしばしば力戦したが、詳しくは記さない。考えたくもないのだ」と記されていたというのである。

己に正義はないと感じながら地獄のような戦場をくぐり抜けてきた高虎には、寡黙《かもく》に口を閉ざして罪と責任の重さに耐えるしか方法がなかったのだった。

高虎はこの頃すでに秀吉の為政者としてのあり方に失望し、淀殿や石田三成らと決別する姿勢を強めている。

その関係をさらに悪化させる事件が、帰国してから二年後におこったのだった。

8

文禄《ぶんろく》四年（一五九五）春、高虎は伏見城下の屋敷に詰め、一年前から始まった伏見城築城にたずさわっていた。

伏見城は秀吉が明国の使者をむかえるために、指月《しげつ》山にきずいた城である。

秀吉は明国と講和をむすぶことで劣勢となった朝鮮半島での戦況を打開しようと、小西行長に交渉を命じていた。その目途《めど》もようやく立ったので、明使の来日にそなえて日本風の優美《ゆうび》な城をきずくことにしたのである。

城もほぼ完成し、大和郡山にもどる許可も下りた頃、藤堂玄蕃頭良政《げんばのかみよしまさ》がたずねてきた。

父虎高の妹の子で、高虎より三歳下の従弟《いとこ》だった。

「兄者、ちと話を聞いてもらいたい」

良政と高虎は幼い頃から兄弟同然に育っているので、この年になっても遠慮がない。手みやげに小ぶりの茶壺《ちゃつぼ》を下げ、我物顔で屋敷に上がり込んだ。

「茶にするか、それとも酒か」

「茶をもらおう。少々気が滅入《めい》る話なのだ」

高虎は中庭の数寄屋《すきや》に案内した。ここなら誰にも話を聞かれるおそれがなかった。

「秀次公のことか」

高虎は薄茶を点《た》てながらたずねた。

良政は高虎の推挙で羽柴秀次に仕え、今では五千石を食《は》む重臣になっていた。

「兄者の耳にもとどいているか」

「噂《うわさ》は聞いておる。太閤殿下と折りあいが悪いそうだな」

「あれは殿の責任ではない。お二人の仲を裂こうと、淀の方や石田治部どのがあらぬ讒言《ざんげん》をしておられるのだ」

「そんなことは分っている」

甘いことを言うなと釘《くぎ》をさして、高虎は茶を差し出した。

相手は謀略《ぼうりやく》を仕掛けて秀次をつぶそうとしているのだから、対抗策をこうじる以外に封じる術《すべ》はない。きれい事で片付けられる段階はとうに過ぎていた。

「おおせの通りじゃ。そこで前野どのや木村どのが、伏見城に出向いて太閤殿下に釈《しやく》明《めい》なされよと進言しておられる。ところが殿は応じようとなされぬのだ」

困りはてた二人は、高虎に秀次を説得してもらおうと考えて良政をつかわしたのだった。

「それほど荒れておられるのか。秀次さまは」

「ふさぎ込んでおられるのだ。お心の病ではないかと思う」

これは殿からのみやげだと、良政が小ぶりの茶壺を差し出した。

お茶にしては重い。ふたを開けてみると砂金がびっしりと詰まっていた。

高虎は鈍く光る砂金の中から、秀次の悲鳴が聞こえた気がした。もう誰も信じられぬ。だから黄金を贈って人の心をつなぎ止めるしかない。そう言わんばかりのやり方だった。

「そうか。そこまで追い詰められておられるのか」

「兄者、頼む。殿を見殺しにしないでくれ」

良政が両手をつき、目を真っ赤にして頼み込んだ。

「承知した。秀次さまの窮地はわが殿の窮地でもある」

高虎が後見している羽柴秀保《ひでやす》は、秀次の弟である。二人はことのほか親しいので、秀次に万一のことがあれば秀保にも累《るい》がおよびかねなかった。

これほど抜きさしならぬ事態になったのは、秀吉が秀頼に家督をゆずりたいと考えるようになったからである。

四年前の天正十九年八月、秀吉の第一子であった鶴松《つるまつ》が幼くして他界した。そのために秀吉は養子としていた秀次を後継者と定め、この年の十二月に関白職をゆずった。ところがその二年後に淀殿が秀頼を生んだために、秀吉はこの子を後継者にしたいと望むようになり、秀次をうとましく思いはじめたのだった。

しかも関白をゆずった弊害も、日がたつにつれて大きくなっていた。

秀吉は秀次に関白をゆずっても、後ろでコントロールすれば問題はないと考えていたが、実際にはそうはいかなかった。

関白は朝廷の要《かなめ》の職である。現職にあってこそ、朝議にも列席し天皇や公家衆《くげ》と交わることもできる。それゆえ引退した秀吉の出る幕はなくなり、衆心は次第に秀次にかたむいていった。

裸の王様となった秀吉が、こうした事態に内心あわてふためいているのを、謀略の鬼と化した淀殿は見逃さなかった。なりふりかまわず秀頼を後継者にするように求めたばかりか、あらゆる機会をとらえて秀次を追い落とそうとした。

「あのお方は、太閤殿下を端《はな》から馬鹿《ばか》にしておられるのです。内裏でも悪口の言い放題だと、公家衆がこっそり知らせて下されました」

「洛中《らくちゅう》では、あのお方が鶴松を呪《のろ》い殺したと噂しております。今でもあやしげな陰陽師を聚楽第に出入りさせておられるそうですから、今度は太閤殿下を呪っておられるのかもしれません」

淀殿は秀吉の神経を逆なでするような誹謗《ひぼう》中傷を吹き込んだばかりか、三成らに秀次の行動をつぶさに調べさせ、少しでも落ち度があれば大げさに非難した。

酒色に溺《おぼ》れているとか、鷹狩《たかが》りに出て無用の殺生《せっしょう》をしたとか、夜な夜な辻斬《つじぎ》りをしているという噂《うわさ》が流れたのはそのためである。

他の重臣と会うことをさまたげられている秀吉は、まんまとこうした策略にはまり、秀次から関白職を奪い取るしかないと考えるようになったのだった。

高虎が聚楽第をたずねたのは四月初めのことだった。本丸の桜はすでに散り終え、若々しい緑の葉におおわれていた。

高虎はふと、西の丸の屋敷で徳川家康と初めて対面した日のことを思い出した。

あれからもう九年がたつ。自分も不惑の歳《とし》を迎え、少しは分別というものが身についたと思うものの、いまだに家康の足元にも及ばない気がした。

御殿の玄関には、前野但馬守長康と木村常陸介重茲《ひたちのすけしげこれ》がむかえに出ていた。

二人とも秀吉の股肱《ここう》の臣だが、秀次の後見役を命じられて聚楽第に詰めている。それだけに秀次と秀吉の不和に心を痛めていた。

「佐渡守どの、ご足労いただきかたじけない」

長康は蜂須賀小六とともに秀吉の立身出世に尽くした名将である。だがすでに六十半ばとなり、気力や体力のおとろえが目立っていた。

「関白殿下のご様子は、いかがでございますか」

「相変わらず奥に引きこもっておられる。目通りもお許しいただけぬのでござる」

だが高虎が来たと伝えると、喜んで対面に応じると言ったという。

高虎は奥御殿の御座の間で秀次と対面した。

束帯を着て烏帽子《えぼし》をつけている。もみ上げやひげを伸ばして武張った感じに作っているが、やつれて青ざめた顔をしていた。

「与右衛門、ようきてくれた」

明るく振る舞おうとしているものの、目の焦点があわないほどおびえていた。

「お目通りをお許しいただき、かたじけのうござる」

あの時と同じだと高虎は思った。

十七歳の頃に長久手の戦いで大敗し、九死に一生を得たことがある。それからしばらく死の恐怖にとりつかれ、戦場に出ることができなくなった。

ないようだった。

秀長は高虎を側につけることでそれを治したが、十一年たっても弱点を克服してい
「これはお返し申し上げます」

高虎は砂金の入った茶壺を持参していた。

「何かと物入りも多かろう。心ばかりだが受け取ってくれ」

いったん与えたものは受け取れないと、秀次は強情に言い張った。

「さようでござるか。しからば」

高虎はすっと立ち上がると、藤《ふじ》の花を生けた白磁の花器《かき》に砂金をこぼした。

水を張った広口の花器の底が砂金にうまり、みずみずしい輝きを放った。

秀次はそれを見てにこりと笑った。昔の人なつっこさを取りもどしたすこやかな笑いだった。

「お顔の色がすぐれませぬが、お体の具合はいかがでござろうか」

「時々腹がしくしくと痛む。あまり物を食べられず、食べてもすぐに厠《かわや》に駆け込むありさまじゃ」

そうして長々と下痢《げり》をするので厠関白と呼ばれていると、秀次は自虐《じぎやく》的な口調で語った。

「あまりに気を張り詰めておられるゆえでござる。たまには空でもながめて、大きく呼吸《いき》をなされよ」

「私に落ち度はない。酒色におぼれ物見遊山《ものみゆさん》にふけっているとか、殺生が過ぎるなどとは、根も葉もないことなのじゃ」

秀次はふいに声を張り上げ、救いを求めるように弁明をはじめた。

酒宴や物見遊山にふけっているというが、これは関白として五摂家《ごせっけ》や清華家《せいがけ》、殿上人《てんじょうびと》との付き合いのためである。

蹴鞠《けまり》の会や連歌の会、お茶の会などの催しをおこたれば、武家関白ゆえ武骨なことよとそしられる。それでは秀吉の名誉を傷つけることにもなるので、仕事と思ってやっているのだ。

鷹狩りに出るのは武家のたしなみであり、信長、秀吉、家康もよく行っている。

その途中で人を試し斬りしたと非難されているが、あれは鷹場に忍び込んだ刺客を警固番が討ち果たしたのであり、責められるべきは刺客を送って自分を殺そうとした者である。

側室を多くはべらせているという批判もあるが、これは公家衆が好《よしみ》を通じようとして娘を送り込んできたもので、秀吉も同じことをしているではないか。

秀次の言い分は筋が通り、もっともなことばかりだった。

「よう分り申した。太閤《たいこう》殿下にお目にかかり、そのように言上なされればよいのでござる」

「それが、できぬ」

秀吉が聞いてくれるはずがないと、秀次は諦《あきら》めきったようにつぶやいた。

なぜそう思うかとたずねると、ここでは話せぬという。近習にも侍女にも秀吉に通じている者がいて、聞き耳を立てているというのである。

「なるほど。難儀なことでござるな」

高虎はそんなこともあったかと胸を痛め、

「申し訳ござらぬが、道中ほこりまみれになり申したゆえ、風呂《ふろ》を所望いたしたい」

御殿中に聞こえるように大声をはり上げた。

秀次はすぐに意図を察し、自分も一緒に入るので仕度をするように側の者に申し付けた。

この頃の風呂は湯舟式ではなく、床から蒸気を炊《た》き込む蒸し風呂である。蒸気がもれないように厚い板で密封しているので、外に話がもれるおそれはなかった。

二人はふんどしひとつになり、すのこを敷きつめた床に座った。

秀次は高虎よりふた回りも小さいが、武術で鍛えた立派な体付きをしていた。高虎は言うにや及ぶ。仁王のような隆々《りゅうりゅう》たる体には、戦場で受けた数々の傷跡があった。

「与右衛門、さすがよな」

秀次は驚きに目を見張り、肩口の槍傷《やりきず》の跡をそっとなでた。

「みな不器用《ぶきよう》と愚かさの証《あかし》でござる。すぐれた武将は、怪我《けが》などせぬものでござる」

高虎は恥ずかしげに身をちぢめた。

胸には四国攻めの時に一宮城《いちのみや》で受けた鉄砲玉の火傷《やけど》の跡がかすかに残っている。抜け駆けの末に負傷し、秀長に殴られた日のことを、今も鮮やかに覚えていた。

「ここはいいな。本丸御殿は黄金の檻《おり》じゃ」

秀次が明るい声を上げてあお向けに寝転んだ。

「近頃落ち着ける場所がない。夜具に横になっても、厠に入っても、下から槍で突き上げられる気がするのだ」

秀次は世に言われているほど暗愚な男ではない。叔父の秀長に似て、誠実で聡明《そうめい》で克己心《こっきしん》の強い男だった。

そのことは長久手の敗戦から見事に立ち直り、紀州攻めや四国攻めで手柄を立てていることからうかがえる。

十八歳で近江八幡城主となって四十三万石を、二十三歳で織田信雄《のぶかつ》が領していた尾張と北伊勢五郡を与えられ、翌年には秀吉の養子となって関白職をゆずられた。

これは決して秀吉の情実によるものではない。そんなことをすれば世論の手厳しい批難をあびるはずだが、関白在職中はそうした噂がまったくないのである。

それは秀次の並々ならぬ努力のゆえだということを、高虎はよく知っていた。

「殿下は太閤殿下を怖《おそ》れておられるのでござるか」

「怖れているとも。何人《なんぴと》も逆らえぬお方だからな」

だがそれ以上に、あの白くにごった疑《うたぐ》り深そうな目を見るのが怖いという。

秀吉は秀次を追い落とそうとかかっているのだから、いくら弁明してもまともに話を聞こうともしないのである。

「お拾丸《ひろい》（秀頼）が生まれてから、義父上《ちちうえ》はお変わりになった。淀の方への執着におぼれ、天下の政《まつりごと》が見えなくなっておられるのだ」

秀次はひとしきり思いの丈《たけ》を語り、この先どうしていいか分らないとうなだれた。

この八方ふさがりの状況を打開するには、秀次が自ら関白職を辞すしかない。高虎はそう考えていたが、それを納得させるのは難しい。どう切り出せばいいかしばらく思案し、秀長の言葉を借りることにした。

「亡《な》き殿は常々、人の上に立つ者は己を犠牲にして天下のために謀《はか》らねばならぬとおおせでございました」

秀長はその言葉のとおり、重い病気をわずらいながらも命をかけて秀吉の朝鮮出兵を止めようとした。千利休もそれに協力したために、あのように無残な最期《さいご》をとげることになった。

だがそれは、決して無意味な敗北ではない。たとえ敗れたとしても、その志は多くの者に受け継がれ、やがて天下を導く力になっていく。

「それゆえ目先の勝敗や面目にとらわれず、目ざすべき方向を見定めて、ねばり強く戦い抜くべきと存じます」

「己を犠牲にして、天下のために謀るか」

秀次はしばらく言葉をかみしめてから、自分はどうすればよいかとたずねた。

「関白の職をご辞退なされよ。職を失っても、尾張と北伊勢がござる。領国経営に専念なされば、この先いくらもやり甲斐《がい》のあることが見つかりましょう」

「そうか、そうよな」

秀次はもともとなりたくて関白になったわけではない。だが生真面目《きまじめ》すぎるせいか、その職を落ち度なくやりとげようと努めているうちに、いつの間にか職そのものにしがみついていたのである。

「放下寂《ほうげじやく》でござる。執着が人の心を縛ると、禅では申しまする」

「そうしよう。関白職をお拾丸にゆずると言えば、義父上も昔のようにおおらかに接して下されよう」

秀次はそう腹を決めてから、ひとつだけ頼みがあると言った。

「このような所ですまぬが、背中から抱き止めてくれぬか」

「こ、こうでござるか」

高虎は少なからずうろたえながら、おぶさるような形に腕を回した。

「そうじゃ。こうしてもらうと安心できる。ありがとう、与右衛門……」

最後は涙声になり、やがて体をふるわせて泣き出した。

秀次は泣くこともできずに関白職の重圧と孤独に耐えていたのである。その心の堰《せき》が一度に切れて、子供のように手放しで泣きつづけた。

9

奥御殿を出た高虎は、前野長康と木村重茲に首尾を伝えた。

「さようでござるか。確かにそれ以外に方策はござるまいな」

老齢の長康は、秀次が応じたと聞いて肩の荷を下ろしたようにほっとしていた。

「されど、石田治部や長束大蔵《なつかおおくら》が太閤殿下に取り次いでくれようか」

重茲が二人に対する不信感をあらわにした。

これまで何度も、三成や長束正家にはばまれて秀吉に対面できなかったのである。

「その儀なら考えがござる。ご対面は四月十日の巳《み》の刻（午前十時）でよろしゅうござるな」

高虎は日時を打ち合わせ、伏見の前田利家《としいえ》邸をたずねた。

利家も二人の不和を案じている。秀次の決意を伝えて対面できるように計らって欲しいと頼むと、快く応じてくれた。

事は高虎が考えた通りに進んだ。

四月十日に秀次らが伏見城に登城すると、三成や正家は秀吉の機嫌が悪いと言って対面を拒もうとした。

しばらく押し問答をつづけていると、前田利家がふらりと通りかかり、これから秀吉に会うので取り次いでやると言ったのである。

秀吉も盟友と頼む利家の進言に耳を傾け、対面に応じることにした。そして釈明はすべて了解したので、関白を辞するには及ばぬと言ったのだった。

〈秀次公太閤殿下の御折檻《ごせっかん》覚悟なされ顔面蒼白消沈《そうはくしょうちん》の様体にて候《そうろう》も、御慈悲かたじけなし悔恨《かいこん》の色深し、然《しか》れば前将殿（長康）、木村殿（重茲）始め御重臣衆愁眉《しゅうび》を開き候〉

長康の子孫の家に伝わる『武功夜話』にはそう記されている。

高虎もほっと胸をなでおろし、秀次のために聚楽第の厠を改装してやった。配下の甲良《こうら》大工《だいく》に命じ、清潔で頑丈な茶室風の建物を作り、便器に巧みに板を張って下から狙《ねら》われることがないようにした。

安心して用を足すことができれば、神経性の下痢もおさまるだろうと思ってのことだが、工事も終わらないうちに大和郡山から急報がとどいた。

羽柴秀保が急死したというのである。

「な、なんと……」

高虎は絶句した。

あまりに残酷《ざんこく》な知らせに言葉を失っていた。

「詳しくは記せぬゆえ、すぐにご帰城いただきたいとのおおせでございます」

高吉の使者がうながした。

高虎は大和郡山に急行した。三代目となる愛馬賀古黒《かこぐろ》を飛ばしながら、何かの間違いであってくれと天に祈った。

秀保の遺体は大和郡山城の奥御殿に横たえられていた。純白の夜具をかけ、大きな白い布で顔をおおってある。

枕辺《まくらべ》には秀長の妻の智雲院や秀保の妻のおきく、近習の高吉や小堀政一らが魂を抜き取られたように茫然《ぼうぜん》と座っていた。

「殿……」

高虎は思わず敷居際《しきいぎわ》に立ち止まった。

足を踏み入れれば、否応《いやおう》なくこの現実と直面しなければならなくなる。それを避けたい思いが、無意識に全身を硬直させていた。

高虎は血の気が引いていく感覚に耐えながら、よろよろと秀保の側に歩み寄った。

誰も何も言わない。言葉をかけることもできないほどのおぞましい事態に打ちのめされていた。

「ご遺骸《いがい》はひどく傷ついています。ご対面なされますか」

侍医をつとめる白庵がたずねた。

「お願い申す」

高虎は呼吸《いき》をととのえて返答した。

白い布をめくると、額から上がつぶれた無残な顔があらわになった。それを隠すためにかぶせた布に血がしみついている。

秀保は死の瞬間の恐怖を伝えるように、目ばかりを大きく見開いていた。

それを見た智雲院とおきくが、声を上げて泣きくずれた。高虎はすぐに布をかけ直し、高吉をうながして別室に出た。

養子とした高吉は十七歳になる。秀保と同じ年なので、近習として身辺の警護にあたらせていた。

「話してくれ。何があったのだ」

「不覚にございました」

高吉は腹の底からしぼり出すようなうめき声を上げ、とぎれとぎれにいきさつを語った。

秀保は半月ほど前から疱瘡《ほうそう》をわずらっていた。数日間は粥《かゆ》も食べられないほどの重症だったが、四月十日頃には熱も下がり、かさぶたも取れるようになった。

そこで吉野川の上流にある温泉に湯治《とうじ》に行くことにした。ここの湯に入れば疱瘡の跡が残らないと評判だったからである。

温泉場について三日目に、秀保が近くにある行者の滝を見に行きたいと言い出した。金峯山寺《きんぷせんじ》の修験者の行場で、今日も名のある行者が滝に打たれている。宿の手代にそう教えられたからである。

行者の滝は吉野川の支流の奥まったところにあるが、宿からは二キロほどしか離れていない。新緑の季節だし天気もいいので気晴らしになるだろうと、二十人ばかりが警固について出かけることにした。

湯治場の周囲にも、そこに至る道にも警固の者を配して人の出入りを監視《かんし》させていたので、刺客が入り込む隙《すき》はないはずだった。

谷川は山を割って深く切れ込んでいた。両側は岩がむき出しになった崖《がけ》で、高さは二十メートルちかくある。

数日前の雨のせいか水量は豊富で、滝が地を響かせて流れ落ちる音が遠くまで聞こえていた。

一行は崖の側の道を縦列になって黙々と歩いた。

秀保の側には高吉と小堀政一がぴたりと寄りそって警固についたが、滝まであとわずかとなった時、宿の手代が簑笠《みのかさ》をとどけに来た。

「滝壺《たきつぼ》におりられますと、水しぶきでずぶ濡《ぬ》れになります。これを召されませ」

秀保だけでも着るように持参したという。

頼んでもいないのに妙だと思ったが、手代とは顔見知りなのでさして警戒もせずに受け取ることにした。

「この先に川におりる道がございます。ご案内いたしましょう」

高吉に簑笠をわたすと、小柄な手代はいきなり秀保に組みつき、頭から川に飛び込んだ。

あっという間の出来事で、下をのぞき込んだ時には水しぶきを上げて川に落ち、もつれあうようにして流されていった。

高吉らはあわてて川に下りようとしたが、滝壺に下りる道は梯子《はしご》がはずされて通れない。

下流にまわって川に下りたものの、頭をくだかれた秀保の遺体が見つかったばかりで、手代の姿は消え失せていたのだった。

「すぐに宿屋にとって返し、あの手代は何者かと主人に問い詰めました」

しかし五日前にやとった者で、詳しい素性《すじよう》は知らないという。

梯子をはずしているのだから計画的だということは明らかだし、五日前に入っていたとすれば秀保が湯治に行くことを事前に知っていたことになる。

「近習や侍女を調べあげれば、誰がこのようなことを企てたか明らかになるものと存じます」

すでに彼らを二の丸に集め、外出を禁じているという。秀保を守れなかった無念があるだけに、後の措置《そち》は厳重をきわめていた。

「後のことはわしが引き受ける。そちは屋敷にもどって休んでおれ」

「しかし、このままでは下手人が」

「他の者たちも屋敷に下がらせよ。刺客のことは、決して他言してはならぬ」

高虎は秀保に同行した全員を禁足《きんそく》させ、秀吉には疱瘡で急死したと届け出た。

かくなる上は、大和郡山百万石を守るために全力をつくすしかない。その可能性はただひとつ。高吉をもう一度秀長の養子として扱い、おきくと娶《めあわ》せることだ。

針の穴にらくだを通すほど難しいことだが、秀吉が秀長の家を保ちたいと望んでいるなら、そして姪《めい》にあたるおきくを不憫《ふびん》と思うなら、不可能なことではない。

それゆえ秀保の遭難《そうなん》をひたかくし、事を荒立てまいとしたのだった。

秀吉の対応は早かった。

秀保の葬儀の翌日には増田長盛《ましたながもり》をつかわし、継嗣《けいし》なきゆえに家を取りつぶし、大和郡山百万石を秀吉の直轄領《ちょっかつりょう》にすると伝えた。

「お待ち下され。殿の法要もござるゆえ、四十九日まではご猶予《ゆうよ》いただきたい」

高虎はそう申し出た。

秀長の家を保つことができないのなら、高吉らが望むとおり下手人の探索《たんさく》をして、誰がこんなことを企てたのか突き止めたかった。

「明国との和平交渉もさし迫っておる。枢要《すうよう》の地を闕国《けっこく》のままにしておくことはできぬのでござる」

五奉行の一人である長盛は、十日のうちに城を明け渡すように命じて早々に引き上げていった。

まるで秀保の死を事前に知っていたような手際《てぎわ》の良さだった。

高虎は重臣たちと対応をはかったが、跡継ぎを失ったからには所領を収公《しゅうこう》されるのはやむを得ないという意見が大半だった。

もし高虎が秀保横死の真相を語ったなら、重臣たちの対応もちがっていたかもしれない。だが事ここにいたってそれをしても、よからぬ混乱を招き家臣や領民に迷惑をかけるばかりだった。

10

高虎は自分の屋敷にもどり、家族や重臣を集めて城を明け渡すことになったと告げた。

「それゆえ明日から荷造りにかかり、粉河《こかわ》城へ移ってもらいたい。新七郎、竹助、その方らが指揮をとれ」

多賀新七郎と服部竹助に命じた。

「父上はそれでよろしいのでござるか」

高吉がやせて落ちくぼんだ目を向けた。

事件以来食事にも手をつけず、薄暗い部屋に閉じこもっていた。

「できるだけのことはしたが、家を保つことができなかった。この上は太閤《たいこう》殿下のおおせに従うほかはあるまい」

「それでは殿のご無念はどうなるのです。あのような仕打ちを受けながら、黙って引き下がるおつもりですか」

高吉が哀《かな》しみに顔をゆがめて訴えた。

泣いて泣いて、もう涙も出ないのである。

「気持ちはよく分る。だが刺客の正体も分らぬまま非を鳴らしても、何も変えることはできぬ。乱心者として葬り去られるばかりだ」

「それでも何もしないよりはましです。こんな非道に屈することは、武士として耐えられない」

「ならば非道の輩《やから》に勝つことを考えよ。十年でも二十年でも耐えて殿の仇《かたき》を討つことこそ、本当の武士の生き方なのだ」

「そうですか。それが……」

高吉は何かを言いかけたが、ふっと肩を落として席を立った。

「お待ちなさい。どこへ行くの」

芳姫が鋭く呼び止めた。

高吉を案じて一睡もできない日をおくっていたのである。

「厠《かわや》ですよ。お父上が正しいのです」

高吉は気力の尽きた切ない笑顔を芳姫に向けた。

高虎はほっておこうと思った。この試練《しれん》を乗りこえて、ひと回り大きく成長してもらいたかった。

だが芳姫の心配ぶりが尋常《じんじよう》ではない。母親として育ててきた者の直感が何かを告げているらしく、追い詰められた小動物のような目をしている。

高虎も不安に駆られ、立ち上がって厠へ行った。内から鍵《かぎ》がかかっていた。

「高吉、開けろ」

戸を叩《たた》いたが反応がない。中で荒く呼吸をする気配がした。

「馬鹿《ばか》者、早まるでない」

高虎は戸を蹴破《けやぶ》った。

戸がはずれてぶつかった衝撃《しようげき》で高吉は脇差《わきざ》しを取り落とし、かろうじて切腹を止めることができた。

「おのれは……、それでもわしの子か」

胸倉をつかんで厠から引き出した。

「殿に申し訳ないのです。黄泉《よみ》のお供をして、おわび申し上げたいのです」

高吉は正気を失った目をしている。高虎は拳《こぶし》をかためて殴りつけた。

手が痛い。胸が痛い。秀長はこんな思いをして自分を殴ってくれたのだと初めて分った。

「あなた、おやめ下されませ」

芳姫が倒れ伏した高吉を身をていして庇《かば》った。

「誰が……、誰が殴りたくて殴るか」

高虎は拳をにぎりしめ、体を震わせてつっ立っていた。

芳姫や新七郎を供につけて高吉を粉河城に送り出した後、高虎は秀保の初七日の仕度にかかった。

秀長から後見役を命じられておきながら、秀保を守り通せなかった心の呵責《かしやく》は重い。せめて初七日をとどこおりなく行ってから、身の処し方を考えたかった。

重臣や侍女たちが引き上げ、人はまばらである。秀長と高虎が精魂《せいこん》こめて作り上げた水と緑におおわれた城は、石田三成に与《くみ》する増田長盛に引き渡されることになった。

初七日の前日、従弟《いとこ》の玄蕃頭《げんばのかみ》良政がたずねてきた。

「兄者、何ということじゃ」

良政は秀保横死のいきさつを知っていた。

家が取り潰《つぶ》しと決まったためか、現場にいた近習や侍女たちが真相を身内に打ち明ける。それが噂《うわさ》になっていたのである。

「石田治部の差し金にちがいあるまい。淀の方が命じられたのだ」

「わしもそう思う」

だが証拠がないのである。しかも二人は秀吉という玉《ぎょく》を握っているのだから、騒ぎ立てれば討伐の口実を与えるばかりだった。

「黙って従うのか。兄者はそれでいいのか」

「高吉にも言われたよ。真《ま》っ直《す》ぐな子を持つと、親も辛《つら》い」

「実は殿も危ないのだ」

高虎の尽力で秀次と秀吉の和解が成ったものの、淀殿や三成は執拗《しつよう》だった。

今度は秀次が聚楽第の金蔵《かねぐら》を勝手に開け、金を使い込んでいると非難しはじめたという。

「唐入りのために困窮《こんきゅう》した大名たちに、秀次さまは金を貸しておられた。大名たちから頼まれ、良かれと思ってなされたことだ。ところが治部どもは、私的な流用だと騒ぎ立てておる」

「聚楽第の金蔵は、関白殿下の差配にまかされていたはずだ」

「ところが太閤殿下の譲状《ゆずりじょう》には、聚楽第をゆずるとはあるが金蔵のことは記されていない。そこをついて秀次さまを罪に落とそうとしているのだ」

今月末には金蔵を開いて残金の確認をする。そこで「使い込み」を明らかにして、秀次の責任を追及するという。いかにも切れ者の三成らしいやり方だった。

「それまでに何とかならぬのか」

「無理だ。前野どのや木村どのが金集めに駆けずり回っておられるが……」

良政がやる瀬なさそうに首をふった。

金を貸した大名は伊達政宗や細川忠興など、三十人以上におよぶ。いずれも困窮にあえいだ末に秀次を頼ったのだから、急に返せと言われても応じられないのである。

もし大和郡山百万石が健在なら、秀長が残した備蓄金《びちくきん》三万両があるので、秀次を救うことができたかもしれない。だが三成らはそれを封じるために、百万石を没収してから秀次に攻撃を仕かけたのだった。

「このままでは秀次さまは潰される。兄者、殿を助けてくれ」

良政が土下座をして訴えたが、高虎にもどうしていいか分らない。その日は良政を引き取らせ、秀保の初七日を終えてからじっくり考えてみた。

頭に浮かんだのは、身を捨てて秀吉を諫《いさ》めようとした秀長や利休の姿だった。

「与右衛門よ。人の上に立つ者は、己を犠牲にして天下のために謀《はか》らねばならぬのだ」

秀長の言葉が脳裡《のうり》にひびいた。

「宰相どのは死神じゃな。わしをあの世の道連れにしようとしておられる」

利休はそうボヤきながらも、秀長の求めに応じて唐入り反対の署名をあつめ、秀吉ににらまれた末に切腹した。

彼らの志を受けつがねばならぬと高虎は思った。

秀吉が淀殿への妄執に迷い、秀次まで殺すような非道をなそうとするなら、身を挺《てい》してでも止めねばならぬ。それが秀保を守りきれなかった罪をつぐなう、ただひとつの方法だった。

だが、主家を取りつぶされた身でいったい何ができるのか。そう考え抜いた末に浮かんだのが、武士を捨てて出家することだった。

大和郡山百万石の後見役であった高虎が出家すれば、全国の武将や大名が何事かと耳をそばだてる。そしてやはり秀保暗殺の噂は本当であったかと思うだろう。

それは淀殿や三成の言いなりになっている秀吉に対する、痛烈この上ない批判になるはずだった。

秀吉が激怒して切腹を命じたなら、従容《しょうよう》と腹を切る。だが世論の動向を気にして出家を取り消すように求めてきたなら、今の姿勢を改めて秀次と和解するように求めるつもりだった。

11

高虎は郡山城の引き渡しを終えると、五月初めに高野山《こうや》の高室院《たかむろ》に入った。茶筅髪《ちゃせん》に道服《どうふく》という簡素な出《い》で立ちで、三人の供をつれていた。

この時、めずらしく歌をよんでいる。

身の上を思へはくやし罪科《つみとが》の
ひとつふたつにあらぬ悲しさ

罪科とは秀長の遺命をはたせなかったことである。

高野山へつづく険しい道を歩きながら、あの時ああしていれば、こうしていればと、己の不甲斐《ふがい》なさを責めつづけてきたのだった。

高室院は藤堂家が宿坊としている塔頭《たっちゅう》で、院主とは古くからの顔なじみである。高虎は秀長と利休、秀保の位牌《いはい》を並べた仏間にこもり、念仏三昧《ざんまい》の日々をおくった。

やがて興《きょう》にまかせて仏像を彫りはじめた。

高虎は巨漢に似合わず手先が器用で、ノミの使い方も心得ている。秀保の冥福《めいふく》を祈りながら、その面影をうつした阿弥陀仏《あみだぶつ》を彫りすすめていった。

これほどゆっくりとした時間を過ごすのは、二十歳の頃に藤堂村に隠棲《いんせい》していた時以来である。秀長に見出《みいだ》されて以来足かけ二十年になる。秀長の家が絶えると同時に世を捨てるのも宿命かもしれなかった。

入山から一カ月が過ぎた頃、秀吉の使い番である高田小兵衛がたずねてきた。

「太閤殿下は貴殿のご忠節をいたく愛《め》でられ、出家させるには惜しい英傑《えいけつ》であるとおおせでございます。伊予宇和島七万石の代官を申し付けるゆえ、早々に下山すべしとのご上意にございます」

高虎を切腹させれば、いよいよ世論の支持を失う。そこで高虎を直臣として召し抱えて度量の大きさを示し、世の批判をかわそうとしたのである。

「有難いおおせではござるが、今は秀長公と秀保卿《きょう》の菩提《ぼだい》をとむらうほかに望みはございません。そのように太閤殿下にお伝えいただきたい」

高虎は固く辞退した。

自分を高く売りつけようというけちな了見《りょうけん》からではない。小兵衛のような使い走りではなく、それ相応の人物を交渉に引き出すための駆け引きだった。

六月十九日、小兵衛が生駒雅楽頭親正《いこまうたのかみちかまさ》をつれて再びやってきた。親正は七十歳。信長、秀吉に仕え、今や讃岐一国を領する大名となっている。

高虎は親正の嫡男一正《ちゃくなんかずまさ》と親友で、後に一正の嫡男正俊《まさとし》に娘をとつがせたほどの間柄だった。

高虎はやりにくい相手が来たと思いながら、親正を寺の本堂に案内した。

「与右衛門、これが太閤殿下の朱印状じゃ」

伊予の喜多郡、浮穴《うけな》郡、宇和郡の代官に任じるという書状を示し、わしの顔を立ててくれと頭を下げた。

「ならば二人だけで話をさせていただきたい」

高虎は小兵衛を下がらせ、今の殿下のなされようをご尊父はどう思われるかとたずねた。

「この足を引きずって来たのじゃ。そんなことをわしに言わせるな」

親正が苦い顔をして不自由な足をさすった。賤ヶ岳《しずがたけ》の戦いの時に、太股《ふともも》を槍《やり》で突かれて負傷したのである。

「あえて申し上げまする。殿は何者かに襲われて横死なされました。関白秀次公は治部らの奸計《かんけい》によって葬り去られようとしておられます。これは誰の責任でございましようや」

すべての責任は、淀殿への愛欲におぼれて為政者としての責任を投げ出した秀吉にある。

お拾丸（秀頼）に豊臣家をつがせたいと望む淀殿の言いなりになり、秀保が殺され秀次が亡《ほろ》ぼされようとしているのに、見て見ぬふりをしているではないか。

こんなことをつづけたなら、豊臣家は世論の支持を失い、やがては天からも見放されて自滅するだろう。

親正への礼儀を保ちながらも、高虎は秀吉に対する憤懣《ふんまん》を洗いざらいぶちまけた。

「与右衛門、そう責めるな。わしらにはどうにもならぬのだ」

「殿下への奏状《そうじょう》をしたためました。これと一緒にお渡しいただきたい」

秀次との和解を求める書状と、彫り上げたばかりの仏像を差し出した。

親正は秀保の面影を写した仏像にいたく感心したが、書状を一読するなり哀《かな》しげに首をふった。

「このようなものを取り次ぐわけにはいかぬ。切腹どころか八つ裂きにされるぞ」

「構いませぬ。どんな処罰を受けようと本望でござる」

「昔の殿下なら、この諫言《かんげん》を笑って受け容《い》れる度量を持っておられた。ところが今はちがう。唐入りのつまずきや淀殿のことがあって、猜疑心《さいぎしん》の固まりになっておられるのだ」

朝鮮への出兵が長引くにつれて、諸大名や領民は戦費や兵員の負担を際限なく強いられ、塗炭《とたん》の苦しみにあえいでいる。

それなのに戦況は一向に好転せず、朝鮮半島の南端に城をきずいてかろうじて名目を保っている有様である。

秀吉は自分が渡海して劣勢を挽回《ばんかい》すると言っていたが、実現することはできなかった。

しかも淀殿が生んだ子は秀吉の種ではないというスキャンダラスな噂は、いっそう悪意をもってささやかれるようになっていた。

ルイス・フロイスは『日本史』の中で次のように記している。

〈多くの者は、もとより彼には子種がなく、子供をつくる体質を欠いているから、あれは彼の子供ではない、と密《ひそ》かに信じていた〉

秀吉はこうした事態を乗り切るためにいっそう強権的になり、独裁色を強めていった。敵と身方を峻別《しゅんべつ》し、敵と見なした者は容赦なく排斥《はいせき》し、身方と信じた者ばかりを重用する。

しかも年若い淀殿の言いなりになっているだけに、事態はさらに深刻だった。

「雅楽頭さまのご厚情には感謝申し上げます。されど殿下の威をおそれて皆が口をつぐんでしまえば、この国の民はいつまでも苦しみから救われませぬ」

ぜひとも書状と仏像を秀吉にとどけてくれと、高虎は一歩も引かずに言い張った。

「さようか。その覚悟ならいたし方あるまい」

親正は老いた肩を落とし、不自由な足を引きずりながら山を下りていった。

「武門の道も厳しいものでございますな」

隣の部屋にいた院主が、ふかしたての芋饅頭《いもまんじゅう》を五つ持ってきた。

「祖仏共に殺すとは、己の欲を断ち切ることだと分りました。志に殉じることができるなら、これほど幸せなことはございませぬ」

高虎は饅頭を二つもらい、残りを供の者に分け与えた。

その日から死を覚悟して、もう一体の仏像を彫りはじめた。自分の心と向き合おうとして始めたことだが、彫り進むにつれて不思議なことが起こった。

阿弥陀仏の顔が水野《みずの》照葉《てるは》に似通って、聖観音《しょうかんのん》のようにやさしい顔立ちになった。

照葉が郷里の刈谷《かりや》に引きこもって、もう九年になる。連絡を取り合うことができないので何をしているかも分らないが、手先は自然に動いて照葉の面影を刻み込んでいくのだった。

高虎は何度も手を止め、ほれぼれと仏像をながめた。

これは欲や執着ではない。今生《こんじょう》の美しい思い出である。それを体がしっかりと覚えてくれていたことが、しみじみと有難かった。

12

数日後、昼過ぎからにわか雨になった。

遠くの山々を白くおおって雨がふり始め、稲妻が走り雷が鳴り出した。雨も雷も思いがけない速さで近付き、いっせい射撃のような大降りとなった。

まさに車軸《しゃじく》を流すほどの勢いで、地上によどむ夏の蒸し暑さを吹き飛ばしていく。

高虎は今日だと思った。切腹を命じる使者が来るには似合いの天気である。覚悟はもとより定まっているが、その前に仏像を仕上げたかった。

こんなおだやかな気持ちでいられるのはこの仏像のお陰だと、残された時間をいつくしみながらノミをふるった。

雨が上がった頃、笠《かさ》をかぶった二人の武士が訪ねてきた。小袖《こそで》に裁着袴《たつつけばかま》という旅の装束である。

高虎は自ら庫裏《くり》の式台《しきだい》まで迎えに出たが、笠を取った二人を見て息を呑《の》んだ。

照葉と富永権兵衛《とみながごんべえ》が、旅籠《はたご》にでもたどり着いたようにぬれた袖をはたいている。男装束をした照葉の顔は、都で別れた時と少しも変わらなかった。

一方の権兵衛はひどく老《ふ》けて、髪は真っ白になり腰が曲がりかけていた。

「て、照葉どのじゃな」

高虎は半信半疑である。今の雷雨がこの世ならぬものを見せている気がした。

「お久しゅうございます。本日は徳川さまの使者としてまかり越しました」

「とにかく上がられよ。お召し物を替えなくても大丈夫かな」

「大杉の並木に守られて、それほどぬれてはおりませぬ」

高虎は二人を本堂の仏間に案内したが、彫りかけの仏像をおいたままにしているのに気付くと、あわてて押し入れの中に仕舞い込んだ。

「お変わりになられぬ。あの頃のままじゃ」

高虎は長の無沙汰《ぶさた》をわび、刈谷ではどうしていたかとたずねた。

「家中の子供たちに小太刀と長刀《なぎなた》を教えておりました。今も権兵衛の世話になっております」

「世話になっているのはそれがしでござる。この爺《じい》が不甲斐《ふがい》ないばかりに、忠重どののお許しを得ることができませなんだ」

高虎にも合わす顔がないと、権兵衛は老いの目に涙を浮かべた。

「徳川さまからの書状でございます。ご披見《ひけん》下《て》されませ」

照葉が差し出した書状には、見覚えのある筆で藤堂与右衛門殿と記されている。家康が自らしたためた長い手紙には、およそ次のように記されていた。

「ご法体になって高野山にこもられたと聞いて驚いています。秀保卿のご不幸を思えば、貴殿の憤懣《ふんまん》やる方《かた》ないお気持ちはよく分ります。

しかし、この国がかつてないほどの困難に直面している今、貴殿のように才覚、力量ともにすぐれた人材を失うことは、十万の兵を失うにひとしいと心を痛めておりました。

その気持ちが天に通じたのか、先日生駒親正どのが拙宅をお訪ねになり、太閤《たいこう》殿下と貴殿のやり取りを明かされ、力添えを願いたいとおおせられました。

貴殿の奏状を殿下に取り次いだなら、死罪に処されるのは目に見えている。何とか与右衛門を生かす手立てはないものかと、実の父親のように心を痛めておられたのです。

その気持ちは拙子《せつし》も同じです。実の弟のように頼りにしている貴殿を失うことは、痛恨《つうこん》のきわみであります。それゆえ殿下のお申し出を受け、山を下りて人中《ひとなか》にもどっていただくよう切にお願い申し上げる次第です。

この世は穢土《えど》だと、浄土教は教えています。煩悩《ぼんのう》にまみれた凡夫が住む世であるがゆえに、御仏に身をゆだねて『厭離穢土《えんりえど》　欣求浄土《ごんぐじようど》』をめざせと説きますが、我ら人の上に立つ者は、この穢土に家臣と領民が生きてゆく手立てを講じなければなりません。下天に生きるすべての者が幸せになるよう手を尽くさなければならないのです。

拙子の見るところ、そのことを心から理解しておられたのは亡《な》き秀長公だけでした。公が逝《ゆ》かれた今、頼れるのは与右衛門殿だけです。

世を捨てるのも命を捨てるのもたやすいことでしょう。ですが人の上に立つ我らには、そうした安易な道に逃《のが》れることは許されておりません。地獄の責苦を負《お》おうと血の涙を流そうと、耐え抜いてやり遂げなければならないことがあります。

その志さえあるならば、今の理不尽にも耐えられるはずです。そうして拙子と手をたずさえて、下天を謀《はか》る道を共にしてもらいたいと切に望んでおります」

家康は切々としたため、「詳しくは照葉に申し含めておいたので、ゆるりと語り合っていただきたい」と書き添えていた。

高虎は家康の心づかいが身にしみたが、秀次の問題について一言も触れていないことが気になった。

「事は一刻を争います。すぐに山を下り、生駒さまとともに太閤殿下の御前に出られるようにとおおせでございました」

そうしなければいつ切腹の命令が下るか分らないという。

「この書状には、関白殿下のことを記しておられぬ。徳川どのはどのようにお考えなのでしょうか」

「ご和解が成るように尽力しておられます。すでに細川さまや伊達さまなどに金を用立て、関白殿下に返すように計らっておられます」

だがそのことを書状に記したなら、三成方に奪われた場合に大変な問題になる。そこであえて記さずに照葉に意中を伝えたのだった。

「かたじけない。よく分り申した」

「それでは山を下りていただけますか」

照葉は性急にたたみかけたが、高虎はふんぎりがつかなかった。

身を挺《てい》して秀吉をいさめる覚悟でいただけに、このまま山を下りては秀長や利休に申し訳ない気がするのである。

「与右衛門さまは以前、領主は領民の幸せの番人だとおおせられました。そのように生きたいと、城の図面と城下の絵図を見せて下さいました。そんな生き方をしておられるあなたを見たくて、わたくしはずっと待っておりました。待っていて良かったと思える天下を、徳川さまとお二人できずいて下さい。義のために捨てようとなされている命を、天下万民のために生かして下さい」

照葉は懸命だった。九年間の想《おも》いをすべてぶつけて高虎を生かそうとしているうちに、涙があふれて止まらなくなった。

高虎は照葉の懸命な姿に心を揺さぶられ、明朝までに返答するので待ってほしいと言った。

その夜高虎は仏間にこもり、一睡もせずに秀長や利休、秀保の位牌《いはい》と向き合った。

心はすでに決まっている。いましばらく生きて、秀長が教えたとおりの生き方をしてみたい。

だが秀吉の軍門に下ることへの後ろめたさがあるので、三人の位牌と向き合うことで己の心の奥底を見極めたかった。

今日死に番が回ってくるという覚悟にゆらぎはない。立身出世をとげたいという欲もない。

ただ天下のためにこの身を捧《ささ》げたいだけである。そのことを確かめると、心が澄みきって軽くなった。

やがて夜がしらじらと明けてきた。

高野山は朝の霊気《れいき》につつまれ、まわりの山では気の早い鳥が鳴きはじめている。皆が起き出すまでには、あと二時間ほどあった。

高虎は押し入れに仕舞った仏像を取り出し、少しノミを入れた。若い頃の照葉は目《め》尻《じり》がきりりと上がっていたが、今は険《けん》がとれて円満な相になっている。そこを写し取ろうと目尻に手を加えてみると、仏像は思いがけないほど慈悲《じひ》深い表情になった。

高虎は中庭に出て水垢離《みずごり》をした。夏でも冷たい井戸水をくみ上げ、心願の成就《じょうじゅ》を願って体を清めた。

仏間にもどって白小袖を着込むと、寺の者に頼んで院主に来てもらった。

「どうやらお心が定まったようでございますな」

院主は高虎の顔を見ただけですべてを察した。

「これから山を下り、下天を謀ってみようと存じます」

「それがよい。高く心を悟られたなら、俗に還《かえ》っても汚《けが》れぬものでございます」

「ついてはこの場で誓いを立てたく思います。立ち合っていただきたい」

高虎は右手の薬指を麻糸できつく巻き、脇差《わきざ》しを取り出した。

誓いの証《あかし》に指を切ることは、日本では古くから行われている。普通は小指を切るところだが、すでに賤ヶ岳の戦いで失っていた。

用意の板に掌《てのひら》をのせ、脇差しの切っ先を薬指に押し当てた。

静かに呼吸をととのえ、今の覚悟がゆるがないように念じながら、ひと息に指を押し切った。

この日から、新しい藤堂高虎が誕生したのである。

第六章　両派、動く

1

慶長四年（一五九九）の正月早々、藤堂佐渡守《さどのかみ》高虎は伏見の六地蔵にある屋敷をたずねた。

屋敷は伏見城の船入りの東側に位置している。船入りは城に物資を運び込んだり、合戦の際に軍船を出す時に用いるもので、幅約百五十メートル、奥行約三百メートルもあった。

ここから山科《やましな》川に船をこぎ出し、宇治川へと進むのである。

現在ここには京阪宇治線がとおり、桃山南口駅がある。この駅の百メートルほど東が船入りだった所で、東の岸のすべてが高虎の屋敷だった。

今の宇治川や山科川からは想像しにくいが、かつてこの川は伏見と大坂をむすぶ水運の大動脈だった。

川は最新の土木技術を用いて整備され、秀吉が発行した過書《かしょ》（通行許可証）を持った三十石船が、日に何百艘《そう》となく行き交っていた。

これを過書船と呼んだが、有事の際には宇治川は兵船の通路にもなる。

秀吉から海軍総督に任じられた高虎は、船入りの側に屋敷をかまえていつでも出撃できる態勢をとっていたのである。

高虎が下天を謀《はか》る覚悟を定めて高野山を下りてから三年半がたつ。四十歳から四十四歳までの短い間だが、数えきれないほどいろいろな事が起こり、天下は混迷の度を深めていた。

最初の痛恨事《つうこんじ》は、関白秀次が切腹させられたことだ。

高虎は山を下りて秀吉と対面した時、秀次と和解して天下の平安を保つように訴えたが、淀殿《よどどの》や石田三成らの策謀を止めることはできなかった。

高虎が下山してから一カ月もたたないうちに、秀次は高野山で詰め腹を切らされたのである。

行年二十八歳。秀吉に与えられた関白という重職に苦しみながらも、その役目を懸命に果たそうと努力をつづけた若者の、無念きわまりない最期《さいご》だった。

秀吉は養子とした有能な甥《おい》を殺したばかりか、現職の関白を私《わたくし》の都合で処刑するという二重の過失をおかしている。

これは朝廷の仕来りの中では絶対に許されない行為であり、豊臣家の摂関家としての資格そのものを問われかねない暴挙だった。

しかも累《るい》は秀次の家族にまでおよんだ。

八月二日に妻妾《さいしょう》や侍女、子供たち、あわせて三十九人が三条河原で処刑された。白装束の女や子供たちを荷車に押し込めて洛中《らくちゅう》を引き回し、河原に掘った穴の前で首を打ち落とす無残な仕打ちである。

淀殿は秀次を切腹させただけでは安心できず、秀次の子供たちまで殺すように秀吉に求めた。しかも身ごもっている可能性のある妻妾や侍女まで葬り去ったのである。

清国の西太后《せいたいごう》の残虐《ざんぎゃく》ぶりはつとに知られているが、淀殿も秀頼に豊臣家をつがせるために鬼となり、秀吉を意のままにあやつって女帝への道を歩み始めていた。

この年、淀殿は二十七歳。

信長の姪《めい》だけあって頭が切れるし度胸もいい。浅井家と関わりのあった有能な近江人脈をブレーンとして抱え、他の追随《ついずい》をゆるさないほど高度な官僚機構を作り上げていた。

三成は宦官《かんがん》のごとく淀殿に仕え、三条河原の処刑の奉行をつとめて忠誠ぶりを示した。

高野山の木食《もくじき》上人は三成のことを、少しでも背《そむ》けばたちまち報復する男だと評しているが、そんな性格だけに上に仕える時は非の打ちどころのないイエスマンに徹《てっ》したのである。

この悲惨《ひさん》な事件によって、高虎は淀殿と三成を不倶戴天《ふぐたいてん》の敵と見なすようになった。秀次に仕えていた従弟《いとこ》の玄蕃頭《げんばのかみ》良政を五千石で召し抱え、仇《かたき》はかならず取ると誓い合ったのである。

朝鮮での戦の出口も見出《みいだ》せないままだった。

文禄五年（一五九六）九月、秀吉は大坂城で明使と対面して和平について話し合ったが、交渉は不調に終わった。

明国は日本を冊封《さくほう》国と見なし、勘合貿易を再開することを認めたものの、秀吉が要求していた朝鮮南部四道の割譲《かつじょう》には応じなかった。

激怒した秀吉は、五カ月後の慶長二年二月に十四万の大軍をふたたび朝鮮に侵攻させた。

高虎も板島（宇和島）の水軍をひきいて七月に渡海したが、秀吉軍は朝鮮半島南端にきずいた城を確保するのが精一杯だった。

翌慶長三年一月には、史上に有名な蔚山《ウルサン》城の戦いが起こる。慶州の南の蔚山に城をきずいていた浅野幸長《よしなが》（長政の子）らは、明軍五万の急襲をうけた。

これを聞いた加藤清正はわずかな家臣をひきいて蔚山城に駆け込み、敵の猛攻を十日ちかく耐え抜いた。やがて高虎や黒田長政、毛利秀元らが救援に駆けつけて明軍を撃退したものの、追走する余力はなかった。

高虎はこの年五月に帰国し、戦功によって一万石の加増を受けた。また六月二十日には秀吉から海軍総督に任じられた。

〈渡海の節、津々浦々にて通船《つうせん》の事、藤堂の下知に任すべく候《そうろう》なり〉

秀吉の軍監二人が出した書状にそう記されている。戦艦用の桐紋《きりもん》付の茜《あかね》色の幕を拝領したのはこの時のことだ。

高虎は桐紋の花を取って蔦紋《つたもん》を家紋にしたと伝えられている。これを高虎の世渡り上手の証拠のように評する向きもあるが、それは曲解である。

秀吉に取り入るためにへりくだったというが、桐紋幕を拝領して二カ月後に秀吉は他界している。高虎が蔦紋を家紋として採用するのはそれ以後のことだから、取り入りたくても取り入りようがないのである。

おそらく高虎は秀吉に敬意を表して桐紋を拝領したものの、そのまま使うことには抵抗があった。そこで師の千利休が秀吉を迎える時に朝顔の花をむしり取った例にならって、桐紋の花を取ったものと思われる。

秀吉が他界したのは、この年の八月十八日のことである。裸一貫から立身出世をとげ、天下人にまで登りつめた英傑も、六十二歳を一期《いちご》として黄泉《よみ》の客となった。

死にのぞんで秀吉が気にかけていたのは、朝鮮半島に出兵させた十四万の将兵のことでも、疲弊のどん底に叩《たた》き落とした天下万民のことでもなく、淀殿が生んだ秀頼のことだけだった。

死の直前、徳川家康や毛利輝元ら五大老にあてて次のような書状をしたためている。

〈返々《かえすがえす》秀より事たのみ申候。五人のしゆ（衆、五大老）たのみ申候〳〵。いさい五人の物（五奉行）ニ申わたし候。以上〉

〈秀より事なりたち候やうに、此《この》かきつけ候しゆ（衆）として、たのみ申候。なに事も此ほかにおもひのこす事なく候。かしく〉

秀頼を（そして淀殿を）思いやる気持ちがにじみ出た遺言ではある。だが天下人としては失格だと、誰もが思ったにちがいない。

天下人なら天下の安泰《あんたい》を気にかけるべきだし、戦国の世を生き抜いてきた男なら、誓紙などいつ反故《ほご》にされても仕方がないという覚悟を定めておくべきだからである。

ともあれ秀吉の死によって、豊臣政権は大きな危機をむかえた。

淀殿と三成らは何とかこれを持ちこたえようと懸命の努力をするが、朝鮮出兵の失敗や国内の疲弊など、負の遺産《いさん》はあまりに大きい。

政権に対する世論の支持は急激に低下し、新しい国家のあり方を模索《もさく》する動きも出始めている。

その求めに応じた政権をどうやって作るかが、家康や高虎の大きな課題となっていた。

そうした激動の予感をはらみながら、慶長四年の年が明けた。

一月十日、七歳になった秀頼は伏見城から大坂城に移った。秀頼を大坂城に移して前田利家が守り役をつとめるように、という秀吉の遺言に従ってのことである。

秀頼は輿《こし》に乗って宇治川ぞいの道を下り、五大老（徳川家康、前田利家、毛利輝元、宇喜多秀家、上杉景勝）五奉行（石田三成、増田長盛、長束正家、浅野長政、前田玄以《げんい》）をはじめ、諸大名の多くが前後に従った。

大坂城では代替わりの所領安堵《あんど》のお礼に大名たちが秀頼に拝謁《はいえつ》し、豊臣家の新体制がスタートしたのだった。

2

高虎は中の島の藤堂家の屋敷に入り、家臣たちとささやかな祝いの宴を張っていたが、夕方になって伏見の屋敷に残った多賀新七郎良勝から急使がとどいた。

「治部らに、家康公襲撃の企てあり」

使者にたくした書状に、新七郎はそう記していた。

「どういうことだ。子細を申せ」

高虎は宴席を中座して事情を聞いた。

「家康公に家を滅ぼされ、恨みを持つ者がおります。治部どのはその者たちを使って、家康公を討ち果たそうとしておられるのでございます」

「それは何者だ。何ゆえ治部に従っておる」

高虎は矢継ぎ早にたずねたが、使者はそれ以上のことは知らなかった。

「明日にはもどる。その者たちから目を離すなと、新七郎に伝えよ」

使者を送り返し、酒席にいた者たちだけに事態の急を告げた。

「玄蕃、すまぬが片桐どのの屋敷に行き、明日伏見にもどることになったと家康公に伝えてくれ。公がいつ発《た》たれるかも確かめてきてくれ」

従弟の藤堂玄蕃頭良政に命じた。

もうひとつ用事がある。誰に申し付けようかと家臣たちを見回していると、二十一歳になった高吉がひと膝《ひざ》前に進み出た。

「どちらに参ればよいか、お申し付け下され」

日頃は思慮深く控え目な男だが、三成の名を聞くと目の色を変える。秀保を暗殺した張本人だと、今も敵愾心《てきがいしん》を燃やしていた。

「増田長盛どのの屋敷に行ってくれ。淀殿と秀頼公の荷物を、当家の船で運ばせていただきたいと申し出よ」

伏見城の奥御殿には、二人の荷物が山のように残っている。それを大坂城へ輸送するのは、移徙《わたまし》奉行に任じられた長盛の役目だった。

「無用であると言われたら、いかがいたしましょうか」

「そちならどうする」

「太閤《たいこう》殿下から拝領した桐紋付きの幕は、こうした時にこそ使うべきだと申し上げます」

「それでよい。その才覚なら、断られることはあるまい」

夕方になって良政がもどってきた。新年の盃《さかずき》を頂戴《ちょうだい》したと、かすかに赤みのさした顔をしていた。

「家康公はすべて了解なされ申した。十二日の辰《たつ》の刻（午前八時）には、大坂を発つとおおせでござる」

そう復命してから、どのようにして三成の企てを封じるつもりかとたずねた。

「それは新七郎の話を聞いてからでないと決められぬ」

「もし治部の軍勢と渡り合うことがあれば、それがしに先陣をつとめさせていただきたい」

良政が改まって頼み込んだ。

良政も高吉と同じ気持ちである。三成を討って秀次の仇《あだ》を報じたいと、追腹を切らずに生き延びていた。

やがて高吉がもどり、増田長盛が了解したと伝えた。実は向こうも、藤堂家の船を使わせてもらいたいと考えていたという。

「ようやった。これで仕度は万全じゃ」

高虎は労をねぎらったが、何をするつもりかは伏せたままだった。

翌日、伏見の屋敷にもどって多賀新七郎から事情を聞いた。

「襲撃を企てているのは、甲州の小山田信茂どのの残党でございます」

新七郎は多賀家に長年仕えている甲賀忍者を使って、事情をつぶさに調べ上げていた。

話は十七年前、織田信長の軍勢が甲斐の武田勝頼を滅ぼした事件にまでさかのぼる。

新府城を脱出した勝頼の一行は、小山田信茂に勧められて大月の岩殿《いわどの》城まで逃れようとした。ところが信茂が途中で寝返ったために、勝頼らは織田、徳川の連合軍に追い詰められて天目山のふもとで自刃《じじん》した。

この戦の後、信茂は信長の嫡男《ちやくなん》信忠のもとに出頭して降伏を乞《こ》うた。だが信忠は主君を裏切った卑怯《ひきよう》な振る舞いを憎み、信茂と家族を斬首《ざんしゆ》にした上で所領を没収した。

このため一門の者たちは、信茂の遺児をつれて信州の真田昌幸《まさゆき》を頼った。

信茂が勝頼を裏切ったのは、身方をすれば所領を安堵《あんど》すると家康にさそわれたためで、直筆の書状ももっている。だが家康は約束を守らず、信茂を見殺しにした。

一門の者たちはそう主張し、時が来たなら家康に約束の実行を迫るので、それまでかくまってほしいと昌幸に頼み込んだ。

昌幸は捨て扶持《ぶち》を与えて領内に住まわせたが、本能寺の変で信長が倒れた後も、徳川家が関東に移封されてからも、家康は彼らの要求に応じようとしなかった。

怒り心頭《しんとう》に発した小山田家の遺臣たちは、家康を討って信茂の仇を報じる機会をうかがっていたのである。

真田家と姻戚《いんせき》関係をむすんでいる石田三成は、ふとした機会にこのことを知った。そこで昌幸と連絡をとって小山田家の残党を伏見に呼び寄せ、家康を討ち果たしたなら旧領に復して家を再興すると持ちかけた。

好機到来と勇み立った残党たちは、家康が大坂から伏見にもどる途中で襲撃しようとしていたのである。

「その者どもは治部どのから与えられた金で鉄砲を買い込み、牢人《ろうにん》どもを雇い入れております。総勢は五十人ちかくになると思われます」

「そのこと、どうして分った」

高虎は情報の入手先をたしかめた。

三成は油断のならぬ相手である。偽《にせ》の情報をつかませて、罠《わな》に落とそうとしているのかもしれなかった。

「殿もお人が悪い。この伏見に百人以上もの甲賀者を入れておることを、お忘れになったわけではありますまい」

新七郎良勝が不敵な笑みを浮かべた。

「その方らの仕事ぶりを疑っているわけではない。家康公に報告する都合もあるゆえ、知っておきたいだけだ」

「石田家の屋敷に見張りをつけております。誰が出入りしたかも、重臣たちがどこに出かけたかも分っておるのでござる」

そうして重臣の一人が小山田家の者と接触していることを突き止め、外出した時に後をつけて密談を聞き込んだのである。

「ただし、小山田家の者たちがひそんでいる場所も、いつどのようにして家康公を襲うかも分っておりませぬ」

「企てがあることが分れば、手の打ちようはいくらでもある」

高虎は新七郎の働きを誉《ほ》め、今後も一味の動きから目をはなすなと命じた。

この戦いに勝ち抜くには、相手の動きをいち早くつかみ、機先を制して手を打たなければならない。高虎はそう考え、新七郎に甲賀忍者を組織して諜報《ちようほう》活動にあたらせていた。

幸い多賀大社の社家である多賀家は、古くから甲賀者と深い関わりを持っている。

大社の坊人《ぼうにん》の修行場が甲賀の飯道山《はんどうさん》にあり、甲賀者も坊人となることが多かったからだ。

甲賀忍者として名高い彼らは、坊人となって多賀大社の用をつとめるかたわら、諸国の情報収集や諸大名の動向の調査にあたった。

大社の手形を持っていれば関所は自由に通れるし、全国数千の末社を拠点にできるのだから、これほど有利な立場はなかったのである。

彼らを束ねる多賀家と藤堂家は、一心同体といえるほど密接な関係を保っていた。

高虎の母のお虎は多賀家の娘だし、父虎高の二人の妹も多賀家に嫁いでいる。上の妹は多賀少兵衛良直を婿《むこ》養子とし、藤堂玄蕃頭良政を産んだ。下の妹は多賀新介良政（お虎の弟）に嫁ぎ、新七郎良勝を産んだのである。

高虎はこうした縁故《えんこ》のおかげで、多賀家の配下の甲賀者を自由に使える立場にあった。

その陣容と組織力は、日本有数と言っても過言ではなかったのである。

3

翌朝、高虎は百石積みの小早船三艘《そう》に秀頼や淀殿の荷物を載せ、船入りを出て宇治川を下っていった。

先頭の船には秀吉から拝領した桐紋付きの茜色《あかね》の幕を張り回し、豊臣家の御用船であることを示している。万一の場合にそなえて、三艘の船に十人ずつ鉄砲隊を乗り込ませていた。

伏見を出たのは午前八時、家康が大坂を出るのと同じ時刻である。

小山田家の残党たちがどこで待ち伏せるかをさぐりながらゆるゆると下れば、枚方《ひらかた》あたりで家康の行列と行き合うだろう。

三成の息のかかった者たちが、秀頼の移徙《わたまし》がすんだばかりの目出度《めでた》い時に、豊臣家のお膝元である摂津で騒動をおこすはずがない。襲撃するなら、楠葉《くずは》を過ぎ山城国に入ってからだと当たりをつけていた。

「作助、猿楽の者たちに派手に囃《はや》させよ」

高虎は小堀作助政一《まさかず》（後の遠州）に命じた。

大和郡山家が取り潰《つぶ》された後、父正次は秀吉に仕えて大和に残ったが、政一は自ら望んで高虎の弟子になっている。

倅《せがれ》の高吉と同じ年で、近頃築城や作庭の分野でめきめき頭角をあらわしていた。

「承知いたしました。皆々、出《い》でよ」

政一が手配した大和猿楽座の者たちが笛や鼓《つづみ》で囃し始めると、道を行く者たちが足を止めてふり返った。

幅三メートルもある桐紋付きの茜色の幕は、雪が降りつもった冬景色の中ではひときわ目立つ。その舳先《へさき》で猿楽座の者たちが祝いの曲をかなでながら川を下るのだから、祝いのムードは満点である。

こうすることによって敵に不審を抱かせまいとしたのだが、狙《ねら》いはもうひとつあった。

ただの旅人なら、足を止めて船を見るのが普通である。だが家康を襲撃しようとしている者にはそんな余裕はないので、他とはちがった反応を示す。

それによって敵がどこにいるかをさぐり出そうと考えたのだった。

巨椋池《おぐらいけ》を過ぎ淀大橋にさしかかろうとする頃、笠《かさ》をかぶり羽織に裁着袴《たつつけばかま》という出立《いでた》ちの五人がいた。

船が横を通りすぎても、わき目もふらずに下流に向かっていく。

高虎は五人が毛皮の雪沓《ゆきぐつ》をはいているのを見て苦笑した。

畿内の武士は雪の日でも藁沓《わらぐつ》しか用いないが、雪深い国で育った者は愛用の沓を手放せないようだった。

「作助、あれだ」

前方にはゆるやかな弧《こ》を描いて淀大橋がかかっていた。

かつて秀吉はこの近くに淀城という瀟洒《しょうしゃ》な城を作り、愛妻となったお茶々を住まわせた。

淀殿と呼ばれるようになったのはそのためだが、彼女は城といっしょに淀大橋の渡り賃を徴収する権利も受け取った。

この橋賃を京大坂の商人たちに貸し付け、金融《きんゆう》業のイロハを学んだのである。

（あの橋で、襲うつもりだ）

高虎の直感がそう告げた。

家康の一行が渡る時に橋の両側から襲いかかれば、逃げられる心配はない。しかも一行の隊列が長く伸びるので、少人数で多勢を襲うのに適していた。

淀城は今は廃され、代官所がおかれている。三成はそこに配下の者たちを待機させ、事件が起こったらいち早く駆けつけて残党たちに有利な処置を取るように命じているはずだった。

船はしずかに淀大橋にさしかかっていく。橋桁《はしげた》が五メートル、長さ二百メートル近い橋は、下から見上げると天空にかかる虹《にじ》のようである。

橋の両側にいる不審な男たちは、どうやら下見に来た残党の一味のようだった。

高虎はそのまま船を進め、淀川に出た。川幅が急に広くなり、水量もゆたかになる。川の流れはゆるやかで、船の速度が落ちたのが景色の流れで感じられた。

枚方にさしかかった所で、予期したとおり家康の一行と行き合った。川の左岸の堤の道を、千人ばかりの将兵に警固されて北へ向かっていた。

高虎は上流の船着場に船を止め、数人の近習を従えて行列を待った。先頭の先触れの者に素性を明かし、至急家康公に言上したいことがあると申し入れた。

家康がどれほど高虎を重んじているかは、徳川家の重臣たちはよく知っている。先触れの者はその場で行列を止め、高虎を家康の駕籠《かご》まで案内した。

「申し上げます」

高虎は駕籠の脇《わき》で片膝をつき、不審の者たちが淀大橋で待ち伏せしているので、自分の船に乗り替えるように勧めた。

「さようか。ならばそうさせてもらおう」

家康が窮屈《きゆうくつ》そうに体をかがめて駕籠から下り、両手を突き上げて背伸びをした。

五十八歳になる。息をするのも難儀《なんぎ》なほど太っているので、狭い駕籠に乗るのは苦しいのである。

「その方らはこのまま進め。ただし淀大橋を渡らず、巨椋池の南の道を通れ」

先触れの者に命じると、家康は三人の近習をつれただけで高虎の船に乗り込んだ。

「太閤殿下の桐紋幕を使うとは、考えたものよな」

家康がにんまりとした。

「無用の争いは避けるべきだと存じましたので」

荷物をつんだ二艘の船はそのまま大坂城へ向かわせ、一艘だけで伏見に引き返すことにした。

桐紋幕を張っていれば、襲われる気遣《きづか》いはない。屈強の船引きに船を引かせ、久々に家康とゆっくり語り合いながら川を上った。

「わしが小山田家の再興を認めなかったのは、信茂の決断が機を逸《いっ》していたからなのだ」

家康は脇息《きようそく》にもたれかかり、武田攻めの時のいきさつを語った。

天正十年（一五八二）三月、織田信忠の軍勢五万は、高遠《たかとお》城を攻め落とした勢いにのって甲斐に攻め込んだ。家康も徳川勢三万をひきいて富士川ぞいに甲府へ迫った。

勝ち目はないと見た武田勝頼は、新府城を焼き払って小山田信茂の居城である岩殿城に向かうことにした。

家康は密偵からの報告でこのことを知り、勝頼を説き伏せて降伏させるように信茂に申し入れた。今降伏して信忠のもとに出頭すれば、勝頼の嫡男の信勝を立てて武田家の名跡を残せる可能性がある。

そう判断したからだが、信茂はぎりぎりまで決断できず、勝頼も信勝も織田勢に追われて天目山のふもとで自刃せざるを得なくなった。

「信茂があと二日早く決断していたなら、こんなことにはならなかった。わしは武田家の名跡と信玄公の遺臣《いしん》を滅ぼすにしのびず、身方をしたなら所領を安堵《あんど》するという書き付けを渡したが、信茂は自ら反故《ほご》にしたのだ」

家康はしばらく目を閉じて当時に思いを馳《は》せていたが、これからの戦はあの時より何倍も難しいものになるとつぶやいた。

「豊臣家はすでに万民の支持を失っている。これからは国を立て直すための新しい政治を始めなければならぬ」

「その政治とは、いかようなものでございましょうか」

高虎も石田三成らのやり方には見切りをつけているが、どんな政治をおこなえば万民の幸せにつながるのか、はっきりとした未来図を描けずにいた。

「武家の世は源頼朝公にはじまる。それを手本にして、そちと二人であみ出していくしかあるまい」

家康は頼りにしてまっせとおどけて言うと、あお向けになって寝息をたてはじめた。

やがて船は宇治川に入り、何事もなく淀大橋の下を通り過ぎた。高虎は念のために鉄砲隊に戦の仕度をさせていたが、家康の眠りをさまたげずにすんだのだった。

4

対立の第二幕は、家康が仕掛けたものだった。

秀吉は生前、大名同士が私的に縁組みをしてはならないと定め、五大老、五奉行もこれに従うと誓約していた。

ところが家康は公然とこれに背き、伊達政宗、福島正則、蜂須賀家政らとの縁組みをすすめた。

石田三成らはこれを糾弾《きゅうだん》するため、一月十九日に相国寺の僧承兌《じょうたい》や生駒一正（親正の子）を伏見につかわして家康を詰問《きつもん》した。

これに対して家康は、

「縁組みのことはすべて堺の今井宗薫《そうくん》に任せてある。宗薫の方から届け出て許可を得たものと思っていた」

と、かねて用意の返答をした。

追及の矛先《ほこさき》をかわされた三成らは今井宗薫を呼びつけて問責《もんせき》したが、

「自分はいっかいの町人で、武家の法度《はっと》は知らなかった」

宗薫は涼しい顔で言い逃れた。

激怒した三成は自ら家康をたずね、

「五大老の要職にありながら、まっ先に誓約を破るとは許しがたい。納得いく返答が得られなければ、五大老の列から除外する」

高飛車に迫ったが、家康はこの隙《すき》を見逃さなかった。

「それはどなたがおおせられたのかな」

大きな目でじろりとにらんだ。

「四大老と五奉行の総意《そうい》でござる」

利口な官僚にすぎない三成は、失言に気付かないまま言いつのった。

「これは異なことを申される。太閤《たいこう》殿下はわしに伏見城で政務をとるようにご遺言なされた。その方らはこのお申し付けにそむくつもりか」

それこそ誓約を破る行為ではないかと切り返され、三成はたじたじとなった。

両者の話し合いは物別れに終わり、すわ合戦かという険悪な状態になった。

合戦になれば伏見城内に曲輪《くるわ》を持つ三成(治部少丸)、増田長盛(右衛門丸)、長束正家(大蔵丸)らが圧倒的に有利である。

そこで家康の屋敷には、高虎をはじめ加藤清正、池田輝政、福島正則、蜂須賀家政、黒田長政、細川忠興らが集まって警固にあたった。

この争いは生駒一正、堀尾吉晴、中村一氏らの仲裁《ちゆうさい》によって、二月五日に何とか和解にこぎつけた。

家康もこのまま合戦に突入するのは不利と見て、縁組みについての警告は了承したし、今後は秀吉の置目《おきめ》や連判の誓詞にそむかないと約束して矛をおさめた。

対立の第三幕は、前田利家が二月二十九日に伏見の徳川家康をたずねたことから始まった。

家康の誓約違反があきらかになった時、秀頼の後見役である利家は、三成の後押しをして家康を詰問した。そのために和解後も両者の間にしこりが残ることになった。前田家の姻戚《いんせき》である細川忠興は、このことを憂慮《ゆうりよ》して利家と家康の融和《ゆうわ》をはかろうと奔走《ほんそう》した。その結果、利家が病気をおして伏見の家康をたずねることにしたのである。

ところが利家には、特別な思惑《き》があった。

伏見で家康に争論をしかけて斬り殺されるので、それを大義名分として家康討伐の兵を挙げよと嫡男《ちやくなん》の利長に命じていたのである。

〈内府このたび我等を斬らぬは百に一つ、斬るは必定なり。その時人数そろえおき、そのまま出して弔《とむらい》合戦《がっせん》して勝利を得候《そうら》わん事を、むね持たぬかと高らかに仰せられ候て〉

愛刀を引き抜いて意気を示したと、近習だった村井勘十郎は『覚書』に記している。

ところが利長には父ほどの思い入れはなく、挙兵には消極的だった。

家康も利家の意図を見抜き、他の大名を同席させて争論をしかける隙を見せなかったので、利家の計略は不発におわった。

だが、険しい対立はこれでおさまったわけではない。利家の訪問に返礼しなければならない立場に立たされた家康は、三月十一日に前田家の大坂屋敷をたずねることにした。

これを知った三成らは、絶好の機会を逃すまいと手ぐすね引いて待ち構えていたのだった。

5

この大事な時期に、高虎は病みついていた。

臀部《でんぶ》にこぶし大の御出来《おでき》ができて、歩くことも座ることもままならなくなった。菌が体中にまわったらしく、高熱を発して中の島の屋敷で寝込んでいた。

（まったく、このような時に）

何と間の抜けたことかと自分をののしったが、いかに天下の傑物でも御出来には勝てない。侍医の白庵が処方《しょほう》した薬をぬり、うつ伏せになって回復を待つ以外に手がなかった。

「私の国では御出来は神さまのお灸《きゅう》だと言います。働きすぎを警告し、英気《えいき》をやしなうための休養期間を与えてくれるのです」

「さようでござるか。切り裂いて膿《うみ》を出してしまえば、治りも早いと存ずるが」

「とんでもない。そんなことをすれば、神さまのご意思にそむくことになりますよ」

何と罰当たりなことを言うかと、白庵は悲しげに首をふった。

大和郡山家が改易された後、侍医として高虎に従っている。秀長の思い出を共有するかけがえのない友であり、世界の情勢について教えてくれる得難い教師でもあった。

高虎はやむなく大きな体をふとんの住人にして、神さまのご機嫌がなおるのを待っている。

その間にも藤堂良政や高吉に諸大名との連絡にあたらせ、多賀新七郎や服部竹助に三成方の動きをさぐらせていた。

「先んずれば人を制すだ。人も金も惜しむな」

高虎は情報戦を制した者が勝利をつかむことを知っている。甲賀者二百人を大坂市中に配し、三成方の大名たちの動向を調べ上げていた。

収集した情報を分析し、相手がどう動くかを予測した上で伏見の家康に報告する。

そうした仕事のためには、ふとんの住人になっているのも案外悪くないのだった。

この頃の家康が高虎をどれほど頼りにしていたかは、利家と対面した後に記した手紙に如実《にょじつ》に現れている。

家康は対面が無事にすんだので安心するように伝え、腫物《はれもの》の養生をするようにと気

遣った後で、

〈中度儀《もうしたきぎ》多く御入候ま、すこしもよく候ハバ御上り待入候〉

相談したいことがあるので、病気が少しでもいいようなら伏見に来てほしいと頼み込んでいるのである。

この書状は二月二十九日付だが、家康は三月六日にも見舞いの書状を送っている。

この時使者をつとめたのは、徳川四天王の一人井伊兵部少輔《ひょうぶのしょう》直政だった。

〈油断なく御養生《ごようじょう》専用候。なお井伊兵部少輔申すべく候間《あいだ》、具《つぶさ》ならず候〉

書状の末尾にそう記している。

直政に申し含めているので詳しくは記さないというのである。

「十一日の段取りをお決めになったようでござるな」

ふとんの住人はそう察していた。

「さよう。伏見から淀川を下り、中の島に船を着けたいとおおせでございます」

直政は天下に名を知られた名将だが、高虎には一目も二目もおいていた。

「それは当屋敷を宿所にしていただくということでござろうか」

「そのように頼んでこいと、おおせつかって参りました」

ご承知いただけようかと、直政は辞を低くして頼み込んだ。

「願ってもないことでござる。我が家のごとく心安く使っていただきたいとお伝え下され」

今や敵地となった観《かん》がある大坂で、高虎の屋敷だけが頼りだというのである。その手放しの信頼ぶりが、高虎の気力をふるい立たせた。

不思議なもので翌日には御出来《おでき》の腫《は》れがすっかりひいていた。気分も清々《すがすが》しく、大きな体に力がみなぎっていた。

「新七郎、おるか」

大股《おおまた》で侍長屋をたずね、三成らの動きはつかめたかとたずねた。

「何も動きはありませぬ。いつも通りでございます」

「治部らがこの機会を狙《ねら》わぬはずがない。商人《あきんど》の出入りひとつ見逃してはならぬ」

「これはそれがしの領分でござる。お任せいただきたい」

新七郎は余計な口出しをするなと言いたげだったが、十日になっても三成らの動きをつかむことができなかった。

小山田家の残党を使って家康を襲撃することに失敗して以来、三成は内情がもれぬように細心の注意を払っていたのである。

高虎は黙って知らせを待ったが、内心焦《あせ》っていた。家康に万一のことがあったらと思うと、居ても立ってもいられなかった。

時は弥生《やよい》。庭の桜は満開である。浪速《なにわ》の海から吹きくる風にゆられて、花びらが舞い落ちていく。その花のひとつひとつが、残り少ない時間を告げている気がした。

「父上、遠方の友が参られましたぞ」

高吉が嬉《うれ》しそうに謎《なぞ》をかけた。

「水野勝成《かつなり》どのでござる。客間でお待ちいただいております」

「そうか。藤十郎どのか」

大急ぎで客間に出ると、勝成は袖《そで》なし羽織を着た旅装束で座っていた。

「佐渡守どの、お久しゅうござる」

「与右衛門と呼んで下され。わしも藤十郎どのと呼ばせてもらう」

「かたじけない。少々おやせになられましたな」

「近頃わずらっておったが、貴殿と会って元気が出た。明日のことはお聞きおよびでござろうな」

こんな時期に、勝成が何の目的もなくたずねてくるとは思えなかった。

「そのことでござるが、与右衛門どの、由々しき大事でござるぞ」

三成や小西行長らがひそかに兵を集め、家康を襲撃しようとしている。おそらく利家の見舞いを終えて宿所に入る時に襲うはずだ。勝成はそう言った。

「そのことを、どうして」

「小西家に仕えていた頃の知り合いがおります。その者にひと働きせぬかと誘われたのでござる」

勝成は知り合いのもとに身を寄せていたが、それを聞いて真《ま》っ直《す》ぐに高虎のもとに駆けつけたのだった。

「よう知らせて下された。この屋敷こそ、その宿所なのでござる」

高虎は勝成に事情を打ち明け、加藤清正と池田輝政のもとに使いを飛ばした。

二人はすぐにやってきた。

清正は三十八歳。肥後半国二十五万石の大名に立身し、高虎と同じ中の島に屋敷をかまえている。輝政は勝成と同じく三十六歳。三河吉田十五万二千石を領し、家康の娘婿《むすめむこ》になっていた。

高虎は板島（宇和島）八万石、勝成は小西家をはなれて牢人《ろうにん》中である。

だが互いの関係は昔とまったく変わらない。高虎が兄貴分で、他の三人はおとなしく指示を待っていた。

「石田治部が家康公の襲撃をくわだてている。標的はこの屋敷だ」

高虎は二人にいきさつを語り、家康を守るために協力してほしいと頼んだ。

「敵の人数は、いかほどでござる」

清正は戦《いくさ》をする気になっている。朝鮮出兵中に三成から数々の理不尽な扱いを受け、報復を胸に誓って帰国したのだった。

「二千か三千になるであろう」

「ならば先手を打って治部を討ち果たせばようござる。身方をつのれば、一千ばかりはすぐに集まりましょう」

「さよう。当家の大坂屋敷にも、三百の兵がおりまするぞ」

輝政も乗り気になった。相手が三倍でも、この顔ぶれなら楽に勝てる自信があるのだった。

「まあ待て。そんなことをすれば、利家公が黙ってはおられまい」

最後の機会とふるい立ち、毛利輝元や宇喜多秀家、上杉景勝らをひきいて家康に与《くみ》する大名をことごとく討伐しようとするにちがいない。

三成らが家康襲撃の構えを取っているのは、そうした状況を作り出すための布石かもしれなかった。

「挑発に乗ってはならぬ。こたびは家康公を守ることに徹するのだ」

もし相手が仕掛けてきたなら、正義はこちらにあるのだから思う存分戦えばよい。今夜のうちにできるだけ身方をつのっておくようにと、高虎は訪ねるべき屋敷を二人に割りふった。

「お任せ下され。こりゃあ面白かこつになってきたごたる」

清正は肥後弁で気勢《きせい》をあげ、輝政とつれ立って出ていった。

「それがしは伏見に行って、家康どのに話をしておきましょう」

ついては書状を一通書いてほしいと、勝成は恐縮して頼み込んだ。

「何しろ家を飛び出して十六年になりますからね。殿の器量の大きさは知っていますが、手ぶらでは敷居をまたぎにくいのですよ」

「おやすいご用でござる。このような時期に心強い身方ができたと、家康公もさぞお喜びになりましょう」

高虎は勝成のおかげで敵の計略が分ったと書状に記し、取りなしの言葉をそえて勝成にわたした。

6

三月十一日の午前八時、徳川家康が中の島の対岸の北浜に着いた。大型の船五艘《そう》をつらね、井伊直政、榊原康政らが精鋭《せいえい》五百人をひきいて警固にあたっている。

北浜の船着場には高虎、清正、輝政、福島正則、細川忠興、黒田長政、浅野幸長《よしなが》ら、百戦錬磨《れんま》の武将たちが迎えに出ていた。

大半が四カ月前に朝鮮半島から引き上げてきた者たちで、いまだに戦場の殺伐《さつばつ》とした匂《にお》いをただよわせていた。

「どうぞ。これをお召し下され」

高虎が特製の駕籠《かご》を家康にすすめた。

畳一枚を敷ける大きなもので、要所には鉄の薄板を張って鉄砲で撃たれても貫通《かんつう》しないように作ってある。

重いので八人で担《かつ》ぐ豪快な駕籠だった。

「これはよい。寝転んでいけそうではないか」

家康は広い戸口から楽々と乗り込み、昨夜は勝成に会えて良かったと礼を言った。

出奔の罪を許し、側近として用いることにしたのである。

駕籠の前を利家に近い細川忠興が進み、後ろに豊臣家の親戚《しんせき》である浅野幸長が従った。

高虎は清正と肩を並べ、他の武将たちを引きつれて幸長の後ろに従った。

堺筋を南に下り、本町通りを東に折れて玉造口《たまつくりぐち》にある前田利家の屋敷に向かっていく。

沿道には見物の者たちが二重三重に人垣を作り、爪先《つまさき》立ちにのび上がって行列の様子をながめていた。

利家は表御殿に出て家康を迎えた。

体を脇息《きょうそく》で支えなければ座っていられないほどやつれていたが、弱味を見せまいと気を張っている。側には正室のお松の方と利長が控えていた。

「よう来て下された。礼を申し上げまする」

利家は六十二歳になる。若くして信長に仕え、槍《やり》の又左と異名をとった使い手だった。

「ご無理は禁物でござる。横になって楽にしていただきたい」

家康が利家の病状を気遣った。

「かたじけない。されど今日は、折り入って内府どのにお聞きとどけいただきたいことがござる」

それゆえ横になるわけにはいかないと、利家は脇息から動こうとしなかった。

やがてお茶と菓子がふるまわれた。美しく着飾った侍女たちが、銘々《めいめい》の前に朱塗りの折敷《おしき》をならべていく。お茶は煎茶《せんちゃ》だが、ふくよかな深い香りがした。

座がなごみ心が打ちとけた頃、利家が再び口を開いた。

「頼みというのはほかでもない。それがしに不慮《ふりょ》のことあらば、内府どのに秀頼さまを守り立てていただきたいのでござる」

後見役を引き受けてほしいという意味だが、家康はそれと気付かぬふりをして、

「むろんでござる。亡《な》き太閤《たいこう》殿下のお申し付けは、我ら一同胆《きも》に銘じて守る所存でござる」

そつなく話に深入りすることを避けた。

「秀頼さまを守っていただけるのでござるな」

「誓紙にしたためた通りでござる。ご安心下され」

「ならば五奉行の者と力を合わせて下されような」

利家はおだやかな言い回しをしたが、真意は三成と和解せよということだった。

「それがしとて争いは好みませぬが、近頃は意見のくいちがいも多く、溝が深まりつつあります」

和解するには相手にも歩み寄ってもらわねばならぬ。その仲介を利家に頼みたいと、家康はいんぎんに頭を下げた。

その時、廊下にせわしない足音がして、当の石田三成が入ってきた。女物のような桜色の小袖《こそで》を着流し、緋《ひ》色の陣羽織をかさねた何とも奇妙な姿だった。

こんな所に三成が現れようとは、家康に随行《ずいこう》した者たちは誰一人思っていない。いったいどうしたことだと、色めき立って互いの顔を見合わせた。

この時の武将たちの驚きぶりを、秀忠の近習だった石川忠総《ただふさ》は次のように書き留めている。

〈御中《おなか》よき衆御寄合候ところへ、石田治部少へんてつ（変哲）衣《ごろも》にてふと参候ゆえ、人々仰天候よし申候〉

三成の行動は、後々の語り草になるほど意表をついたものだったのである。

「ご一同おそろいで、結構なことでござる。近くで花見をしておったゆえ」

このような格好で失礼するとことわり、三成はずかずかと部屋に入ってきた。

「そちを呼んだ覚えはない。下がれ」

利家が怒鳴ったが、その声はあわれなほど弱々しかった。

「呼んでいただいてはおりませぬが、奉行の一人として内府どのにお礼を申し上げたく存じましたので」

三成は家康の前に座り、これまでの行きちがいを修復するために大坂まで来てくれたことに感謝すると言った。

「わしは大納言《だいなごん》どのの見舞いに来たのじゃ。そちが礼を言うにはおよばぬ」

家康は落ち着き払って応じた。

「されどよき機会でござる。両派の和をはかり、太閤殿下のお申し付けをはたしたいと存じまする」

「わしとてその思いに変わりはない。今も大納言どのに、仲介の労を取っていただけるようお願いしていたところじゃ」

「仲介など無用でござる。内府どのにそのお心さえおありなら、我らはいつでもおおせに従いまする」

そんな気持ちもないくせにいい加減なことを言っては困る。三成はそう言いたげな口ぶりだった。

「ここな無礼者が。誰ぞこやつを斬《き》り捨てい」

利家が渾身《こんしん》の力をふり絞って命じたが、前田家の者は飛び出して来ない。それなら我らがと、脇差《わきざ》しに手をかけた者が二、三人いた。

「お待ち下され。罰《ばつ》をおそれず直言するは良臣の証《あかし》でござる」

家康は三成を庇《かば》い、高虎にちらりと目をやった。

争いにするなという意味である。

「お誉《ほ》めをいただきかたじけない。そちらには藤堂佐渡守どのもおられましたな」

三成は初めて気付いたふりをして、淀殿が会いたがっているので明日にも登城してもらいたいと言った。

「内府どのは今夜、貴公の屋敷に泊まられると聞き申した。不慮のことがなきよう、くれぐれもお願い申し上げる」

三成はわざと挑発するようなことを言って席を立った。

清正が一礼して三成の後を追った。斬るつもりだということは、目の色を見ただけで分った。

（あの逸《はや》り者が）

高虎は追いかけて止めようとした。

すると控えの間から二人が飛び出し、清正に加勢しようと後ろから従っていく。何と藤堂良政と高吉だった。

（あやつら）

高虎は小走りに近づくなり、二人の襟首《えりくび》をつかんで腹立ちまぎれに引き倒した。

「与右衛門どの」

ふり返った清正の目は真っ赤だった。

気持ちの真っ直《まっす》ぐな男だけに、三成を追いながらこれまでの悔しさや無念を一時に思い出したのである。

「抑《おさ》えよ」

高虎は清正の肩をつかんだ。

「大納言どののお申し付けにござる」

斬っても名分は立つと、清正は高虎の手をはねのけようとした。

「治部は下に白装束を着込んでいる。それを承知の上か」

高虎はそのことにいち早く気付いていた。

わざと傾《かぶ》いた形《なり》をして皆を挑発したが、花見の帰りだからとあらかじめことわっている。いかにも傲慢《ごうまん》そうに振る舞ったものの、行儀や作法には一点の非もないように計算した上での行動だった。

「これが、どういうことだか分るか」

「わざと討たれに来たのなら、討てばいいのでござる」

「ここは前田どのの屋敷だ。討とうとすればお前が討たれる」

利家も共謀しているおそれがある。そうでなければ、斬り捨てよと命じた瞬間に武者隠《かく》しから数人の家臣が飛び出してくるはずだった。

「行かせて下され。斬り死にしても本望でござる」

「ならば、わしを刺せ」

高虎は自分の脇差しの柄《つか》に清正の手をかけさせた。

「一人の三成を斬っても事は成らぬ。このわしを信じて時を待て」

清正は大きく息を吐いて激情に耐えていたが、やがて高虎の脇差しを鞘《さや》ごと引き抜き、今日のことを忘れぬためにこの刀を申し受けると言った。

無事に見舞いを終え、家康は中の島の高虎の屋敷に入った。

三成らが事を起こすとすれば、明日の夜明けまでである。高虎は五百余の手勢を屋敷に詰めさせ、清正、輝政ら家康を支持している大名たちをまわりに配して守りを固めた。

その数は十名以上になったが、総勢は三千にすぎなかった。

「石田方は二万の兵を動かす手筈《てはず》をととのえております」

新七郎がようやくさぐり当てて来た。

三成や小西行長、長束正家、増田長盛らが中心となり、毛利輝元、宇喜多秀家、前田利家まで兵を出す構えをとっているという。

「そうか。やはり」

利家は三成と示し合わせていたのである。三成を斬ったなら、二万の兵が即座に前田屋敷を包囲したはずだった。

高虎は淀川河口の船屋敷に高吉をつかわし、日本丸を中の島まで出動させた。秀吉海軍の旗艦《きかん》として建造された大安宅船《おおあたけぶね》で、両舷《りようげん》と前後に十五門の大砲を装備している。

これだと敵が川を渡って攻め込む前に砲撃することができたし、万一窮地におちいっても家康を乗せて海に逃れることができた。

これでは三成らは動けない。両軍は内乱勃発《ぼつぱつ》の緊張をはらんだ不気味なにらみ合いをつづけたものの、十一日の夜は静かにふけ、何事もなく十二日の朝を迎えた。

高虎は人目につかないうちに日本丸を船屋敷にもどし、家康を桐紋付《きりもん》の小早船で伏見まで送るように玄蕃頭良政に申し付けた。

「兄者は行かれぬのか」

良政は不服そうだった。

「わしは淀殿に招かれておる。昨日治部がそう言ったのを聞いたであろう」

「しかしこんな時こそ、家康公のお側《そば》にいるべきではないか。それに大坂城は敵地も同然じゃ」

単身たずねていったなら、どんな仕打ちを受けるか分らないと危ぶんでいた。

「わしも父も、浅井家の家臣であった。淀殿はそのことをよく存じておられる」

その日の午後、高虎は高吉をつれて大坂城内の増田長盛の屋敷をたずねた。

「淀殿がお呼びだと、石田治部どのから聞き申したゆえ」

取り次ぎを願いたいと申し入れた。

「よう来て下された。おやすいご用でござる」

長盛は快く応じ、先日伏見城から秀頼らの荷物を運んでくれた礼を言った。

五十五歳になるおだやかな男で、高虎らが改易された後、大和郡山二十万石を領している。五奉行の一人だが、三成が家康の暗殺を企てていたことは知らないようだった。

(治部は長盛どのを信用しきっていないというわけか)

高虎は三成派の結束の弱さを鋭く見抜いていた。

本丸御殿の黒書院でしばらく待つと、淀殿が大蔵卿《おおくらきよう》の局《つぼね》を従えてやってきた。あやめ模様の打ち掛けをまとい、長く豊かな髪を垂髪《おすべらかし》にしている。下ぶくれのふくよかな顔立ちだが、人の心の奥底まで見透す鋭い目をしていた。

「与右衛門高虎でござる。お懐《なつか》しゅうございます」

姿を見るのは、八年前に秀長や利休と聚楽第に登城して以来である。言葉を交わしたのは十年以上も前だった。

「ほんとに懐しい。近くにいるのに、ゆっくり話をすることもできませんでしたね」

淀殿は面を上げるように言い、対面できないことを残念に思っていたと言った。

「いつぞや津城に来ていただいた時には、本当に嬉《うれ》しかったのですよ。でも城内に不穏の企てをする者たちがいて、お目にかかることができなかったのです」

もう十五年も前のことなのに、あの時の状況を克明に覚えている。こうした記憶力の確かさは、信長ゆずりだった。

「その後、大和大納言さまの右腕となって働いておられたことも存じています。太閤殿下がご自分の家臣にしたいと、事あるごとにうらやんでおられました」

「過分のお言葉、かたじけのうござる」

高虎は淀殿の話術に引き入れられることを避け、これが当家の跡継ぎだと高吉を紹介した。

「宮内少輔《くないしょう》高吉と申しまする。ご拝顔の栄に浴し、恐悦に存じまする」

秀保を殺された恨みをかくし、高吉は作法通りにきびきびと挨拶《あいさつ》した。

「そうですか。頼もしい若武者で、先が楽しみですね」

淀殿はそつなく愛想を言い、お呼び立てしたのは縁組みの相談があるからだと言った。

「藤堂どのは、鈴木弥右衛門の子を召し使っておられるそうですね」

「弥太郎（後の仁右衛門高刑《たかのり》）と申しまする。弥右衛門どのの忘れ形見ゆえ、当家で養育いたしました」

「鈴木どのは浅井家の家老で、父長政もひときわ重用しておりました。あの方のお子ならば、わたくしにとっても無縁ではございません」

それゆえ自分の縁者である多恵を高虎の養女にして、弥太郎に嫁がせたいという。

多恵はお市の方の従兄である信清の子だが、父親が出奔《しゆつぽん》したために淀殿が引き取って育てていた。

「そうすれば当家と藤堂家は親戚《しんせき》になります。それに与右衛門どのにも、二人目の頼もしい息子ができるではありませんか」

淀殿はこの縁組みによって、浅井家ゆかりの高虎を身方に取り込もうとしていたのだった。

「ありがたいおおせではございますが、弥太郎はまだ元服もすませておりませぬので」

「それならこの城で元服式をなされるがよい。そうじゃ。増田どのに烏帽子親《えぼしおや》をつとめていただきましょう。のう増田どの」

「それは光栄なことでござる。ありがたくお受けいたしまする」

長盛は淀殿の機嫌を損じまいと即座に応じた。

「善は急げと申します。菖蒲《しょうぶ》の節句の日に元服式をして、秋には祝言《しゅうげん》をいたしましょう」

淀殿は強引に日取りを決め、仕度にかかるように大蔵卿の局に命じた。

翌日、高虎は伏見の家康をたずね、縁組みに至ったいきさつを報告した。

「さようか。あのお方もよほどそちを身方にしたいようだな」

さすがに人を見る目は確かだと、家康は苦笑いをうかべた。

「鈴木どのは長政公に殉じられたお方です。淀殿がたってと望まれるお気持ちも分りますので、断わることができませんでした」

「遠慮するにはおよばぬ。淀殿がそちを重んじて下さるなら、交渉の道がひとつひらけるということだ。わしにとっても有難い」

家康は本心とも立て前ともつかぬことを言い、実はひとつ頼まれてもらいたいことがあると迫った。

「加藤清正と縁組みをしたいが、まだ下話ができておらぬ。仲介の労を取ってもらえまいか」

「どなたとの縁組みでございましょうか」

「照葉を養女にして、嫁にやるかもしれぬ。太閤殿下がご存命の頃、そんな申し入れがあったのだ」

その時には照葉が応じなかったので破談になったが、三成らに対抗するためには何としてでも清正を身方にしたいというのである。

「承知いたしました。話の段取りがついたなら、いつでもお申し付け下され」

高虎は眉《まゆ》ひとつ動かさずに答えた。

今も照葉への断ち切りがたい思いがある。だがそうした執着をすてて天下のために働かねばならぬと、高野山を下りた時から胆《きも》に銘じていたのだった。

7

逢坂山《おうさかやま》をこえて山科に入ると伏見城の天守閣が見えた。山科と京都をへだてる桃山《ももやま》丘陵《きゆうりよう》の先端に、五層の雄壮《ゆうそう》な天守閣がそびえている。

水野照葉は足を止め、市女笠《いちめがさ》のひさしを上げて城をながめた。こうして目の前にすれば、この城が畿内へ攻め込んでくる東からの軍勢にそなえてきずかれたことがよく分る。

秀吉が家康を仮想《かそう》の敵と見なし、この先は一歩も通さぬかまえを取っていることは明らかだった。

「見事な城でございますな。太閤殿下のなされることは、さすがにちがう」

富永権兵衛は魂をうばわれたように見入っていた。

水野勝成からの使者がとどいたのは三日前のことである。家康が会いたがっているというので、その日のうちに刈谷を出て伏見に向かったのだった。

照葉は市女笠に壺装束《つぼしようぞく》という旅姿である。

もう三十四歳になっているが、黒髪はつややかで肌の色も衰えていない。若い頃の険しさが取れて、気品にみちたおだやかな顔立ちになっていた。

山科川ぞいの道を下って六地蔵に出た。

伏見城の船入りの側に、藤堂高虎の屋敷がある。秀吉から海軍総督に任じられた高虎は、船入りの東側に広大な屋敷地を拝領したのだった。

さすがに与右衛門さまだと、照葉は我が事のように嬉《うれ》しかった。どんなに立派になったろうかと一目会ってみたかったが、足を止めようとはしなかった。

船入りにかかる高い橋をわたって西へ向かうと、五百メートルほどで徳川家康の上屋敷があった。

伏見城大手門の南側で、宇喜多秀家と石田三成の屋敷が南北から監視するように配置されていた。

表門で来意を告げると、すぐに勝成が迎えに来た。

「よう来てくれた。待ちかねたぞ」

若苗色の裃《かみしも》を着込んでいる。昔と変わらず潑剌《はつらつ》として、体の内側から明かりを発するような活力に満ちていた。

「お久しゅうございます。このたびはご帰参《きさん》がかない、まことにおめでとうございます」

照葉は時の流れの早さを思いながら、勝成の裃姿をながめた。長々と渡り奉公《ぼうこう》

「殿に口をきいていただき、親父《おやじ》と和解することができた。長々と渡り奉公《ぼうこう》をつづけをつづけてきたが、やはり主君とあおぐお方は殿しかおられぬ」

勝成は二十一歳のときに富永半兵衛を斬《き》って出奔し、十六年間さまざまな大名につかえてきた。

だが石田三成らが家康の命を狙《ねら》っていると聞いて、居ても立ってもいられずに大坂に舞い戻ったのである。

「刈谷にも噂《うわさ》は伝わっております。ずいぶんのお働きだったとうかがい、わたくしも鼻を高くしておりました」

「そういえば鼻筋が立って、いっそう美しくなったではないか」

「もうこの年ですよ。おからかいになっては困ります」

「いいや。本当だよ」

勝成は真っ直ぐに照葉を見つめ、目の色が深くなったと言った。

「耐えることで強くなったのだろうな。時の試練に耐えなければ花にはならぬものだが、我らのせいで余計な苦労をさせた」

勝成が半兵衛を斬って出奔しなければ、あるいは忠重があれほど頑固《がんこ》に高虎とのこ

とを反対しなければ、照葉の運命はもう少し安らかであったかもしれない。勝成はそのことを心苦しく感じていたのである。

「藤十郎さまのお陰で与右衛門さまと出会うことができました。お気遣いは無用でございます」

「これは一本取られた。相変わらず手厳しいな」

勝成はいかにも嬉しそうに自分の額を叩《たた》き、その心意気なら案ずることはあるまいと言って表御殿の広間に案内した。

しばらく待つと、うぐいす色の小袖《こそで》を着た家康が水野忠重を従えて入ってきた。

家康はあごが二重になるほど太っているが、血色もよく動きも軽やかである。長年の夢に手が届くところまできたせいか、顔には充実感がみなぎり、十歳ばかり若返ったように感じられた。

一方の忠重はひどく老《ふ》け込み、やせた顔が骨筋張って、意地の悪さをむき出しにしたような悪相になっている。照葉を見る目も相変わらず険しかった。

「遠くからよう来てくれたな」

家康は苦労をねぎらい、そちのお陰で生きていられると笑いかけた。

「おそれながら、覚えがないことでございます」

照葉には家康の意図が分らなかった。

「高野山じゃよ。そちが与右衛門をこの世に引きもどしてくれなければ、わしは刺客の手にかかっていたかもしれぬ」

高虎に二度も危ういところを助けられたが、これは照葉の手柄だというのである。

「わたくしは使いを果たしただけでございます。殿さまの説得が功を奏したのでございましょう」

「謙遜《けんそん》するにはおよばぬ。わしは当人から直《じか》に聞いたのだ」

「まあ……」

照葉は思わず顔を赤らめた。

高虎を救いたい一心で、「義のために捨てようとしている命を、天下万民のために生かしてくれ」と、泣きながら訴えたことを思い出したのである。

「わしは与右衛門に、新しい天下をきずくために共に生きてくれと頼んだ。それがどのような天下だか分るか」

「上に立つ者が、家臣、領民の幸せの番人になるような世の中だと存じます」

「そうよ。そのためには今の政治を変えねばならぬ」

天下統一をはたした秀吉は、中央集権体制を確立して前後七年にもおよぶ朝鮮半島での戦争に国民をかり立てた。

過重な軍役を課せられた大名たちは、家臣や領民からの収奪を強化せざるを得なくなり、領国そのものを疲弊《ひへい》のどん底に突き落とした。

多くの村は働き手を戦場に取られ、田畑は耕し手もないまま放置されている。村人が逃散《ちょうさん》したために無人と化した村も多く、つぶれ百姓《たがや》となって流浪化した者たちが、都市へ流れ込んで治安を悪化させていた。

こうした事態に対して、豊臣政権は何ら有効な対策を取ることができなかった。

秀吉は他界する前に五大老、五奉行の制を定めて政権を安定させようとしたが、政治の実権を握っているのは淀殿と石田三成ら近江出身の官僚たちで、五大老の意見はほとんど生かされていない。

淀殿や三成は豊臣政権をどうやって秀頼に引き継ぐかで頭が一杯で、ひたすら秀吉が確立した中央集権路線を堅持《けんじ》しようとするばかりである。

それゆえ新しい国作りをするためには、淀殿と三成らから政治の実権をうばい取り、諸大名の意見を反映させられる政権にしていくほかはないのだ。

久しぶりに照葉に会ったせいか、家康はめずらしく腹を割って熱弁をふるった。

「石田治部らはわしが豊臣家から天下をうばおうとしていると騒ぎ立てているが、これは己の無策を隠すために問題をすり替えているのだ。わしにそんな野心がないことはそなたも存じておろう」

「はい。殿さまは私欲に遠い方でございます」

家康の最大の美徳はそれだと、照葉はよく知っていた。

「この国を立て直すことさえできるなら、わしは豊臣家の大老のままでいっこうに構わぬ。だが今は、淀殿や治部の力が強くて何もさせてもらえぬのだ」

状況を打開するために、福島や伊達、蜂須賀と縁組みをして身方を増やしてきたが、肥後の加藤清正にもぜひ加わってもらいたい。

「そこでいつぞや立ち消えになった話だが、わしの養女になって清正に嫁いでくれぬか」

家康は遠慮がちに申し出た。

「実は以前に話をしたのも、先方から望まれてのことだ。そちが行ってくれるなら、これほど有難いことはない。のう、和泉守どの」

家康は照葉の養父である忠重に後押しを求めた。

「これほど有難いことはござらぬ。長い間待った甲斐《かい》があったというものではないか」

忠重はいまだに照葉の気持ちを理解していない。笑いたくなるほどの頑迷《がんめい》ぶりだった。

「申し訳ありませんが、この年では世継ぎをなすこともできませんので」

照葉はさしさわりのない理由をあげて断った。

「そんなことはあるまい。四十で子をなした女子《おなご》はいくらもいるぞ」

そちはまだ生娘《きむすめ》ゆえ案じることはないと、忠重は無神経きわまりないことを言った。

「わたくしは生涯嫁がないと決めたのでございます。どうかお許し下さいませ」

照葉の表情は我知らず険しくなっていた。

「それならよいのだ。無理強いするつもりはない」

家康がすぐに申し出を取り下げ、ならば清子はどうだろうかと忠重にたずねた。

「そ、それがしの娘でござるか」

忠重は仰天し、しばらく返事ができなかった。

清子は十八歳になる末娘で、忠重は屋敷から一歩も出さぬほど溺愛《できあい》していたのである。

「父上、有難い話ではありませぬか」

清正ほどの名将と義兄弟になれるなら、これほど嬉《うれ》しいことはない。勝成がそう言って決断を求めた。

「そうじゃな。水野家にとっても名誉なことだ」

何しろ二十五万石だからと、忠重は己に言い聞かせるようにつぶやいた。

「ならばそうさせていただく。だが清子はまだ若い。誰かしっかりとした後見役をつけねば、この務めははたせまい」

その役を照葉に頼みたいと、家康は押し強く迫った。嫁入りを断られた場合にそなえて、初めから二段構えで相談を持ちかけたのである。

照葉は迷った。

従妹《いとこ》であり長刀《なぎなた》の弟子でもある清子の後見役として、家康の志のために働くことができるなら、これほどやり甲斐のある仕事はない。

だが肥後の熊本に行ったなら、二度と高虎に会えなくなると思うと、すぐには決断をつけかねたのだった。

「照葉、頼む。清子を助けてやってくれ」

忠重が掌《てのひら》を返したように泣きついた。

「あれは世間の風に当たったことのない娘なのだ。お前のようなしっかり者がついていなくては、とてもやってはいけまい」

「そうでしょうか。案外しっかりしておられますよ」

ちょっと皮肉めいた言い方になったが、照葉は清子の心構えの良さを高く買っていた。彼女を選んだ家康の眼力に、改めて敬服したほどだった。

「与右衛門のことなら、案ずるにはおよばぬ」

家康がぼそりとつぶやいた。

「この話をまとめてくれたのはあやつなのだ。肥後と伊予は近い。それに与右衛門と清正は義兄弟の契《ちぎ》りをむすんだほどの仲ゆえ、熊本に行っても会う機会はあろう」

事前に高虎に相談したところ、清正や照葉とともに天下のために働くことができるならこれほど嬉しいことはないと言ったという。

家康がそこまで配慮してくれたのなら、断るわけにはいかなかった。

「ただし、義父上《ちちうえ》さまにひとつだけお願いがございます」

「おお、何じゃ。申すがよい」

「富永権兵衛も肥後につれて参りたいと思います。それを認めていただき、あの者の家禄《かろく》を復して下されませ」

権兵衛は五百石の禄を食《は》んでいたが、照葉と行動をともにしたために忠重の怒りを買い、禄も屋敷も没収された。それゆえ牢人《ろうにん》のまま息子夫婦と細々《ほそぼそ》と暮らしていたのである。

「分った。あやつをここに呼ぶがよい」

権兵衛がかしこまって現れると、忠重は縁側まで出て旧禄《きゅうろく》に復すると申し渡した。

「それゆえ照葉とともに、清子の輿入《こしい》れに従ってくれ」

「承知いたしました。されど家禄の儀は無用でござる」

庭先に平伏した権兵衛は、忠重をにらみすえてきっぱりと断った。

「これまでの仕打ちを、照姫さまに一言わびていただきたい。この老いぼれの望みは、ただそれだけでござる」

権兵衛はこの十年を耐え抜いた照葉の辛《つら》さを知っている。それゆえ五百石をふいにしてでも、そう言わずにはいられなかったのである。

8

大坂は不穏な空気につつまれていた。

前田利家の容体《ようだい》が悪化し、明日をも知れぬ状態におちいっていたからである。

秀頼の守役として豊臣家を支えてきた利家が死ねば、加藤清正や池田輝政、福島正則ら武断派の諸将を抑える者がいなくなり、彼らと石田三成らの対立が激化することはさけられない。

また、利家が三成の後ろ楯《だて》になっていたからこそ、宇喜多秀家、毛利輝元、上杉景勝らも三成を支持していたが、他界したならこの結束がくずれ、家康一人が突出した存在になるおそれがある。

三成はこうした事態をおそれていた。それゆえ毎日利家を見舞い、別室にひかえて病状が好転するように祈りつづけている。

また、警固のためと称して家臣たちを屋敷の四方に配し、利家の病状が外にもれないように人の出入りを制限していた。

毎日見舞いに行く本当の理由はこちらにあるようだが、この苦肉の策も徒労におわった。

隣に屋敷をかまえる細川忠興が、嫡男《ちやくなん》忠隆の嫁になっている千世（利家の娘）から容体をつぶさに聞き、同志の大名たちに病状を伝えたからだ。

三成は何とかこれを封じようと千世の見舞いを禁じようとしたが、利家の嫡男の利長は頑として応じなかった。

「親子の問題じゃ。貴殿にとやかく言われる筋合いはない」

そう突っぱねられては、切れ者の三成にも打つ手がなかった。

こうした状況をにらみながら、藤堂高虎は中の島の屋敷で来たるべき異変にそなえていた。

利家の他界を待って清正らが三成を襲撃するおそれがある。何としてでもこれを阻止するように、家康から直々の要請を受けていた。

清正ら武断派の大名をひとにらみで抑えられるのは、天下広しといえども高虎しかいない。家康はそこを見込み、軽挙《けいきょ》をいましめるように頼んだのだった。

高虎は細川忠興にもこのことを伝え、利家の容体について自分以外にもらさぬように言い含めた。

また清正と輝政を屋敷に呼んで、性急なことはするなと諄々《じゅんじゅん》とさとした。

「利家公がご他界なされたなら、治部らは後ろ楯を失って結束もゆらぐ。黙っていても、家康公が大老として実権を握られるのだ」

「しかし、治部には淀殿がついておられますぞ」

清正が強情に反論した。

「淀殿とて先の見えぬお方ではない。天下の支持が家康公に集まっていると分れば、それに従おうとなされるはずだ」

だがここで清正らが暴発したなら、豊臣家を二つに割った戦《いくさ》になる。それが万民のためになると思うかと、高虎は二人にのしかかるようにして説き伏せた。

もし高虎がこのまま大坂にとどまっていたなら、武断派の七将を押さえきることができたはずである。ところが三月二十四日になって、思いもかけない知らせがとどいた。

「ご隠居さまが重体におちいられ、佐渡守さまに末期《まつご》の水を取っていただきたいとおおせでございます」

宮部継潤《みやべけいじゅん》の使者が、何とぞお急ぎ下されとせき立てた。

善祥坊《ぜんしょうぼう》継潤は浅井家に仕えていた頃の先輩で、羽柴秀長と引き合わせてくれた恩人である。こんなことを頼まれて、断るわけにはいかなかった。

「玄蕃、高吉、後を頼む。新七郎、清正らの動きから目を離すな」

異変があればすぐに知らせよと申し付け、高虎は早馬を飛ばして伏見に向かった。

体重百キロちかい巨漢である。家臣に五頭もの替え馬を引かせ、取り替え取り替え馬を乗りつぎ、その日の夕方に伏見に着いた。

継潤の屋敷は家康の屋敷の西側にあり、南は宇治川に面していた。

重体ならさぞ見舞い客が多いだろうと思っていたが、二人の門番が立っているだけで中は静まりかえっていた。

さては遅かったかと肝を冷やしながら奥御殿に入ると、

「与右衛門、よう来てくれたな」

夜具においた脇息《きょうそく》にもたれて、継潤がにこやかに迎えた。

丸く太った顔はつややかで、声にも張りがある。しかも側には、九州征伐の時につれていた安寿という妾をはべらせていた。

「末期の水を、とのことでござったが」

高虎はどこが重体なのだとあっ気に取られ、あるいは計略があって呼びつけたのではないかと疑った。

「その通り。わしの寿命は明日で尽きる」

継潤は平然と言い切った。

「そうは見えませぬ。前よりお太りになられたように存じますが」

「姿は影じゃ。心の目で見なければ真実は見えぬ。わしくらいの年になると、死ぬ時くらいは分るものじゃ」

「それは、おそれ入り申した」

高虎は逆らっても無駄だと観念した。

「それゆえ今のうちに末期の盃《さかずき》を交わしたい。これ」

安寿に命じて酒と盃を運ばせた。

朱色の大盃に注がれた酒を飲み干し、お前も受けてくれと高虎に回した。

「そちと会ったのは、もう三十年前じゃ。小谷城の籠城《ろうじょう》戦では、むごい目におうたのう」

人一倍体の大きな高虎は、朝夕一杯ずつの粥《かゆ》の配給に耐えつづけた。それを見かねた継潤が、よそから調達《ちょうたつ》した食料をそっと渡してくれたこともあったのである。

「あの時の山鳥やあけびの味は忘れられませぬ。かたじけのうござった」

高虎はその頃のことを鮮やかに思い出し、胸が熱くなった。

「少しは恩義を感じておるか」

「むろんでござる。秀長公に仕えることができたのも、善祥坊どののお引き合わせのお陰でござる」

「ならば、わしの頼みも聞いてくれ」

六十五年の生涯に何の悔いもないが、安寿のことだけが気がかりで成仏《じょうぶつ》のさまたげになっている。こんなわしを哀れと思うなら、自分の死後に安寿の面倒を見てくれというのである。

「これは昔、白拍子をしておってな。安寿という源氏名で呼んでおるが、元の名はお松という。佐須城の城主であった長連久どのの娘御じゃ」

それゆえ側室としても何の不都合もない。まだ三十歳なので子をなすこともできるはずだと強引に迫ったが、高虎は側室を持つつもりはなかった。

「それでは子も作らぬまま朽ち果てるつもりか」

「養子の高吉がおります。それに心に誓ったこともござるゆえ」

「変わらぬのう。案じていたとおりの堅物《かたぶつ》ぶりじゃ」

継潤は猪《いのしし》でも見るようなあきれ顔をして、こんなことを頼むのは安寿のためばかりではない。お前の融通《ゆうずう》のきかない心を矯《た》めるためだと言った。

「この女子は、お前をかならずもうひと回り大きな男にする。のう安寿、約束してくれるな」

「あい。心の堰《せき》を切ってご覧にいれますえ」

安寿がむっちりとした頰にえくぼを浮かべてほほ笑みかけた。

「そうじゃ。心の堰がお前を狭くしておる。与右衛門、わしを恩人と思うなら、黙って最後の頼みを聞け」

継潤は有無を言わさぬ剣幕《けんまく》で盃を押し付けた。

高虎は大先輩に逆らえぬまま盃を受けた。それが承諾のしるしになることは分っていたが、これほど元気なら当分死ぬまいと楽観していた。

ところが翌日の朝、継潤が死んだという知らせがとどいた。

悪い冗談に付き合わされている思いを捨てきれないまま屋敷をたずねると、継潤は白い布をかけられて横たわり、五十人ばかりの僧が荘厳《そうごん》な調子で読経《どきょう》をつづけていた。

部屋にはふくよかな沈香《じんこう》がただよい、満開の山桜が所狭しとならべてある。

床の間には、「願わくは花の下にて春死なむ」という西行《さいぎょう》の歌を掛けるほどの凝《こ》りようだった。

安寿はうっすらと化粧をして墨染めの衣をまとっている。その妖艶《ようえん》な美しさは、このような場所でも、いや、このような場所だからこそ、いっそう際立《きわだ》っていた。

継潤はこの美しさを見せつけるために、これほど趣向《しゅこう》をこらしたにちがいない。高虎はそう感じ、先輩の最後の配慮を重く受け止めた。

「前から重い病気だったのでござろうか」

「心の臓が弱っておられました。鼓動《こどう》の調子が日に日に狂っていたのでございます」

安寿は目を泣き腫《は》らしている。昨日の気丈さとは別人のような打ちひしがれた姿だった。

高虎は伏見の屋敷にとどまり、初七日まで継潤の葬儀の手伝いをした。

宮部家の重臣たちが鳥取の領国にもどり、頼りになる者が誰一人いなかったからだが、これもどうやら継潤が二人の仲を取り持とうと仕組んだことのようだった。

9

そうこうしているうちに閏《うるう》三月三日になり、前田利家逝去《せいきょ》の報が飛び込んできた。

「加賀大納言《だいなごん》さま、ご逝去なされました」

細川忠興の使者が告げたのは、三日の夕方になってからだった。

月がかわって何の知らせもないので安心していたところに、突然の訃報《ふほう》である。細川どのにはあれほど頼んでいたのにと、高虎は忠興の不手際をなじった。

「まことに申し訳ござらぬ。この三日間健やかなご様子ゆえ安心していたところ、正午《しょうご》ちかくになってご容体が急変したのでござる」

苛烈《かれつ》をもって鳴る忠興の使者だけあって、必要なことだけを簡潔《かんけつ》に伝えた。

もはや関所は閉まっている。明朝一番に小早船を出して大坂にもどるしかあるまいと考えていると、ほどなく多賀新七郎が駆けつけた。

「加藤どの、黒田どのに不穏な動きがあり申す。池田、浅野、福島どのと語らって石田治部を討とうとしておられるやもしれませぬ」

「治部は前田どのの屋敷か」

「さよう。屋敷から出たところを襲う算段《さんだん》と見られます」

「明朝小早船を出す。屈強のこぎ手をそろえておけ」

高虎は先触れも出さずに家康の屋敷をたずね、状況の逼迫《ひっぱく》を伝えた。

「わしも訃報は受け取ったが……」

清正らがそんなことをたくらむとは思ってもいなかったと、家康は渋い顔をした。

当面の方針は豊臣政権内で多数派を形成し、政治の実権をにぎることである。

ようやく縁組みをした清正や輝政らが私的な憤《いきどお》りにかられて三成を討ったなら、大老である家康としては彼らを処分せざるを得なくなるのだった。

「分別ざかりの侍どもが、これくらいの堪忍《かんにん》もできぬとはな」

「明朝大坂に下ります。間に合えばよいのでござるが」

「もし止められなかったなら、治部派との戦になりかねぬ。伏見はわしが抑えるゆえ、そちは大坂にとどまってにらみを利《き》かせてくれ」

三成らもこうした事態を想定し、充分な仕度をしているはずである。清正らが暴発するようなら斬《き》り捨てても構わぬと、家康は戦場のきびしさをただよわせて命じた。

翌朝午前六時、高虎は船入りの水門を開けて小早船をこぎ出した。

枚方《ひらかた》を過ぎた頃、土手の上の道を二十騎ばかりが疾走《しっそう》してくるのが見えた。

いずれも小袖《こそで》に裁着袴《たつつけばかま》という出立《いでた》ちで、砂煙を幕のように引きながら馬を走らせている。

旗を立てていないのでどこの家中か分らないが、尋常《じんじょう》な急ぎ様ではない。全員が鞍《くら》の前輪《まえわ》にしがみつくようにして上体をかがめ、馬の尻《しり》に容赦なく鞭《むち》を入れていた。

すでに何事か起こったのかもしれぬ。あれは伏見に急を知らせに行く者たちではないか。高虎は不吉な予感にかられ、もっと急げと水夫たちを叱咤《しった》した。

守口《もりぐち》あたりまで下ると、船が急に多くなる。しかも淀川が大きく蛇行しているので、スピードを落とさなければ他の船にぶつかるおそれがあった。

「火急の用じゃ。太鼓を打て」

舳先《へさき》に桐紋《きりもん》の旗を立て、太鼓の音で他の船を押しのけながら先を急いだ。

だが、時すでに遅かった。前方に備前島や天満橋が見えてきた頃、鎧《よろい》に身を固めた者たちが左岸の道を伏見へ向かっていった。

騎馬二十に歩兵が八十人ばかり。戦支度をして蛇の目の旗印をかかげているのは、加藤清正の軍勢である。

その後ろに平家蝶《へいけちょう》の旗をかかげた池田輝政、黒餅紋《こくもち》の黒田長政、浅野幸長、福島正則、加藤嘉明《よしあき》、そして最後が九曜《くよう》紋の細川忠興である。

いずれも似たような部隊編成なのは、事前に申し合わせて事を起こしたからだろう。

高虎は長蛇の列をなして駆けつづける軍勢をながめながら、何が起こったのか見きわめようとした。

おそらく清正らは、前田利家の他界を待って三成を討とうとしたのだ。だがあの様子ではまんまと逃げられたのだろう。

そう察したものの確証はない。ひとまず中の島の屋敷にもどって事情を聞かなければ、どう動いていいか判断がつかなかった。

屋敷には藤堂良政や高吉が、戦支度をして高虎の帰りを待っていた。

清正らと行動をともにしたくて勇み立っている。この機会に主君の仇《あだ》を報じようと目は血走っているが、高虎の命令にそむくわけにはいかないので懸命に自制していた。

「お身方は、事を起こされましたぞ」

服部竹助が清正らの行動をつぶさに伝えた。

三成が前田屋敷から出てくるところを討ち果たそうとしたものの、事前に察知した佐竹義宣《さたけよしのぶ》が三成を女駕籠《かご》に乗せ、備前島にある宇喜多秀家の屋敷に落とした。

三成らはそのまま伏見に向かったために、七将は精兵《せいびょう》をそろえて後を追ったのだった。

「兄者、行けと言うて下され」

「父上、お願い申し上げます」

良政と高吉は突き上げる思いをこらえかね、小刻みに体を震わせていた。

高虎は二人を上からにらみ据え、

「我らの仕事は大坂の平安を守ることだ。二人とも船屋敷に行き、日本丸を曳航《えいこう》してこい」

有無を言わさず申し付けた。

高虎も二人と同じ気持ちである。だが三成が伏見城に立てこもり、七将と合戦を始めたなら、小西行長、宇喜多秀家、毛利輝元らが三成に身方して挙兵するおそれがある。

その兵力は二万にのぼるのだから、七将ばかりか家康まで攻め滅ぼされかねなかった。

高虎は日本丸を待機させ、備前島の宇喜多屋敷をたずねた。

秀家は二千の兵を集め、臨戦《りんせん》態勢を取っている。槍《やり》や鉄砲を手にした鎧武者たちが、敵愾心《てきがいしん》にかられて殺気立った目を向けてきた。

高虎は腰に扇ひとつをたばさんだだけで、ひしめく兵たちの間を落ち着き払って進んだ。

「これは佐渡守、よう参ったな」

秀家に悪意はない。高虎とは朝鮮での戦で共に辛酸《しんさん》をなめているので、人柄も戦ぶりもよく知っていた。

「宰相《さいしょう》どの、兵を動かしてはなりませぬぞ」

高虎は前置きもなく切り出した。

「今貴殿が動かれたなら、豊臣家を二分した戦になり申す。そうなれば天下は再び戦乱の世になり、秀頼さまの威信を保つこともできますまい」

「仕掛けたのは七将じゃ。何の罪科《つみとが》もない石田治部を、見殺しにすることはできぬ」

秀家は二十八歳になる。備前岡山五十七万石を領し、五大老の一人に任じられていた。

「七将どもは治部どのに追いつくことはできませぬ。伏見城の治部少丸にこもられたなら、歴戦の猛者《もさ》とて手出しができますまい」

高虎は大坂に来る途中に目撃したことを語り、両者がにらみ合いになったなら家康が仲裁に立つはずだと言った。

「まことに治部を助けて下されようか」

「家康公は、清正らが暴発するようなら斬り捨てよとおおせられました。ご仲裁に立たれることは、それがしの首をかけてお約束いたします」

「仲裁の条件はどうなる。治部が責任を問われることはあるまいな」

「宰相さまは、どのようにお考えでしょうか」

「七将の気持ちも分らぬではない。だが治部は太閤《たいこう》殿下のご意思に従って動いたまでじゃ。加藤清正らが朝鮮出兵中に譴責《けんせき》を受けたからといって、治部のせいにするのは間違っている。まして兵を起こして討ち果たそうとするとは言語道断であろう」

「さようでしょうか。それがしにはそのようには思えませぬ」

三成は秀吉の補佐役として君側にあり、すべての決定に関与する実権を持っていた。下からの意見は三成が是非をはかった上で取り次いでいたし、秀吉の意思も三成の助言に従って決めることが多かった。

「それゆえ治部どのに非がないとは申せますまい」

「そちが治部を仇と見なしていることは存じておる」

秀家は大きな目を見開いて高虎を見据えた。

「それは無理もあるまいが、今は私情を捨てて事にのぞんでくれ」

「私情ゆえに申しているのではございませぬ。太閤殿下が薨《こう》じられたとはいえ、唐入りの失敗の責任は誰かが取らなければなりませぬ。そうしなければ、豊臣家や公儀に対する万民の信頼が失われることになりましょう」

三成がその責任を取ろうともせず、のうのうと権力の座に居座りつづけることが、清正ら七将の怒りをかき立てたのである。

ここは三成がいさぎよく奉行の職を辞する以外に解決の道はないと、高虎は考えていた。

「三成を守り抜くと言ったらどうする」

秀家の目付きが険しくなった。

再び兵を動かす誘惑《ゆうわく》にさそわれたのである。

「日本丸を出撃させ、二つの橋を砲撃いたします」

天満橋、京橋を破壊すれば、大坂からの軍勢の移動を数日間は止めることができるのだった。

「今下知をすれば、五千の兵が動く。それを止めることはできまい」

「その時には、この屋敷を砲撃いたします。表をご覧になられるがよい」

日本丸はすでに大砲の装填《そうてん》を終え、備前島のすぐ近くまで迫っていた。

「ご無礼とは存じますが、あの大筒の威力は宰相さまもよくご存知でございましょう」

「さすがは佐渡守よな。治部にもそのように伝えねばなるまい」

秀家はさらりと気持ちを切り替え、ひとつだけ教えてほしいと言った。

「何でござろうか」

「なぜそのように内府どのに肩入れする。そちを大名に取り立てたのは、太閤殿下ではないか」

「それがしにとって、あのお方は如来使《にょらいし》でござる。万民が幸せになれる国をきずくために、どこまでも従っていく所存でござる」

高虎が信仰している日蓮宗には、志を持つ者は衆生を救うためにつかわされた如来使だという教えがある。

誰に恩を受けたとか、どの家が天下を取るかは問題ではない。下天を謀《はか》ろうとする家康の理想に共感したからこそ、高虎は捨てるべき命を永らえて共に戦うことにした。

そうした意味では、家康こそ高虎を覚醒《かくせい》させるための如来使だったのである。

その頃伏見では、治部少丸に立てこもった三成と追撃していった清正らの軍勢が、一触即発のにらみ合いをつづけていた。

七将に追われた三成は、家康の屋敷に飛び込んで助けを求めたという説が広く流布《るふ》しているが、これは話を面白くするための講談的脚色で、事実ではない。

家康の侍医《じい》である板坂卜斎《いたさかぼくさい》は『慶長年中卜斎記』に、〈治部少、西丸の向《むかい》の曲輪《くるわ》の屋敷へ参着〉と記している。西の丸の向かいの曲輪とは、三成の屋敷がある治部少丸のことである。

また、興福寺の『多聞院日記』には、〈伏見、治部少輔、右衛門尉、徳善院、一所に取り籠《こ》もる由《よし》に候《そうろう》、さりながら扱《あつかい》(仲裁)これ在る由に候〉と記されている。

右衛門尉は増田長盛、徳善院は前田《まえだ》玄以《げんい》のことだ。

彼ら五奉行は伏見城内に屋敷を与えられ、交代で在番をつとめていたが、三成とともに城に立てこもった。

そして両者の間を仲裁したのが、向島《むかいじま》の屋敷にいた家康だったのである。

三奉行が結束して伏見城に立てこもっては、勇猛をもって鳴る七将といえども手出しができない。そこで家康のもとに駆けつけて三成の非を訴えた。

これを聞いた家康は、三成を佐和山城に隠居させるという条件で七将らに矛をおさめさせたのだった。

家康の考えは高虎と同じである。

豊臣政権は朝鮮出兵を強行して天下万民を疲弊のどん底に突き落としたのだから、誰かが目に見える形で責任を取らなければならない。この機会に三成が奉行職を辞し、佐和山城に蟄居《ちっきょ》するのが一番いいと判断した。

一方三成には、伏見城に籠城《ろうじょう》すれば宇喜多秀家や小西行長らの軍勢が大坂から駆けつけるという目算があった。

ところがいち早く高虎に策を封じられたために、家康の仲裁を受け容《い》れざるを得なくなったのである。

三成が佐和山に退去した翌日、家康は次のような手紙を高虎に送っている。

「（今度の事件に際し）御念《ごねん》を入れられた事はよく分りました。（貴殿の）心得はこの胸に充分に届いております。其元《そこもと》は静かだと知らせていただきましたが、こちらも静謐《せい》をたもっておりますのでご安心下さい。次の知らせをお待ち申しております」

端から見てもうらやましいほど、息の合った二人なのである。

10

閏《うるう》三月十三日、家康は他の大老や奉行衆に乞《こ》われて伏見城西の丸に入った。三成が蟄居したために淀殿や官僚派の力が弱まり、名実ともに豊臣政権の主導者になった。世の人々もこの日をもって家康が「天下殿」になったと噂《うわさ》したという。

家康がまっ先に手をつけたのは、朝鮮出兵の際に不当な処罰を受けた黒田長政と蜂須賀家政の名誉を回復し、没収されていた所領を返すことだった。

同時に三成派の軍監だった熊谷直盛《なおもり》、福原長堯《ながたか》らを、私曲によって長政や家政に不利な報告をした罪で処罰した。

これによって三成討伐に立ち上がった武断派七将の行動は正当だったと認められ、挙兵して世間を騒がせたことはお咎《とが》めなしとされたのである。

月が変わって四月二十二日、加藤清正と水野清子（後の清浄院）の婚礼が伏見でおこなわれた。

家康の養女となった清子は、徳川家上屋敷から花嫁行列を仕立て、中書島《ちゆうしよ》の西にある加藤家の屋敷に輿入《こしい》れした。

葵《あおい》の御紋をつけた駕籠を清子の兄である勝成と井伊直政が先導し、後ろには照葉や富永権兵衛ら百数十人が従っていた。

婚礼の後、屋敷の大広間で盛大な酒宴がもよおされた。

上段の間の金屛風《きんびょうぶ》の前に清正と清子が座り、招かれた大名たちが左右に居流れている。

上座には毛利輝元、宇喜多秀家ら大老四人がつき、その次に前田玄以、増田長盛ら奉行四人がつらなっている。

黒田如水《じょすい》と長政父子、池田輝政、細川忠興ら武断派仲間も顔をそろえ、三成と親しい小西行長や宗義智《そうよしとし》らも仕方なげに出席していた。

四カ月前には、家康が福島正則や伊達政宗らと縁組みをしたことが重大な政治問題となったが、今は豊臣政権を支えるほとんどの大名が祝いに駆けつけていた。

藤堂高虎は祝盃《しゆくはい》を傾けながら、家康の読みの深さと手抜かりのなさに改めて感服していた。

これで政権の主導権をにぎり、疲弊しきったこの国を立て直すための政策を取ることができる。

その第一歩は、秀吉時代の行き過ぎた中央集権策をあらため、諸大名の統治権を強化して領国を復興させることだった。

金屏風には桔梗紋《ききょう》と葵紋が大きく描いてある。清正と清子はその前に並び、挨拶《あいさつ》に来る者たちにかしこまって対応していた。

清正は三十八歳。三人の側室がいるが、先妻を失って以来正室はもっていない。それゆえ家康の養女である清子を、正室として迎えることにしたのだった。

(固いな。あいつ)

清正がぎこちなく客と対応しているのが、高虎にはほほえましかった。

戦場では鬼神のごとき働きをするのに、日頃の生真面目《きまじめ》さは相変わらずである。二十歳も年下の美しい姫を嫁にもらって、内心大いに照れているのだった。

巨漢の清正と綿帽子《わたぼうし》をかぶった清楚《せいそ》な新婦を見ていると、芳姫と祝言《しゅうげん》をあげた日のことが脳裡《のうり》をよぎった。

二人とも新しい希望に満ちあふれて妻夫《めおと》の誓いを交わしたのに、高虎は芳姫を幸せにしてやることができなかった。その悔恨《かいこん》が、いまだに心の底にわだかまっていた。

「与右衛門どの」

勝成が照葉と権兵衛をつれて挨拶に来た。

「お陰で縁組みがととのいました。これに勝る喜びはございませぬ」

丁重に礼をのべてから、この二人が清子とともに肥後へ行くことになったと告げた。

「さようでござるか。あの折には使者をつとめていただき、かたじけのうござった」

高虎は高野山での礼を言った。

あれから四年もたっているのに、言葉を交わす機会がなかったのである。

「お目にかかれて良うございました。ずいぶん立派になられて、まぶしいばかりでございます」

照葉は心の底からそう感じていた。余裕と落ち着きと思慮深さが、高虎に大物の風格を与えていた。

「照葉どのこそ」

美しさの深みがましたと思ったが、口にするのはさし控えた。

「佐渡守どの……」

権兵衛は両手をついたまま高虎を見つめ、感きわまって泣き出した。

照葉との仲を取り持ちながら、高虎との約束をはたせなかった面目なさに、長い間苦しんできたのだった。

「藤十郎、念願がかなったな」

池田輝政が上座のほうから下りてきた。

輝政は十五万石、高虎は八万石なので、公《おおやけ》の場では席次に差があった。

「かたじけない。こんな日が来るとは夢のようだ」

勝成が輝政の手を握りしめ、これで我らは義兄弟になったと喜んだ。

輝政は家康の娘の督《とく》姫を妻にしているし、勝成の妹の清子が家康の養女になったのだから、複雑ながら義兄弟と言えないこともなかった。

「しかもその中に、清正どのが入られたのだ。わしは今日からあの御仁《ごじん》の兄上じゃ」

こんな嬉《うれ》しいことがあるかと、輝政ははめをはずしている。せっかくの祝宴だから、我ら三人で何か芸を披露《ひろう》しようと言いだした。

「ならば四海波が良かろう。私が舞うゆえ、与右衛門どのは謡《うと》うて下され」

若い頃に傾《かぶ》き者として鳴らした勝成は、舞いの天稟《てんぴん》にも恵まれている。高虎に謡いを、輝政に鼓《つづみ》を割りふると、下座に下がって祝いの舞いを披露すると口上をのべた。

「待たれよ。ならばそれがしが笛をつとめさせていただく」

そう申し出たのは細川忠興である。

懐《ふところ》に抜かりなく笛の用意をしているのだから、さすがは文化人として知られた幽斎《ゆうさい》（藤孝）の嫡男《ちやくなん》だけのことはあった。

〽四海波静かにて　国も治まる時つ風

高虎は天下平穏の願いを込めて朗々《ろうろう》と謡った。やや低音だが、芯《しん》の太いよく通る声である。

戦場で大音声を発してきただけに、百畳ちかい大広間でも隅々まで声がとどく。謡いは大和猿楽座の宗匠に学んでいるので、本職顔負けの出来だった。

〽枝を鳴らさぬ御代なれや
　君の恵みぞありがたき
　君の恵みぞありがたき

勝成の舞いも忠興の笛も絶品《ぜっぴん》だった。輝政の鼓は少し落ちるが、婚礼を寿《ことほ》ぐ気持ちが音に軽やかなひびきを与えていた。

四人とも人後におちることを恥と心得ている猛者《もさ》たちである。こんな時にもその気持ちが前に出て互いに競い合うような謡いになったが、それが不思議な明るさとなって祝いの席に興をそえたのだった。

婚礼から十日ほどして、清正が清子を連れて高虎をたずねてきた。

「各方面への挨拶回りがござってな。遅くなって失礼いたしました」

それでもようやく終わったと、清正はほっと肩の力を抜いている。高虎を後回しにしたのは、気を遣わずにすむほど親しいからだった。

「なかなか似合いの妻夫《めおと》ではないか」

高虎はちょいと冷やかしてみた。

「お誉《ほ》めにあずかり、かたじけない」

清正が真顔で礼を言った。

出身地の尾張中村と刈谷《かりや》は近いので、なつかしい方言が聞ける。気性も通じ合うところがある。何より八丁味噌《はっちょうみそ》のみそ汁がすばらしく旨《うま》いと、清正は鼻の下を伸ばしきっていた。

「ほう。清子どのは台所仕事もなさるか」

清子は照葉にどことなく似ている。それだけで高虎は親しみを覚えていた。

「料理は好きです。それにこのお方が、おいしいと喜んで下さいますので」

清子はすでに女房の顔になっている。これなら先々何の心配もないようだった。

余談だが、清正は家康の養女である清浄院を警戒して、奥御殿に入っても刀を離さなかったという俗説がある。

江戸時代の『明良洪範《めいりようこうはん》』という見聞集にそのようなエピソードが記されているが、清正が刀を離さなかったのは清浄院を警戒したからではない。奥御殿は女ばかりなので、万一の場合には自分が守らなければならないと考えてのことだ。

二人の仲はすこぶる良好で、後に瑤林院《ようりんいん》あま姫をもうけている。

彼女が紀州藩主徳川頼宣《よりのぶ》の妻になり、孫の吉宗が八代将軍になったのだから、清正の血脈は将軍家の中に見事に受け継がれたのである。

11
「ところで、与右衛門どの」

今日は引き合わせたい御仁を同道したと、清正があやしげな笑みを浮かべて手を打った。

控えの間のふすまが開いて、萌黄《もえぎ》色の小袖《こそで》に打掛けをまとった照葉が現れた。御殿女中らしく、長く伸ばした髪をおすべらかしにしていた。

「もうじき肥後に帰国いたす。その前に数日の暇《いとま》を与えましたゆえ、よろしくお願い申し上げる」

清正は清子をつれてそそくさと席を立った。

思いがけなく照葉と二人きりになり、高虎はいささか緊張した。猫の子ではあるまいし、急によろしくと言われても困るのである。

「主計頭《かずえのかみ》さまは、おやさしい方でございますね」

照葉は高虎のぎこちなさが嬉しかった。前と少しも変わっていないからである。

「心の澄んだ律義《りちぎ》な奴《やつ》だが、いったい何のつもりやら」

高虎はどうも分《ぶ》が悪い。自分でもどうしてこんな風になるのか分らないので、気持ちを立て直すのに手間取っていた。

「二人のことを、藤十郎さまからお聞きになったのです。それで祝言の翌日に」

照葉を呼んで真偽をたしかめたのである。これまでのことをありのままに伝えると、清正はしばらく天をあおぎ、「わしは取り返しのつかぬことをした。与右衛門どのにすまぬ」と打ちしおれたのだった。

「本当に青菜に塩をふったようになられて、わたくしにまで詫《わ》びられたのですよ。それでこのような計らいをなされたのだと存じます」

「そうか。わしの方こそもっと早く言っておけばよかったのだ」

長崎で清正に真情を打ち明けられた時、自分もそうだとどうしても言えなかった。そのことが清正の信頼を裏切ったようで、ずっと気になっていた。

「ならば遠慮はいるまい。どこぞへ案内いたそうか」

「都を見とうございます。いつぞやの大文字山に」

遠乗りに出かけたいと言った。

「そのような形《なり》で、馬に乗れようか」

「ご安心下されませ。仕度をしてまいりました」

照葉は馬乗り袴《ばかま》を持参していた。清正から供をするように言われた時に、こうなると予想していたのである。

二人は供も連れずに伏見街道を北へ向かった。

照葉の乗馬の腕は少しも衰えていない。鎧《よろい》を着込めば女武者として充分通用するほどで、高虎の馬の方が主人の重さに手こずって遅れがちになった。

「頑張らぬか。わしに恥をかかせてくれるな」

高虎は五代目となる賀古黒《かこぐろ》をなだめなだめ、照葉を見失わないようにしながらついていった。

都の北西に位置する大文字山は新緑におおわれ、もえ立つ若葉の匂《にお》いにむせかえるほどである。

高さは二百三十メートルだが、山頂に立つと都を一望することができた。

二人は斜面に突き出た岩の上に腰を下ろした。

二畳ばかりの平《ひら》べったい岩で、垂直に五メートルほど切り立っている。視界をさえぎる木々もなく、ひときわながめが良かった。

「早いものですね。あれからもう十三年もたちました」

照葉がしんみりとつぶやいた。

「あれは内府どのが上洛《じょうらく》なされた年のことであった。思い返せば昨日のことのようだが」

もう十三年かと、高虎は光陰《こういん》の早さに胸を衝《つ》かれた。

「ここに来ると、あの日から時が止まっていたような気がします。でも、いろいろな出来事があり、都もずいぶん変わりましたね」

「前に来た時は聚楽第《じゅらくだい》が完成したばかりで、金箔瓦《きんぱくがわら》がまぶしいほどに輝いていたものだ」

だが関白秀次が切腹させられた後に取りこわされ、今はもとの更地《さらち》にもどっている。

高虎が家康のために作った台所門も、解体されてどこかに持ち去られていた。

洛中と洛外を分ける天神川（紙屋川）ぞいには、秀吉がきずいたお土居がめぐらしてある。

京都を支配下におこうとした秀吉は、土塁と堀で町を囲い込み、門には番兵をおいて人や商品の出入りを厳重に監視した。

これは朝廷の動きを掌握するためでもあったが、自由の気風を重んじる都人にはきわめて不評で、秀吉が他界して一年にもならないのに、すでに何カ所も取りこわされていた。

お土居の西側には一面に水田が広がり、美しく水をたたえている。田植えを始めているところもあり、早乙女《さおとめ》たちが一列にならんで仕事にはげんでいた。

田中《たなか》の畦道《あぜみち》には田楽の者たちが出て、笛や太鼓を奏じながら今年の豊作を祈願している。楽しげな笛と太鼓の音が、風に乗ってかすかに聞こえてきた。

二人はそれに耳をかたむけながら、しばらく黙っていた。

「これから天下はどうなるのでしょうか」

照葉はそれが気になっている。熊本に行く前に、おおよその見通しだけでも聞いておきたかった。

「石田治部は佐和山に退去したが、これで官僚派との対立がおさまったわけではない」

三成や官僚派の背後には淀殿がいる。彼女が秀頼に豊臣家の体制を受け継がせようという野望を捨て、五大老、五奉行の合議に政権の運営をゆだねないかぎり、豊臣家を二つに割った争いはさけられなかった。

「しかし政権の運営をゆだねれば、豊臣家が富も権力も独占している今の状況を内府どのが認められるはずがない。この国を立て直すために、大幅な改革に着手されるだろう」

聡明《そうめい》な淀殿はそのことを見抜いている。それゆえ何としても家康をのぞこうと、三成を使って何度も暗殺を企てたのである。

また家康もひと合戦しなければ今の体制を変えることはできないと分っているので、多くの大名たちと縁組みをして勢力の拡大をはかっているのだった。

「合戦をせずにすむ方策はないのでしょうか」

「淀殿が身を引かれ、政権の梶《かじ》取りを五大老に任せる以外にあるまい。それがお出来になりさえすれば、何事も丸くおさまるだろうが」

あれほど気性の激しい淀殿が、秀吉の愛妾《あいしょう》になってまでつかんだ天下を手放すとは思えない。

高虎に縁組みを持ちかけてきたことからもうかがえるように、あらゆる手段を用いて自派の勢力を強め、やがて家康を潰《つぶ》しにかかるにちがいなかった。

「そうですか。戦になったなら、主計頭さまはさぞ苦しまれるでしょうね」

純粋な男だけに、豊臣家が滅ぼされる事態になれば利害損得《りがいそんとく》をなげうって加勢に駆けつけるかもしれない。その運命はそのまま清子や照葉に落ちかかってくるのである。

「あそこに内府どのがおられる。そのような無理なことはなさるまい」

高虎は桃山丘陵の先端にそびえる伏見城を指さした。

白漆喰《しっくい》で塗った五重の天守閣が、新緑の中であざやかに浮き立っていた。

軽やかにつづいていた笛や太鼓がやんだ。田楽の者たちも田植えをしていた早乙女たちも帰り仕度をはじめていた。

陽は山の端《は》にしずみ、夕暮れが迫っている。西の空には厚い雲がわき立ち、洛中に向かってせり出していた。

高虎の心にも迷いの雲がかかっていた。

もう二度とこんな風に会える機会はないのだからこのまま帰したくはないが、気持ちのままに行動するには多くのものを背負いすぎている。

社会的な立場も体面もあるし、照葉を傷つけてはならないという自制心も強かった。

「我らもそろそろ帰ろうか」

高虎は迷いと執着《しゅうちゃく》の雲をふり払って立ち上がった。

照葉もすぐに立ち上がり、深く澄んだ眼で高虎を真《ま》っ直《す》ぐに見つめた。

「帰らなければ、なりませんか」

瞳《ひとみ》の奥に淋《さび》しげなかげりがあった。

「いや、そういうわけでは」

「ならばこのまま、一緒にいとう存じます」

照葉は馬乗り袴を用意した時から、こういうことになるかもしれないと思っている。

その望みと期待は、高虎と過ごしているうちにますます大きくなっていた。

「それでは嵐山《あらしやま》にでも足を伸ばしてみるか」

渡月橋《とげつきょう》のちかくに気《き》の利いた料理屋がある。京都にいた頃からの顔見知りなので、万一そういう成り行きになったならそこへ行こうと、ひそかに心積もりをしていたのだった。

そうと決めると、この場は妙に立ち去りがたい。しばらく立ち止まって景色をながめているうちに雨が降りはじめた。

ぽつりぽつりと落ちてきたと見る間に、足の早い横なぐりの雨になった。

山々を白く煙らせて走り雨が近づき、京の都をおおっていく。苗を植えたばかりの田んぼも、長い屋根のつづく町屋も雨におおわれ、墨絵《すみえ》のように色のない世界に変わっていく。

やがて眼下のすべてが霧にとざされ、この世に二人だけで立っている気がしてきた。

何のしがらみもはばかりもない、男神《おとこがみ》と女神《おんながみ》が初めて出会った時のような原初の意識が、二人をすっぽりとつつみ込んだ。

「この雨はしばらくやむまい。ここで小屋掛けをいたそうか」

「そうですね。野営をしていた頃を思い出します」

二人は急に活気づいて森に入った。

高虎は腰の刀をふるって細い木を切り、幹と枝葉に切り分けた。そうして何本もの棒を作り、立木の間に渡して屋根を作る。この上に枝葉を乗せれば、雨露をしのぐことができる。

二人とも戦場暮らしが長かったので、小屋掛けはお手のものである。下草におおわれた寝心地が良さそうな所に、二畳ばかりの小屋がまたたく間に出来上がった。

「わたくしはかまどを作ります。あいにく食べ物はありませんけど」

「さっき山鳥が鳴いていた。もしかしたら獲《と》れるかもしれぬ」

高虎は手頃な石をいくつか拾い、森の奥へ分け入っていった。

鳥もぬれるのを嫌う。高い木の枝に休んで雨があがるのを待つ。

これはと当たりをつけた椎《しい》の木の下でしばらく待つと、木々の間をぬって山鳥がやってきた。

高虎は小石を投げる構えを取り、とんと地面を蹴《け》った。驚いた山鳥が飛び立とうと羽根を広げた瞬間、高虎は鋭く飛礫《つぶて》を打った。

小石は見事に翼のつけ根をとらえ、山鳥はけたたましい音をたてながら落ちてきた。

すばやく首を打ち落とし、さかさにして血を抜きながら持ち帰ると、かまどにはすでに火が燃えていた。

照葉の姿が炎に照らされて夕闇《ゆうやみ》の中に浮き上がっている。男装するために小袖の中に隠していた髪を、長く背中に垂らしていた。

高虎は家に帰った気がした。ずっと昔からこんな風に暮らしてきた錯覚《さっかく》にとらわれていた。

「これが我らの城だな」

山鳥をどさりと置いた。

「まあ、見事な」

照葉がぬくみの残る山鳥をこわごわと触った。

高虎は手早く山鳥をあぶって羽根を抜くと、道中袋に入れてある塩をぬりつけ、棒にさしてかまどにかけた。やがて肉の焼けるこうばしい匂いが立ちのぼり、二人に空腹の激しさを思い出させた。

「与右衛門さまは、山の中でも暮らしていけますね」

「小谷城に三年も立てこもった。その頃に身につけたのだ」

鳥が焼け、肉汁がしたたりだした。股《もも》をさいてかぶりつくと、こげた皮のカリッとした感触があって、肉のうまみが口の中に広がった。

弾力のある股にはほど良く脂《あぶら》がのっている。柔らかく味がこまやかで、臭みがまったくなかった。

いつの間にか雨があがり、都には灯《ひ》がともっていた。家の明かりが点々と碁盤《ごばん》の目状につづいている。鴨川の両側はひときわ多く、町のにぎわいが伝わってくるようだった。

照葉は隅に身を寄せて馬乗り袴をぬいだ。小屋の三方に柴木《しばき》を立て、低い垣《かき》にしている。高虎が狩りに行っている間に、よそ目を気にして作ったものだった。

照葉は胸が波打つほどに緊張していたが、不安や怖《おそ》れは不思議と感じなかった。

「照葉、動くな」

突然、高虎が切迫した声をあげて手首をつかんだ。

右手に抜き身の脇差《わきざ》しを持ち、地面の一点をにらんでいる。次の瞬間、照葉を前に引き倒し、脇差しを地面に叩《たた》きつけた。

蝮《まむし》である。三角形の不気味な頭をした毒蛇が、柴木の間をすり抜けて照葉のふくらはぎのあたりに迫っていた。高虎はそれに気付き、真っ二つに断ち切ったのである。

照葉は息を呑《の》んで蝮を見つめた。死神の使いのような蛇が、両断されてもなお土色の体をくねらせて地面をはい回っていた。

「戦場でなら、喜んで喰うところだが」

高虎は蝮を遠くへはねのけ、小屋のまわりにかまどの灰をまいた。こうしておけば蝮や百足《むかで》は近寄らないのである。

かまどの火が消えないように薪《たきぎ》をくべ、二人は下草の上に横たわった。

「与右衛門さま、かたじけのうございます」

そう言うなり、照葉は高虎の胸に顔をうずめて泣き出した。

「礼を言うのはわしの方じゃ。このような気持ちになれるとは、自分でも意外なくらいだ」

高虎は照葉のぬくみを感じながら、やさしく髪をなでつづけた。

長い間持ちつづけてきた男女の交わりに対するわだかまりが、朝陽をあびた霧のように消えていくのを感じていた。


（下巻へ続く）

隆慶一郎著

吉原御免状

裏柳生の忍者群が狙う「神君御免状」の謎とは。色里に跳梁する闇の軍団に、青年剣士松永誠一郎の剣が舞う、大型剣豪作家初の長編。

隆慶一郎著

鬼麿斬人剣

名刀工だった亡き師が心ならずも世に遺した数打ちの駄刀を捜し出し、折り捨てる旅に出た巨軀の野人・鬼麿の必殺の斬人剣八番勝負。

隆慶一郎著

かくれさと苦界行《くがいこう》

徳川家康から与えられた「神君御免状」をめぐる争いに勝った松永誠一郎に、一度は敗れた裏柳生の総帥・柳生義仙の邪剣が再び迫る。

隆慶一郎著

一夢庵《いちむあん》風流記

戦国末期、天下の傾奇者《かぶきもの》として知られる男がいた！　自由を愛する男の奔放苛烈な生き様を、合戦・決闘・色恋交えて描く時代長編。

隆慶一郎著

影武者徳川家康（上・中・下）

家康は関ヶ原で暗殺された！　余儀なく家康として生きた男と権力に憑かれた秀忠の、風魔衆、裏柳生を交えた凄絶な暗闘が始まった。

隆慶一郎著

死ぬことと見つけたり（上・下）

武士道とは死ぬことと見つけたり――常住坐臥、死と隣合せに生きる葉隠武士たち。鍋島藩の威信をかけ、老中松平信綱の策謀に挑む！

星新一著
ボッコちゃん
ユニークな発想、スマートなユーモア、シャープな諷刺にあふれる小宇宙！ 日本SFのパイオニアの自選ショート・ショート50編。

星新一著
ようこそ地球さん
人類の未来に待ちぶせる悲喜劇を、卓抜な着想で描いたショート・ショート42編。現代メカニズムの清涼剤ともいうべき大人の寓話。

青山文平著
伊賀の残光
旧友が殺された。伊賀衆の老武士は友の死を探る内、裏の隠密、伊賀衆再興、大火の気配を知る。老いて怯まず、江戸に澱む闇を斬る。

青山文平著
春山入り
山本周五郎、藤沢周平を継ぐ正統派にして、全く新しい直木賞作家が、おのれの人生を摑もうともがき続ける侍を描く本格時代小説。

早見和真著
イノセント・デイズ
日本推理作家協会賞受賞
放火殺人で死刑を宣告された田中幸乃。彼女が抱え続けた、あまりにも哀しい真実――極限の孤独を描き抜いた慟哭の長篇ミステリー。

早見和真著
ザ・ロイヤルファミリー
山本周五郎賞・JRA賞馬事文化賞受賞
絶対に俺を裏切るな――。馬主として勝利を渇望するワンマン社長一家の20年を秘書の視点から描く圧巻のエンターテインメント長編。

山本一力著

いっぽん桜

四十二年間のご奉公だった。突然の、早すぎる「定年」。番頭の職を去る男が、一本の桜に込めた思いは……。人情時代小説の決定版。

ブレイディみかこ著

ぼくはイエローでホワイトで、ちょっとブルー

Yahoo!ニュース|本屋大賞ノンフィクション本大賞受賞

現代社会の縮図のようなぼくのスクールライフは、毎日が事件の連続。笑って、考えて、最後はホロリ。社会現象となった大ヒット作。

山本一力著

かんじき飛脚

この脚だけがお国を救う！加賀藩の命運を託された16人の飛脚。男たちの心意気と生き様に圧倒される、ノンストップ時代長編！

山本一力著

研ぎ師太吉

研ぎを生業とする太吉に、錆びた庖丁を携えた一人の娘が訪れる。殺された父親の形見だというが……切れ味抜群の深川人情推理帖！

池波正太郎
平岩弓枝
松本清張
山本周五郎
宮部みゆき著

親不孝長屋
―人情時代小説傑作選―

親の心、子知らず、子の心、親知らず――。名うての人情ものの名手五人が親子の情愛を描く。感涙必至の人情時代小説、名品五編。

新美南吉著

ごんぎつね
でんでんむしのかなしみ
―新美南吉傑作選―

大人だから沁みる。名作だから感動する。美智子さまの胸に刻まれた表題作を含む傑作11編。29歳で夭逝した著者の心優しい童話集。

新潮文庫の新刊

村上春樹著
街とその不確かな壁（上・下）
村上春樹の秘密の場所へ――〈古い夢〉が図書館でひもとかれ、封印された〝物語〟が動き出す。魂を静かに揺さぶる村上文学の迷宮。

東山彰良著
怪　物
毛沢東治世下の中国に墜ちた台湾空軍スパイ。彼は飢餓の大陸で〝怪物〟と邂逅する。直木賞受賞作『流』はこの長編に結実した！

早見　俊著
田沼と蔦重
田沼意次、蔦屋重三郎、平賀源内。大河ドラマで話題の、型破りで「べらぼう」な男たちの姿を生き生きと描く書下ろし長編歴史小説。

沢木耕太郎著
天路の旅人（上・下）
読売文学賞受賞

第二次世界大戦末期、中国奥地に潜入した日本人がいた。未知なる世界を求めて歩んだ激動の八年を辿る、旅文学の新たな金字塔。

石井光太著
ヤクザの子
暴力団の家族として生まれ育った子どもたちは、社会の中でどう生きているのか。ヤクザの子どもたちが証言する、辛く哀しい半生。

H・P・ラヴクラフト
南條竹則編訳
チャールズ・デクスター・ウォード事件
チャールズ青年は奇怪な変化を遂げた――。魔術小説にしてミステリの表題作をはじめ、クトゥルー神話に留まらぬ傑作六編を収録。

新潮文庫の新刊

W・ショー
玉木亨訳
罪の水際《みぎわ》
夫婦惨殺事件の現場に残された血のメッセージ。失踪した男の事件と関わりがあるのか……？　現代英国ミステリーの到達点！

C・S・ルイス
小澤身和子訳
ナルニア国物語5
馬と少年
しゃべる馬とともにカロールメン国から逃げ出したシャスタとアラヴィス。危機に瀕するナルニアの未来は彼らの勇気に託される――。

紺野天龍著
あやかしの仇討ち
幽世《かくりよ》の薬剤師
青年剣士の「仇」は誰か？　そして、祓い屋・釈迦堂悟が得た「悟り」は本物か？　現役薬剤師が描く異世界×医療×ファンタジー。

万城目学著
あの子とQ
高校生の嵐野弓子の前に突然現れた謎の物体Q。吸血鬼だが人間同様に暮らす弓子の日常は変化し……。とびきりキュートな青春小説。

桜木紫乃著
孤蝶の城
カーニバル真子として活躍する秀男は、手術を受け、念願だった「女の体」を手に入れた！　読む人の運命を変える、圧倒的な物語。

國分功一郎著
中動態の世界
―意志と責任の考古学―
紀伊國屋じんぶん大賞・
小林秀雄賞受賞
能動でも受動でもない歴史から姿を消した〝中動態〟に注目し、人間の不自由さを見つめ、本当の自由を求める新たな時代の哲学書。

新潮文庫の新刊

ガルシア＝マルケス
鼓 直訳
族長の秋
何百年も国家に君臨し、誰も顔を見たことのない残虐な大統領が死んだ——。権力の実相をグロテスクに描き尽くした長編第二作。

葉真中 顕著
灼熱
渡辺淳一文学賞受賞
「日本は戦争に勝った！」第二次大戦後、ブラジルの日本人たちの間で流血の抗争が起きた。分断と憎悪そして殺人、圧巻の群像劇。

長浦 京著
プリンシパル
悪女か、獣物か——。敗戦直後の東京で、極道組織の組長代行となった一人娘が、策謀渦巻く闇に舞う。超弩級ピカレスク・ロマン。

O・ドーナト
鹿田昌美訳
母親になって後悔してる
子どもを愛している。けれど母ではない人生を願う。存在しないものとされてきた思いを丁寧に掬い、世界各国で大反響を呼んだ一冊。

東崎惟子著
美澄真白の正なる殺人
『竜殺しのブリュンヒルド』で「このラノ」総合2位の電撃文庫期待の若手が放つ、慟哭の学園百合×猟奇ホラーサスペンス！

R・リテル
北村太郎訳
アマチュア
テロリストに婚約者を殺されたCIAの暗号作成及び解読係のチャーリー・ヘラーは、復讐を心に誓いアマチュア暗殺者へと変貌する。

下天《げてん》を謀《はか》る（上）

新潮文庫　あ－35－14

平成二十五年五月一日発行
令和七年四月二十日十二刷

著者　安《あ》部《べ》龍《りゅう》太《た》郎《ろう》

発行者　佐藤隆信

発行所　株式会社新潮社

郵便番号　一六二―八七一一
東京都新宿区矢来町七一
電話　編集部(〇三)三二六六―五四四〇
　　　読者係(〇三)三二六六―五一一一
https://www.shinchosha.co.jp

価格はカバーに表示してあります。

乱丁・落丁本は、ご面倒ですが小社読者係宛ご送付ください。送料小社負担にてお取替えいたします。

印刷・株式会社光邦　製本・株式会社植木製本所

ISBN978-4-10-130525-7 C0193